回到過去變成貓

BACK TO THE PAST TO BECOME A CAT NO.8

陳詞懶調 × PieroRabu

東區四賤客

黑碳（blackC）

主角貓。本名「鄭歎」，原為人類的他不知為何變成一隻黑貓，穿越到過去年代。為求生存，他開始訓練自己的貓體，展開以貓的角度看世界的貓生歷險。

警長

白襪子黑貓。個性好鬥，打起架來不要命，總跟吉娃娃過不去。技能是學狗叫。

阿黃

黃狸貓。外形嚴肅威風，其實內在膽子小，還是個路痴。技能是耍白目，被鄭歎稱為「黃二貨」。

大胖

黑灰色狸花貓。很聰明，平時不動則已，動則戰鬥力爆表。技能是被罰蹲泡麵。

焦家四口

焦明生（焦爸）

收養黑碳的主人，楚華大學生命科學系副教授，住在東教職員社區B棟五樓。他很保護黑碳，也放心讓黑碳接送孩子上下學，他與黑碳之間似乎有種莫名的默契。

顧蓉涵（焦媽）

國中英語老師，從垃圾堆中撿回黑碳。鄭歎很喜歡吃她做的料理。

焦遠

焦家的獨生子，有點小調皮，時常被焦媽扣零用錢。其實是個很用功的好孩子、很照顧妹妹的好哥哥。

顧優紫（小柚子）

因父母離異而寄住焦家，是焦遠的表妹，就讀楚大附小。她平時不太說話，但私下裡會對黑碳說說心裡話。

小動物們

黑米

黑白花色的母貓，鼻子上有一塊黑色米粒大小的花紋。是隻流浪貓，曾經被虐待，因此警覺性很高，也相當聰明，會護主。

大米

三花貓，花生糖和黑米的女兒，個性較安靜穩重，被方萌萌收養。遺傳到父親的強大基因，比一般的貓聰明。

齊大大

相當聰明的公獼猴，學習能力強。被裴亮收養後，因其演藝天賦和搞怪的個性，開始混跡電視電影圈，當起動物明星。

虎子

為豹紋大貓與鬥貓所生的小公貓，毛偏深灰色，有深色不明顯的斑紋。牠精力充沛到處折騰，好鬥、愛打架，卻會怕黑碳。由馮柏金收養。

人類朋友

六八

業界有名的私人偵探，喜歡玩各種撈錢的、有趣的大案子。黑碳很防備他，認為他是個騙子，卻又感覺不到他對小動物有惡意或威脅。

秦濤（禽獸）

原本是王斌的友人，但因為與二毛臭味相投，兩人更成為麻吉損友。是個富二代，有點騷包、白目，常被黑碳鄙視。

裴亮

何濤的師弟，衛稜和二毛的師兄。退伍後回家鄉開店做遊客生意，因為養了愛搞怪的獼猴齊大大，開始了他的寵物星爸事業。

馮柏金

楚華大學新生，是個相當低調的富二代，衣著打扮之俗氣相當令父母頭疼。父母為其租下焦爸湖邊別墅，他開始與黑碳有了接觸。

Contents

Back to
the past
to become a cat

第一章

保姆貓重出江湖

八月的最後兩天，學校裡已經很熱鬧了，到處都能看到拎著大包小包的人，還有一些第一次送孩子上大學的家長們。

鄭歎蹲在高高的樹上看著下方那些來來往往的人，也看看新來的萌妹子們。

每年的六月到九月都是一個新舊交替的時間，從四月底到六月初，校區廣播裡面各種煽情、各種懷念、各種「睡在我上鋪的兄弟」感言，可最後的那段時間學校就恨不得快點在學生的離校單上面蓋個「滾」字章，然後印著：早點走早點騰出地方給新生。

而九月，又是截然不同的氛圍，校區廣播裡各種朝氣蓬勃、各種積極向上、各種熱血沸騰，給新生各種「學姐很美好，學長很操勞」的印象。

鄭歎所待的那棵梧桐樹旁有個大花壇，那裡有不少人坐在花壇邊沿，花壇中間的大松樹貢獻了大片陰涼地。有個提著行李箱過去的新生見花壇邊沿已經沒空位，便來到陰涼處直接坐在自己的行李箱上，蹺起腿晃著腳丫子，掏出一個巴掌大的ＭＰ４調出電子書看了起來。

「同學，幹嘛呢？」旁邊一人問道。

「看小說。」晃著腳丫子的那人將手裡的ＭＰ４給對方看了看，還興致盎然地說了說書裡的情節。

「這種啊，我聽說過，就是一些打怪升級什麼的，我表弟愛看，不過我覺得挺扯的。」旁邊的人語氣帶著些許不屑，覺得這人品味太低了。

這下子那人不同意了。

「打怪升級怎麼了？你是歧視還是怎樣？你這一生又何嘗不是在打怪升級？拚各科作業、拚各種考試，拚完小學考試換地圖拚國高中考試，拚完高中考試換地圖拚大學聯考，這期間偶爾打了一些『小怪』，或許你資質不錯、也或許臨場人品爆表，打『怪』升上研究生等級……到後來才發現——啊，原來大學生遍地走，研究生多如狗。人生嘛，不就是打怪練級通關嘛！」

那人晃悠著腳上的人字拖，坐在不知道裝著什麼的行李箱上，繼續看著ＭＰ４上的電子書，對自己剛才的言論一點都不在意，也沒覺得有哪裡不對。而在他身後不遠的地方，研究生接待處的人一個個表情微妙，默默的看著他。

鄭歎覺得，那幾位研究生接待處的人估計在想著：天殺的這傢伙哪個學院的？別落到我手上，到時候看老子整不死他！

拿著ＭＰ４的那人發現機器快沒電了，索性關機打算再去逛逛，沒想到抬頭朝周圍看的時候，發現了一件很有意思的事情，他的視線也停留在不遠處的那棵梧桐樹上。

鄭歎原本在那裡蹲著看新生，突然發現有隻灰喜鵲總在旁邊聒噪，跳來跳去的煩死了。最近社區周圍的鳥也多，鄭歎每次在社區樹上趴著的時候就經常被這些鳥煩，似乎牠們知道鄭歎不會拿牠們怎麼樣，也不會像其他幾隻貓那樣抓牠們。

將軍正在關禁閉，因為開學期間人太雜，牠的飼主不放心，索性直接將牠一直關在家裡。沒了將軍的驅趕，周圍的那些鳥又囂張起來了。

這裡離社區並不算遠，周圍的鳥估計認識鄭歎，見鄭歎在那裡蹲著就時不時去撩撥一下，咻的一下從鄭歎旁邊飛過去，飛的時候還叫一聲，一次也就算了，還一連來幾次，就是脾氣再好也會被煩死。

周圍很嘈雜，花壇這邊休息的人在嘈雜聲中也不會去注意不遠處的鳥叫，如果不是無聊的往周圍看，他也不會看到那邊的情形。

鄭歎在忍了一會兒之後，瞅準一個機會，趁那隻鳥從身邊飛過去的時候給了牠一巴掌，雖然沒拍實，但爪子還是勾了點翅膀邊沿的羽毛，那隻鳥估計也受驚了，飛到另一棵樹上後就沒再飛過來。

沒了那隻鳥搗亂，鄭歎打了個哈欠，繼續看來往的人，剛才有個穿短裙的白嫩妹子還沒看過癮就被那隻鳥打斷了，現在那妹子不見人影了，他只能接著找找看有沒有品質更高的。察覺到有人看著這邊，鄭歎瞧過去，看到了剛才那個被研究生接待處幾人默默拉進黑名單的傻蛋。

不過鄭歎沒在意，一個黃毛小子有啥好看的？他繼續尋找萌妹子。

正找著，鄭歎聽到那邊一陣議論聲，循聲看過去，校門那頭，一輛加長豪車慢慢往這邊開過來。人們的議論就是這個。

周圍大多是拎著大包小包、或拖著行李箱、或扛著袋子的人，偶爾開過幾輛送孩子的私家車也能讓很多人羨慕不已，更別提突然來這麼一輛閃瞎狗眼的加長豪車了。

當然，在羨慕之餘，也有很多人嫉妒，他們平時也難得見到一輛這樣的豪車，沒想到現在能在這裡看到。

「唉，這年頭，嬌慣孩子嬌慣成這樣，開車送孩子也就算了，還開這種加長豪車。」

「你懂啥？這叫炫富！」

「聽說很多這種有錢人只要捨得砸錢，啥樣的學校都能上。」

這明顯是在說這家人的孩子是靠錢走後門進學校的，而不是正正當當的考試入學。

「有錢人啊！但是，開學送個孩子罷了，有必要這樣嗎？生怕人家不知道他家有錢似的！」花壇這邊的人也在議論。正嘲諷著，幾人就聽到一陣手機鈴聲響。與此同時，剛才坐在行李箱上的人站起身，拖著行李箱往已經停下的加長豪車那邊走。

待那人靠近車，車門立刻拉開，有人下車從那人手裡接過行李箱拿進去，再然後，眾人就見那人坐進豪車。直到那輛豪車開遠，這邊的人還有些尷尬，敢情剛才他們說那麼多嘲諷的話，全被當事人聽到了。

鄭歎倒是不覺得有什麼，別看學校裡那些學生平日跟其他人沒什麼不同，但藏得深的人多的是。舉個例子，當初趙樂就是，誰能猜到趙樂會是長未集團董事長的千金？

只不過，有的人比較低調而已。甚至有不少同宿舍寢室的學生，幾年都沒能知道平日裡打屁聊天搓麻將喝啤酒吃大路邊攤的室友其實是個富二代或者官幾代，也許會在畢業幾年後同學聚會或者聽大家八卦才知道，原來傳說中的二代曾經離自己如此之近。

看著已經在主幹道上消失的車影，鄭歎沒放在心上，繼續找妹子。

這幾天新生很多，學校各處都是家長和學生忙碌的身影，鄭歎在學校裡旁觀了幾天之後就閒不住了。人太多，他想在學校裡逛逛也不方便，想了想，鄭歎決定去湖邊的別墅那裡轉轉，順便翻進屋子裡去睡個午覺。

房子還沒租出去，雖然這幾天有人聯繫焦爸有要租的意思，但在見過租客之後，焦爸和焦媽都拒絕了，對那幾人的人品不怎麼看好，所以一直閒置著，鄭歎有空往那邊走的時候就翻進去找個房間睡睡。

老太太搬走的時候，除了幾幅藏畫，其他很多東西都留在這裡，所以房子看上去和老太太在這裡住的時候沒太大差別，也不顯得空蕩，只是因為沒人住而沒什麼生氣。

鄭歎已經對這棟房子的構造很瞭解了，就算在別人看來門窗緊閉，但鄭歎也知道至少有兩處可以鑽進去的地方，那裡的空隙對人來說很難進入，而對現在的鄭歎來講恰好能擠進去。那是焦爸特意留出來的，以便鄭歎出來閒晃還能有個休息的地方。

就比如今天這樣，原本陽光刺眼，但是沒多久就下起雨來了，在滴雨的同時還有陽光，在外面走動的人也沒想到會這樣，不過這地方的人已經習慣了太陽雨，只是抱怨幾句而已。

鄭歎走到這邊碰上下雨，便鑽進房子裡，跑到二樓靠窗戶的沙發上睡了一覺。看這樣子，這場雨不會持久，等睡醒了之後往外瞧又是晴天。

鄭歎醒來的時候，看向牆上的掛鐘，下午四點，再待半個小時就得回去。

鄭歎翻窗戶來到二樓陽臺，在欄杆那裡的一根圓柱子上蹲著。這裡此刻照不到陽光，鄭歎站在上面吹吹風，遠眺著不遠處的湖泊。

在離鄭歎所待的這棟房子不遠的地方，一個學生模樣的人從那邊一棟房子裡走出來，正是鄭歎前兩天見過的那個穿沙灘褲、踩拖鞋，卻坐加長豪車的人。

在那人身後，跟著出來兩個中年人，其中一個是房仲業者，正跟另外那個中年人說著話。

「沒關係，這間看不滿意還有幾個選擇，後面還有兩間更好的，我帶你們去看看。」那位仲介帶著人往前走。

「柏金啊，你覺得這幾棟房子怎麼樣？」另一位中年人翻著手上印著房產資訊的資料文件，轉身問道。誰知道，他扭頭的時候才發現後面的人不但沒跟上來，還往反方向走。

「柏金，你要去哪裡？」那位中年人也不繼續跟著仲介往前走了，趕緊轉身跟了上去。

馮柏金今天跟著父親的助理出來看房，這附近的環境不錯，被他媽瞧中了，讓他就在這周圍租屋，也派了助理過來協助看房，可是一連看了幾間也沒談下來，要麼對房子不滿意，要麼就是先放著，等看完後面幾棟之後再做選擇。

剛才馮柏金走出來的時候，往周圍看了一圈，就看到不遠處某棟房子二樓欄杆那裡蹲著一隻黑貓，他有些好奇的走過去，卻正好看到房子門口貼有出租的資訊。

「這棟房子也出租？」那位中年人問仲介。

「哦，這棟啊！這棟房東的要求有些多。」仲介簡單的說了一下，其實他覺得房東要求這麼多，很難租出去的，所以一開始在推薦的時候並沒有將這棟屋子考慮放在前面，更何況這間的價錢都還沒定下來呢，所以在推薦租屋時一直將這棟排在後面。

「那隻黑貓呢？」馮柏金指著二樓正居高臨下看著他們的貓，問仲介。

「哦，那是房東家的貓。」仲介說道。之前他過來看的時候就被那位姓焦的房東叮囑過，這是房東家的貓，就算這隻黑貓在這裡爬牆翻窗撓門也不用管。他當時覺得這家人挺有意思的，對貓也太縱容了，在外跟同事吃飯的時候還聊起過，所以才記得清楚。

「這房東就是楚華大學的老師……」雖然不看好這棟房子，但仲介也很積極的推薦。

那位中年人見馮柏金對這房子好奇，便想要看看房，可惜仲介沒有鑰匙，便打電話給焦爸。

焦爸剛開完會，暫時沒事，接到電話後便開車過來了，見到待在二樓陽臺上打哈欠的鄭歎，焦爸的眼皮又是一跳，怎麼又與這傢伙有關嗎？

焦爸帶馮柏金他們看了一下房子，也說了些自己的要求。對於這些，馮柏金倒是沒有什麼異議，他不是個玩得瘋的人，私生活還算檢點，不亂搞，要玩也只是在外面玩玩，從來不將人帶到家裡。

焦媽下班後匆匆幫兩個孩子做了飯，就騎著電動機車往別墅這邊過來，她還得把關。

焦媽到的時候，馮柏金的父母也開著那輛加長豪車過來，他們主要並不在楚華市發展，而是在隔壁省。這次送孩子來上大學，他們拖著不知道多少東西奔去學生宿舍，結果發現，學生宿舍果然很小，看了一圈，兩位家長不滿意了，這還是孩子第一次遠離家門，第一次住校，住這種小地方真的好嗎？於是，馮太太將目標放在湖邊這一片住宅區。

聽說孩子和助理都比較滿意這棟房子，兩位家長便放下手頭的事情過來了。

屋子裡的陳設擺飾都算是高級品，馮太太越看越滿意。

「不錯，這房子很不錯。」她能看出來這房子曾經的主人也是個有身分的人，「租金多少？這房子租金一個月至少也得有三萬吧？」馮太太一邊欣賞陳列櫃上的幾個擺飾，一邊說道。

焦媽：「……」

其實焦媽正準備報個七、八千的，她還覺得這數字高了呢，想著如果對方真的不錯，就再壓低點。這個價是她在間接諮詢了同事之後才決定的，沒想到現在直接聽到眼前這位太太報出了三萬。這地方又不是京城，焦媽還真沒接觸過這種檔次的租屋事務，一下子就愣住了。

焦爸也不多說了，在旁邊笑而不答，馮太太也當是默認。

「對了，還有件事說一下，這棟房子的坡頂閣樓是不租的。」焦爸說道。

「為什麼？」馮太太疑惑。

焦爸指了指鄭歎，「留著給牠。」

閣樓那裡的布置更像是一個簡單的居住空間，能直接住人的那種，裝飾得很好，當初老太太顯然沒將那裡當作屯雜物的地方。那裡有床、有桌子、有書架，還有個空間不大的洗手間，聽說當初是裝修了打算給孫子住的，後來孫子出國了，就再沒人在這裡住過。

晚上待在這裡，能夠透過坡頂的窗戶看到夜空。

所以，對於焦爸這話，馮柏金和他媽第一個想法就是這個房東在找藉口。不過，馮太太對這間房子實在滿意，她最看重的不是房子有多大、裝修有多豪華，而是品味。之前她也看過仲介給的幾處租屋的資料，但是提不起多大的興趣，這類房子他們自己在鄰省就有不少，看多了也就疲勞了，而這間是唯一一個讓她覺得滿意的。

馮柏金顯然也覺得這裡不錯，沒有那種豪華裝修下冷冰冰的氛圍，是讓人有種居家的暖意。不就是坡頂閣樓嘛！有兩層在這裡就已經足夠了，反正住在這裡的也沒幾個人，他爸媽很快就要回鄰省去，不會在這裡久待，頂多留下一、兩個人在這裡照顧他的生活而已。

又繼續談了一下之後，準備立合約了，價錢定在兩萬。馮太太說這裡的租金應該在三萬，兩萬的價錢是焦爸提的，降的這一萬主要是希望到時候鄭歎來這邊休息能夠有人幫忙照顧一下。對此，馮柏金倒不覺得有什麼麻煩，就一隻貓而已，應該只需要偶爾提供一下吃喝就行了吧。

不得不說，馮柏金將這事想得太簡單了，只是當他意識到的時候已經太晚，他不知道這世上有種麻煩叫——房東家的貓。

談價錢的時候壓根不用焦爸焦媽多說什麼，馮太太還覺得租金兩萬太便宜了呢，特意說了屋子裡的那幾個擺飾，讓焦爸不要撤走，一定得擺放在裡面。

晚上回家的時候焦媽還在說，這要是每個月都兩萬租金，沒幾年買房子的錢就回來了。現在焦媽才真正意識到，為什麼他們用那麼低的價錢買下這棟房子會被袁之儀說「天上掉餡餅」了。

新生開學之後，鄭歎去過別墅那邊幾次，馮柏金已經住進去好幾天。除了他之外，還有一對五十多歲的夫妻住在那裡，負責照顧馮柏金。鄭歎聽到那位類似管家的大叔稱呼馮柏金為「柏金少爺」，馮柏金對於這個稱呼表示很蛋疼，無奈那位管家大叔說電視上都這麼演，現在有錢人家都這樣，甭管馮柏金說幾次他都不改口。那位大媽顯得很幹練，將別墅裡面也打理得很好，掃地做飯洗衣服，連後院的那些植物都顧及到了。

馮柏金不怎麼喜歡「少爺」這詞，他家崛起時他才上小學。小學之後，馮柏金的生活就隨著發家致富奔土豪而發生了翻天覆地的變化——在同學們很寶貝錄音機的時候，他已經抱著超薄的進口隨身聽；在大家還拿著隨身聽炫耀的時候，他已經拿著幾千塊錢的ＭＰ３。只是馮柏金這人沒那麼講究，就比如現在這時候，穿著沙灘褲、踩著人字拖，憑這傢伙的氣質，幾百塊錢的人字拖也能穿出幾塊錢地攤貨的樣子。

馮太太倒是致力於改變馮柏金的品味和氣質，只可惜她怎麼扭也扭不過來，只能從馮柏金生活中的一些細節來滲透了，典型的就是這次租屋事件，她能容忍閣樓被貓占據也主要是看在屋子的分上。

縱使馮柏金的父母很希望能扭轉一下兒子這種在外人看來低俗的性子，可惜一直沒能成功。馮柏金是他們唯一的孩子，他們不忍下狠手，以前偶爾還說他幾句，現在都不怎麼說了。

不少人說過馮柏金這人很俗，從品味到追求都很俗——追求層級太低，只在學校泡學生妹有什麼意思？你就應該去泡明星！

不過，馮柏金對於自己的「俗」倒是一點都不在意。他總說，這不叫「俗」，這叫「接近民眾」。人嘛，怎麼活不是活？前世積德這世依舊投胎做人就是來享福的，不是來受罪的，該怎麼樣還是怎麼樣。

而讓鄭歎覺得滿意的是，去閣樓時，發現閣樓被打理過。即便這個閣樓只是給鄭歎這隻貓準備的，但那位大媽還是經常過去打掃，並沒有怎麼動閣樓裡的擺設，也沒有任何缺東少西的事情發生。

◆◇◆◇◆◇◆◇◆

不過，鄭歎也不是經常往湖邊別墅那邊跑，這段時間晚上有時候也出門逛逛，這天突然興起打算去老樓區那邊看看。現在鄭歎有時候往湖邊別墅那邊溜達，有時候往老街那邊去看看天橋上的老頭拉二胡，仔細想來，他好久都沒去老樓區那邊了。

老樓區已經拆了一部分，還有一部分待拆，不過人少了很多，估計只剩下最後一批人還留在這裡，但也留不了多少時間了。

鄭歎來到還沒拆的地方，這邊他以前沒走過。他先跳上已經有些殘缺不全的圍牆，再爬到一棟已經空著的樓上。

鄭歎看著已經拆了的那一片，曾經在那裡，他用啤酒瓶教訓過那個虐貓的人，以前李元霸還帶著花生糖在那邊溜達過。一轉眼，兩年過去，這片地區都已經拆得差不多了。在拆了之後，沒兩年，會有一棟棟現代化的高樓出現在這裡，曾經的老樓區就只存在於那些老照片中，會回憶這裡的，也只有曾經住在這裡、對這片老樓有著很深感情的那些人。

有時候，城市建設太快，記憶都有些跟不上了，需要停下來想想才能記起以前這裡的樣子。鄭歎現在所站的地方有個路燈，像是這裡還沒遷走的人自己拉的線，這條路確實要多注意一下，不然就會被絆倒。

正緬懷著曾經的老樓區，鄭歎突然聽到一聲聲響動。他從高處下來，循著聲音傳來的方向，從殘缺不全的圍牆走過去。

離路燈不遠的地方，一隻小貓正在那裡撲騰著小蟲子，看起來像是一個月都不到的樣子，瘦瘦小小的，快步走動的時候還踉蹌幾下，跑都跑不穩，撲一次滾兩下，卻仍舊玩得興起，一點都沒察覺到周圍的其他動靜。

那隻小貓撲騰一會兒之後，爪子勾到一個蛇皮袋上，蛇皮袋被幾個重磚塊壓著，小貓的貓爪子就勾在垂落的那一點袋面上，小貓對爪子的控制還不怎麼靈活，勾住之後怎麼都掙脫不了，掛在那裡左扭右扭，使勁抽爪子也沒用。

不知道是該說那個蛇皮袋的品質太好，還是怪那隻小貓太弱，總之那蠢樣子鄭歎看著都替牠著急。

蹲在圍牆上看了一會兒之後，鄭歎就從圍牆上跳下來，往小貓那邊走過去。

那隻小貓這時候才發現有隻陌生的貓靠近，有些警惕的看著鄭歎，勾在蛇皮袋上的爪子掙得更厲害了，可就是沒能掙脫，小貓急得叫了幾聲，那聲音鄭歎聽著有些怪，與寵物中心的那些小貓崽叫聲有差異，和大米、小米的也有些不同。

估計是品種的差異造成叫聲的差別吧。鄭歎也沒多想。

不過，等鄭歎靠近之後，嗅了嗅，發現小貓崽身上的氣味有點熟悉。他一邊想著這氣味到底是誰，一邊幫那隻小貓崽的爪子從蛇皮袋上脫離下來。

重獲自由的小貓崽往遠離鄭歎的方向跑了幾步，卻又停住，回頭看著鄭歎，叫了一聲，然後慢慢朝鄭歎走過來。

鄭歎也沒急著離開，他索性蹲在那裡，想著這氣味到底是誰的。而那隻小貓崽趁鄭歎思索的時候已經來到鄭歎旁邊，試探地抬爪子碰了鄭歎的胳膊幾下，估計是覺得鄭歎沒什麼威脅，膽子大了，圍著鄭歎左右撲騰。

就在鄭歎想起來這隻小貓崽身上的氣味屬於誰的時候，耳朵一動，站起身，看向前面。

前面不遠的轉彎處，一隻比鄭歎要大上一圈的貓從那裡走出來，壓平耳朵看著鄭歎，喉嚨裡發出警告聲。雖然對鄭歎很是忌憚，但牠仍是往鄭歎這邊一步步的走過來，一邊走，還一邊齜牙低吼。

而在這隻貓出現之後，原本在鄭歎旁邊撲騰的小貓崽便往那邊跑過去，一邊跑、一邊叫著，像是在撒嬌。

鄭歎看著離自己不遠處的那隻貓，心裡感嘆那隻貓真是一次比一次混得慘。

此刻對著鄭歎齜牙的貓，正是兩次遇到鄭歎兩次慘敗的那隻豹紋大貓。

貓科動物裡面，雌性很多都是相當剽悍的，別說那些單獨生活的虎豹等貓科類，在獅群裡，多數時候負責捕獵的也是雌獅；再比如，普通的貓中，李元霸、黑米等也一個個都剽悍得很。很多時候鄭歎根本不會因為對方是母貓就紳士對待，因為牠們可能在下一刻就將你揍得生活不能自理。像這隻豹紋貓這樣的，鄭歎如果讓步的話，早就死翹翹了。

動物的世界簡單粗暴，弱肉強食，不講紳士這一套。也正因為如此，鄭歎碰上貓狗之類的總會忽略牠們的性別。

對於這隻豹紋大貓，如果不是見到這隻小貓崽，鄭歎都記不起來這傢伙其實是母的，以前那凶殘樣誰見到都覺得是不好惹的雄性。

說到凶殘樣，鄭歎仔細看了看這隻豹紋大貓，之所以他感慨見對方幾次，對方卻一次比一次過得慘，是因為現在這隻豹紋大貓已經沒了曾經那種囂張、高傲得不可一世的樣子，也沒有曾經那種讓人一見就想花高價買下來的模樣。牠身上有幾條傷疤，破壞了整體的美感，其中一隻耳朵上有個明顯的缺口，牠的腿似乎也有些毛病，雖然慢慢走的時候不明顯，但鄭歎還是看出來了。

在鄭歎觀察那隻豹紋大貓，那隻大貓也正在警惕鄭歎的時候，原本跑到大貓旁邊的小貓崽又轉了個頭朝鄭歎跑過去，還跑得挺歡，一點都沒看出現在這種詭異的對峙氛圍。

於是，那隻豹紋大貓低吼的時候看到小貓崽的動作，直接卡了一下，似乎在心裡問候羊駝：你這個遲鈍膽肥的熊孩子！

鄭歎對於立著尾巴朝著自己跑過來的又瘦又小的貓崽子一點興趣都沒有，雖然有些好奇這隻豹紋貓到底怎麼淪落到如今這地步的，但也只是好奇了一下下而已，該怎麼樣還是怎麼樣，每個人有每個人的際遇，每隻貓有每隻貓的生活。

抬腳撥開蹦踏過來的貓崽，鄭歎轉身準備離開。在離開之前，鄭歎聽到有個小孩子的聲音。

「大花——大花你在哪裡？」

——大花？

已經轉身的鄭歎回頭看了看那隻耳朵動了動、神情已經不再那麼緊張的豹紋貓，「大花」難道是在叫牠？

聽著越來越近的腳步聲，鄭歎快步離開，不過在轉彎那裡停住，隨即跳上坑坑窪窪的紅磚圍牆，回頭看向那邊。

一個七、八歲的小孩子跑過來，在他身後還有個老人，拿著手電筒走過來。看到那隻豹紋大貓之後，那小孩明顯鬆了口氣，然後跑過去將那隻小貓崽抱起來，又摸了摸那隻豹紋大貓的貓頭說：「大花，太晚了別亂跑，回去吧。」

「大花」看來是牠的新名字，這名字聽著挺平民化的。

鄭歎看著那兩人兩貓離開，想了想，在後面跟著過去看看。

那戶人家屬於最後一批搬遷戶了，原本的家庭條件應該也不怎麼好，這樣一個家庭，怎麼會養這隻豹紋大貓？

那隻豹紋大貓看起來比以前瘦弱了很多，連小貓崽也瘦弱，估計沒多少奶水餵貓崽，這家人可不比二毛那傢伙。

鄭歎沒在這裡待多久便回去了，接下來兩天，他晚上也會去老樓區那邊走一走，順便去看看那隻豹紋大貓現在的生活。

雖然沒以前的生活那麼奢華，但至少現在的生活還有保證，而且那戶人家裡的兩個小孩對豹紋大貓都很好，有一晚兩個小孩的父親開車送完貨回來帶了兩隻不算大的滷雞腿給他們，他們還省了點肉給那隻豹紋大貓吃，雖說味道太重的食物對於寵物貓犬來說不太好，但有些時候，有吃的就不錯了，根本不能去講究那些。

這戶人家也是，人吃什麼，就給貓吃什麼，估計那隻豹紋大貓還沒有完全適應過來，瘦了那麼多，連帶著小貓崽也長得不好。

有次鄭歎過去的時候還看到那兩個小孩抱著豹紋大貓睡覺，那隻豹紋大貓也很溫順的倚著他們，偶爾還舔一下幫著梳理那兩個孩子凌亂的頭髮，看起來就像一隻平常的家貓。

鄭歎是從二毛那裡瞭解到那隻豹紋貓淪落到這般下場的原因。

那天鄭歎打算下樓閒晃，正好看到二毛在家打掃衛生，他剛替黑米洗完澡，地上一個個濕濕的貓的、人的腳印。拖完地之後，二毛坐在沙發上休息，鄙視鄭歎成天遊手好閒的時候，順便跟鄭歎提了一下那隻豹紋貓的事。

原來，豹紋貓第二個主人家裡出了點事，生意場上有個大失誤，上個月因為欠債問題忙得焦頭爛額，家裡也沒人注意那隻豹紋貓，後來那家人的一個親戚看到了，生起了鬥貓的心思，便牽著那隻豹紋大貓去跟人家賭貓。那是他們新興起的樂趣。他原以為那隻豹紋貓很威猛，沒想到在勝了幾場之後被一隻野貓打敗了，耳朵都被咬掉一個缺口，身上因為幾場咬鬥留下很多傷，還因為後面敗了幾場被人打過。

「再後來，估計被賣去哪家貓肉館了吧。」二毛說道，語氣中帶著對那些人強烈的鄙視和厭惡意味。

鄭歎想，那隻豹紋大貓還活著，雖然現在過得不算好，但總比被吃掉的好。

其實鄭歎覺得，如果那隻豹紋貓保持著自己第一次見到牠時的狀態的話，就算被帶去鬥貓，未必會失敗，關鍵是在第二個主人的時候牠被馴過。

貓不好馴，狂野的性子根深蒂固，所以若想要在短時間內磨磨牠的性子，馴貓師應該會採取一些極端點的手段。第二次鄭歎見到那隻豹紋大貓的時候，牠確實性子軟了很多，以那樣的狀態去打架，就算有著體型優勢，也未必能夠次次都贏過那些在野外拚殺存活下來的貓。

這天，鄭歎吃過晚飯之後再次溜達到老樓區。想到二毛說的那些話，鄭歎挺同情那隻豹紋貓的，作為寵物，能夠遇到一個好的主人確實是天大的幸運，相比之下，鄭歎越發覺得留在焦家是最好的。

正想著，鄭歎抬頭看向前面，那隻豹紋貓蹲在那裡，看到鄭歎之後立刻起身，不像上次那樣擺出一副警惕的樣子，而是轉身就跑。

鄭歎：「……」自己看起來就這麼可怕嗎？

那隻豹紋貓的膽子真是越來越小了。鄭歎心裡吐槽。

正打算過去那戶人家那邊看看，沒想到還沒走幾步，鄭歎就發現那隻豹紋貓去而復返，與剛才不同的是，牠嘴裡還叼著一隻貓，正是那隻貓崽子。

鄭歎覺得挺奇怪，這傢伙叼著貓崽過來幹嘛？

那隻豹紋貓朝鄭歎走近，一開始牠的腳步還有些猶豫，一步步慢慢挪，發現鄭歎沒表現出攻擊的意思，也沒表現出什麼惡意，步子便快了起來。

被叼著的小貓崽有些迷茫，顯得很無辜，不知道自己的母親要幹什麼。

看著越來越近的豹紋貓，鄭歎心中湧起一股不太好的預感，很想直接扭頭就跑。

在鄭歎挪腳打算跑之前，那隻豹紋貓在離鄭歎半公尺遠的地方停住，將嘴裡叼著的小貓崽放下。小貓崽落地之後縮著身子看了看周圍，大概是嗅到母親熟悉的氣味，膽子又大了起來，在那隻豹紋貓身邊玩耍，卻被那隻豹紋貓用頭往鄭歎的方向輕頂。

鄭歎：「！」不會是他想的那樣吧……

小貓崽還沒意識到自己母親的用意，反抗無效，被頂著往鄭歎那邊挪。小貓崽看到鄭歎時，立刻又翹著尾巴跑過來跟鄭歎的手掌玩。貓崽牙齒是長了，但咬著的時候也沒多少力氣，鄭歎不覺得疼。

鄭歎看了看在自己手邊撲騰的小貓崽，再看向那隻豹紋貓的時候發現，那隻豹紋貓已經往回走了。

——喂，妳兒子忘記帶走了！

鄭歎看著那隻豹紋貓越走越快，步子快了之後，後腿就看出毛病來了，不怎麼平衡，跑起來的時候看起來有些跛。

這個不是重點！

重點是，那隻大貓牠把貓崽叼過來之後就自己跑了！

鄭歎將玩得壓根沒注意自己被母親拋棄的小貓崽往回撥，小貓崽還以為鄭歎在跟牠玩，撲騰得更起勁了，等牠往回看發現母親越跑越遠的時候，小貓崽叫了幾聲，往那邊追過去，可惜小胳膊小腿還發育遲緩，跑兩步就打了個滾。

在小貓崽叫的時候，那隻大貓停下來往回看了看，然後扭頭接著跑，小貓崽的速度根本跟不上，很快小貓崽就發現母親不見了，牠也追累了，坐在原地，看著遠處漆黑的巷子，小聲「喵嗚」的叫著。

鄭歎現在是明白了，那隻大貓想讓自己幫著帶孩子！

——幫別人養孩子這種事情老子可不幹！

——牠媽都不管牠，老子管個球！

鄭歎轉身也打算離開。

小貓崽終於記起來還有隻熟識的貓在這裡，往鄭歎的方向瞧了瞧，然後起身搖搖晃晃的追過去，跑兩步滾一圈，爬起來再接著跑。可惜小貓崽畢竟是小貓崽，怎麼可能比得過大貓的速度？更何況是鄭歎這樣的，沒幾秒就看不見影了。

鄭歎跑到岔口那裡，聽著小貓崽的叫聲，停下來蹲在那裡想了想，然後輕腳又回到轉彎處，從那裡小心探出頭，看向那條已經滿是建築磚瓦廢渣的巷子裡。

那隻小貓崽沒大聲叫了，正迷茫的蹲在原地，不知如何是好，發出輕輕的喵嗚聲。

鄭歎縮回脖子，想了想，又探出頭看向那邊，糾結了一會兒，抬腳將旁邊的一顆小石塊踹了下，石塊被踢出去，滾落的聲音將小貓崽的注意力吸引過來，牠也看到了轉彎處的鄭歎。

巷子裡唯一的路燈下，暗淡的燈光中，那團毛茸茸朝鄭歎走了過來。

「啪嗒！」

「滴答滴答！」

雨滴墜落打在一些玻璃瓶和金屬板上發出聲響。

鄭歎看了看天空，心裡罵道：天殺的天氣預報！說好的晴朗一週呢？！說好的適宜外出呢？！還讓不讓人愉快的閒晃了？！

雨滴落得越來越急，看著兩步一滾的貓崽，鄭歎快走幾步一把將牠撈起來，直立起，用兩條腿跑進沒有燈光的黑暗巷子。反正這周圍基本上已經沒人，就算有人也看不到。

現在這個時候，楚華大學那邊的人應該很多，自己這樣子跑過去不太好，鄭歎想了想，拐彎朝湖邊的別墅那裡跑去，反正這裡離那邊也不遠，重要的是，那邊現在沒多少人。

鄭歎專門找不引人注意的小路以及遮擋物比較多的地方走，走到別墅群附近的時候，鄭歎跳起越過一叢灌木叢，落地時腳底打了個滑，差點栽一個跟頭。鄭歎索性停下來喘口氣，卻發現前面不遠處一家店鋪門口，撐著的大傘下，一個小孩站在那裡看著他。

小孩正抱著飲料往飲料瓶子裡咕嚕咕嚕吹著泡泡玩，突然看到這一幕，一個激動噗的一下將瓶子裡的飲料吹濺了出來，小孩也沒顧上飲料，眼睛一眨不眨的盯著鄭歎看。

鄭歎見發現自己的只是個屁大點小孩子，沒再管，看了看路線之後，撈著小貓崽竄進兩步遠的公園樹林，繼續往湖邊的別墅那裡跑。

等鄭歎跑開之後，小孩的媽媽從店鋪裡面走出來，抱起小孩，撐開傘，準備回家。

「在看什麼呢？」小孩的媽媽問。

「一隻大貓抱著一隻小貓，就醬子跑了……」小孩彎起一隻手臂，做示範。

小孩的媽媽往周圍看了看，瞧見街道對面那家玩具店櫥窗裡擺放著的兩個一大一小的貓貓玩偶，笑了笑，繼續聽小孩講。她覺得，小孩子的想像力真豐富。

◆◇◆◇◆◇◆◇◆

鄭歎帶著小貓崽來到那棟別墅的時候，雨已經下得有些大了，鄭歎身上已經沾了很多雨水。小貓崽被鄭歎抱著，身上沒怎麼濕，比鄭歎的情況好些。

在將房子租出之前，焦爸還在邊上裝了架小梯子，人不能憑這個上去，梯子承重不行，只能承擔一隻貓的重量，梯子也很小，貓用正好。

當時馮柏金也沒在意這事，還感慨這家人對貓真好。

鄭歎平時其實並不怎麼藉助這架小梯子，他能直接找地方沿著牆爬上閣樓，省事方便還自由，想怎麼上就怎麼上。但今天抱著一隻貓崽，他不方便爬牆，於是便從梯子爬了上去。

打開閣樓的一扇窗戶，鄭歎翻進去，合上窗子，將雨水和風擋在外面，接著打開窗子旁邊的一盞檯燈。其實不開燈也無所謂，鄭歎能適應這裡的黑暗環境，開窗子旁邊的燈不過是告訴樓下的人，現在在閣樓上活動的是他，而不是小偷。

鄭歎記得閣樓的那個櫃子裡面有不少東西，老太太都沒帶走，比如毛巾之類。

毛巾很久沒用過了，但很乾淨，鄭歎翻了一條出來將貓崽裹住，省得牠凍著，這時節雖然氣溫不算低，可貓崽畢竟脆弱，容易染病。

閣樓鋪的是木地板，很乾淨，鄭歎直接在地板上墊上幾條毛巾，將貓崽放在那裡。貓崽一直叫，鄭歎不知道牠是餓了還是想表達其他意思，看了一圈，閣樓的那張單人床上放著一隻小老虎的毛絨玩具，那是老太太買了準備送給一個朋友家孩子的生日禮物，後來因為一些原因換了其他禮物，這隻小老虎便一直放在這裡，老太太搬走時也沒有將它帶走。

對老太太來說，這個玩具並沒有什麼特殊意義。鄭歎平時來這裡的時候，偶爾拿它當枕頭枕著睡覺。

這時，鄭歎將那個快與自己一樣大的毛絨玩具拿下來，放在貓崽旁邊。或許貓對於軟軟的毛絨類的東西本就容易親近，貓崽湊過去，還伸爪子碰了碰。

貓崽的注意力被轉移，沒怎麼叫了，鄭歎便待在一邊拿著一條毛巾擦腳。一路過來，腳上沾上了很多泥，地板上也被踩出一個個泥腳印，不過明天樓下那位大媽會上來打掃。焦爸曾表示每個月支付一筆清潔費，被那位大媽拒絕了，其實那兩位大叔大媽從馮柏金父母那裡拿到的工資能直接甩一些上班族幾條街，也不在乎這點清潔費。

焦爸租房子的時候就說過，鄭歎在這邊待過很長一段時間，所以對這裡很熟悉，會開櫃子和窗門，這也是提前向馮柏金他們打個預防針，省得以後看到鄭歎開燈、開櫃子之類的嚇著了。

馮柏金站在通向閣樓的樓梯口，剛才他出來噓噓時突然聽到小貓的叫聲，便出去看了看，閣樓那裡窗戶邊的燈打開了，說明房東家的那隻貓這時候在閣樓，只是，那隻貓平時也就翻窗子進去睡個覺，也沒聽說有小貓啊！

雖然現在沒怎麼聽到小貓叫了，但馮柏金還是很好奇，他悄悄踏上樓梯來到閣樓房間的門前，貼在門上偷聽，又聽到一聲小貓叫。馮柏金這次真確定了，裡面肯定有一隻貓崽，那絕對不是成年貓的叫聲！

想來想去，馮柏金想到一個可能——房東家的貓生貓崽了！

但是他轉念一想，每天李嬸都上去打掃，也沒看到貓崽，是今天剛出生的？剛出生的小貓就能這麼叫了？好像也不對，也不像是剛出生的那種。難道房東家的那隻貓其實早生了，只是一直將小貓藏著？莫非房東其實知道，只是一直沒明說，也因為這樣才不租閣樓？

那邊馮柏金腦洞大開，思維已經不知道延伸到哪裡去了。

這邊鄭歎壓根不知道自己被扣上若干頂帽子，此時他正想著該怎麼處理這隻小貓崽。相比起大米、小米，這小傢伙太弱了，都不知道能不能活下來，反正鄭歎不覺得自己有這個能力養一隻貓崽。那隻豹紋貓真是給自己出了個難題。

既然那隻豹紋貓將小貓崽叼出來，肯定有牠的原因，鄭歎也沒再送回去，但留在這裡讓馮柏金他們幫著養？鄭歎對房客還不怎麼瞭解，一時下不了決定，他心裡也並不想將貓崽帶回焦家，焦家有他就夠了。可是，如果沒有其他選擇的話，他就真的只能將這隻帶回焦家了。

鄭歎現在真想抽自己一巴掌，濫好心！

正想著，鄭歎聽到敲門的聲音。

門吱呀一聲的打開。

閣樓的房間門一直都沒鎖，這也是方便李嬸上來打掃。馮柏金在好奇心的驅使下扭動門鎖，打開門往裡瞧。

閣樓裡的光線對馮柏金來說偏暗，好在房間不大，藉助窗戶旁邊的燈光，他看到了一旁正「玩著毛巾」的黑貓，以及地板上的那一坨。

仔細分辨了一下，馮柏金才從那一坨中找出小貓崽來。沒辦法，那隻老虎玩具擋住光了。

看清楚之後，馮柏金頓了頓，然後立刻轉身下樓。

「李嬸！樓上有隻貓！」

「我知道，房東家的那隻嘛。」李嬸正在一樓看電視。

「不是，一隻小的，很小的一點！」

「怎麼了？難道是房東家的貓在樓頂生崽了？」那位大叔也湊上來問道。

「肯定是！」李嬸立刻站起身準備上去瞧瞧，「聽說母貓生貓崽之後喜歡挪窩，難怪我平時沒找到呢，估計是因為下雨，又搬回來了！」

自以為找到真相的三人往閣樓跑，一開始李嬸還怕「母貓」護崽，發現鄭歎一點都沒反應之後，就湊上去瞧了瞧。

「哎喲，造孽啊！這麼小的貓長得真瘦……大貓太不負責了！」李嬸擔憂的說著，還不滿的看向鄭歎。

鄭歎：「……」這尼瑪是什麼眼神？！控訴譴責嗎？牠瘦關老子屁事！

那邊三個人還圍著小貓崽談論著，鄭歎越聽越不對勁，知道自己「被」生崽之後，鄭歎斯巴達了。

——尼瑪那不是老子的種！更不是老子生的！老子是男的！男的！！

可惜，那邊三人無法聽到鄭歎心中被羊駝駝踩踏的冤屈。

小貓崽雖然不怎麼怕人，但對於氣息陌生的生物還是很排斥，一直叫喚，被抱起來的時候還一直掙扎，只不過大概是折騰夠久也餓了的緣故，沒什麼力氣。

「這牙都長這麼多了，已經一個多月了吧？怎麼養的啊？瘦不拉嘰……我去煮碗雞蛋羹！」說著，李嬸就往外跑。

住這周圍的人請保姆（注：幫傭人員）的不少，所以李嬸住這裡的這段時間出門買菜或者散步時，也與一些碰到的人聊聊，知道不少事。前兩天她聽一個保姆抱怨幫主人家照顧一隻小貓，李嬸當時也沒多注意，只記得部分內容，貓崽的食物要不涼、不熱、不硬、不乾，她記得那人好像說過做雞蛋羹了，只是不知道這隻小貓崽吃不吃。

「不管怎樣，試試也好，就一顆雞蛋而已。看這隻貓崽瘦得喲……唉！」

很快李嬸便煮了碗雞蛋羹上來，先沾了點到小貓崽的鼻子上，牠自己舔掉了。因為嗅到食物的香味，小貓崽有了精神。

「看來還是吃的。」李嬸滿意的舀了一勺雞蛋羹試了試溫度，再遞到小貓崽嘴邊。

小貓崽現在也不掙扎了，就埋頭舔湯匙裡的雞蛋羹。

看三人圍著小貓崽，鄭歎覺得這幾個房客其實還不錯，讓他們養著也好，省得自己再費心。一件事情解決，鄭歎看了看窗外，沒下雨了，這時候也該回去了。於是，鄭歎拉開窗戶，跳了出去。

鄭歎從閣樓窗口下去的時候，還聽到閣樓裡的李嬸數落著：「這媽怎麼當的？崽子還在這邊，牠倒直接跑了！」

氣得鄭歎差點直接從閣樓窗外摔下去。

——馬的，冤死了！

第二天，鄭歎去湖邊別墅那裡的時候，李嬸不在，聽那大叔的說法，好像是送小貓崽去寵物中心看看，順便買點合適的貓糧之類的。

與此同時，老樓區那邊，豹紋貓所在的那戶人家準備搬走了。

「小貓崽呢？」小孩的父親問。

「不知道，昨天看著大花將貓崽叼了出去，晚上牠獨自回來的，我出去找了一圈，沒找到，估計是被誰撿走了吧。」小孩的爺爺說道。

「這樣也好，那麼小的貓跟著我們也是受罪，小貓可不比大貓，脆弱著呢！」

「這種貓已經有靈性了，知道貓崽跟著會受大罪，估計是想到什麼辦法送走了。」小孩的爺爺感嘆道。

那隻大貓是他從一個開館子的牌友那裡買的，家裡小孩看中了大貓，買回來之後才發現那貓懷了貓崽，可惜因為身體原因再加上沒有好的條件，生了三隻貓崽，存活下來的就一隻，雖然瘦小小的，但老人相信，那隻小貓崽以後肯定能長得很壯。

小孩的父親可不相信靈性不靈性的，不過他也不多說，反正不帶上貓崽對他們有好處，不然這一路鐵定折騰得夠嗆。這次他打算拿著賠償款去沿海做生意，拖家帶口的，路上也不好熬，帶著貓崽確實很不方便，他想過將貓崽送人，昨天還跟這邊的一個朋友說了，原本打算今天趁兩個孩子不注意就送過去，沒想到這隻母貓自己叼走了。今天家裡孩子問起，他們就說小貓崽跟著牠爸爸走了，兩個孩子還哭了呢。

老舊的廂型車離開老樓區的時候，車裡那隻豹紋貓待在後車窗處，看著老樓區的方向，直到再也看不見影，才順著小孩子摟著的動作回到座位上。

◆◇◆◇◆◇◆◇◆

楚華大學裡，中午焦爸騎著電動機車準備回家睡個午覺，被路上遇到的馮柏金叫住了。

馮柏金本來昨天就想打電話詢問，可是想起來的時候已經九點多了，覺得太晚，便沒打電話問，今天碰上也正好說說。

馮柏金騎著沒買幾天的電動車跟上來，想了想，對焦爸道：「焦老師，您家那貓生貓崽了，您知道嗎？」

「吱——」

焦爸正騎著電動車，聞之，一個急剎車停在那裡。他將電動機車停下來之後，看向馮柏金，問道：「風太大，剛才沒聽清，你再說一遍？」

馮柏金看了看道路兩旁種植的高大梧桐樹上只微微擺動的葉子，有些搞不懂焦爸的意思了。

昨晚馮柏金他們三人都一致認為房東肯定知道他家的貓生貓崽了，所以才那麼看重，但現在看來，房東先生好像對這事還很驚訝？

將車倒回來和焦爸並齊，馮柏金再次說道：「您家那貓生貓崽了。」

焦爸：「……」

這比發現紅化巢鼠還要讓焦爸震驚。不過，震驚之後，焦爸知道這事肯定有誤會，估計是自家那貓兒子從哪裡撿回來的，又或者，真是牠的種，只是母貓不在？不管怎樣，焦爸要將這事情弄清楚。

也不急著回去了，焦爸收斂了驚訝的表情，說道：「生貓崽？我家那是隻公貓。」

「公貓？！」這次輪到馮柏金驚訝了，他也曾懷疑過，可昨天李嬸說只有母貓才護崽，公貓很多會直接咬死小貓的，以前李嬸遇到過幾次公貓咬死小貓的事情。

馮柏金問出了自己的疑惑。

「野外的成年公貓可能會咬死其他哺乳期的小貓，不過現在飼養的寵物貓性子隨和一些，有些與小貓還相處得很好，甚至可能會幫忙照顧。」焦爸說道，「你現在回去別墅那邊嗎？」

「嗯，下午沒課，現在準備回去。」

「那行，你先等我一會兒，我去一趟學校，然後跟你一塊兒過去看看。」焦爸說道。

「好。」馮柏金直接將車停在旁邊等著，同時打電話給別墅那邊通知一聲。

焦爸騎車回學校裡面拿了點東西，也沒回家，跟焦威說明一下讓他中午幫忙照顧小柚子後，直接和馮柏金去了湖邊別墅那裡。

這時候李嬸已經帶著小貓崽從寵物中心回來了，檢查結果還好，貓崽以前受苦了，營養跟不上，好好養養就行，過一個多月後再去打疫苗。

李嬸從寵物中心那裡買了很多貓糧，連帶著還買了一些幼貓用品。焦爸和馮柏金抵達時，李嬸正在廚房忙活，那位管家大叔拿著寵物中心贈送的小冊子在看。

小貓崽現在沒放在閣樓了，就直接放在一間清理出來的客房裡，以前那裡也沒怎麼住過人，現在整理了一下，放那裡正好，離得近，方便照顧。

從寵物中心回來，小貓崽就一直叫喚，李嬸將昨晚那個小老虎玩具放牠旁邊後，小貓崽的叫聲就漸漸停了，也很快睡著。

焦爸來到那個新做的貓窩旁，看著躺在裡面和老虎玩具待一起的小小的一團。以毛色來看，倒是有可能，小貓崽身上的毛偏深灰色，仔細看的話還能看出一些更近似黑色的斑點狀花紋。不過，貓狗也不好簡單的憑毛色來分辨。

焦爸拿出相機拍了幾張照片，然後用手輕輕戳了戳貓崽。

貓崽睡得很熟，被焦爸戳幾下只是咂吧咂吧嘴，張了張嘴巴，換個姿勢繼續睡。

焦爸站在旁邊，聽馮柏金詳細述說昨天晚上發生的事情。

「這樣看來，是焦老師家那隻黑貓撿回來的？」李嬸聽說房東家的貓其實是公貓，現在對鄭歎的不好看法也淡了，還覺得鄭歎在做好事。

李嬸認為這隻小貓崽肯定是被拋棄的，要是好好照顧的話，哪能長這麼瘦？同時，李嬸心裡也高興，既然不是房東家那隻貓生的，只是撿回來的無主貓崽，自己也能養了。她昨晚忙活了一陣，今天早上帶著貓崽去看病，心裡也挺喜歡這隻貓崽的，剛搬來的時候還想著什麼時候養隻寵物平時解解悶呢，沒想到就碰到了這小傢伙。

馮柏金一看李嬸在旁邊自己樂呵，就知道她在想什麼了，不過他也沒說啥，看了看旁邊沉思的焦爸，問了問他的看法。

焦爸的意思是，如果是自家貓兒子的種，肯定帶回家自己養著，他們家再多養一隻貓也沒什麼，雖然地方小了些，但貓嘛，能解決食宿問題就好，要閒晃直接跟著牠爹就行。但如果不是的話，既然李嬸想養，就留在這裡吧。

只是，怎麼驗證？

馮柏金看著焦爸從口袋裡掏出一雙手套戴上，又從包裡拿出一個袋子，從裡面拿出一根棉簽，伸進小貓崽微微張開的嘴巴裡面。

小貓崽估計還在做夢，也沒睜眼，估計將嘴裡的東西想像成什麼美食，還抱著咬了好幾下。焦爸將棉簽拿出來後，放進一個小的塑膠圓筒裡，將塑膠圓筒收好，還用封口袋封起來。

看著焦爸這一連串的動作，馮柏金在旁邊張了張嘴，感覺不可思議，看樣子這是要做ＤＮＡ鑑定的節奏哇！

馮柏金長這麼大，只見過人做親子鑑定的事情，還從來沒碰到過替寵物做這事的。該怎麼說？

只能說，這房東將那隻貓看得太重了，前有坡頂閣樓，現在還弄個親子鑑定，有必要嗎？馮柏金很不明白。

雖然覺得沒必要做這種事，但馮柏金在好奇之下，還是配合工作，結束後硬拉著焦爸在這裡吃午飯，聊了聊貓的事情。關於鄭歎的事情，焦爸沒有多說，馮柏金也沒再多問，等焦爸離開的時候，還讓焦爸得出結論之後跟他們說一聲。

從別墅這邊離開，焦爸回社區了一趟，沒見到鄭歎，這時候鄭歎已經送小柚子去學校了，估計待會兒接著出去閒晃，暫時堵不到，焦爸便回了學校。

辦公室裡，焦爸打了通電話給袁之儀。

「親子鑑定？還是給你家那隻招財？」袁之儀驚訝道，「你想搞個血型的還是DNA的？」

袁之儀之所以驚訝，不是覺得焦爸這事匪夷所思，只是覺得有些驚訝而已。其實，袁之儀認識的人裡面就有為寵物做類似鑑定的，不過那些鑑定的寵物都是比較高等級的物種，比如藏獒等身價比較高、同時對血統要求也高的類型，還有一些玩賽馬的人也有對馬匹進行家系鑑定的，那些負責鑑定的人工作的種類還挺多，比如針對於動物寵物的各種親緣關係DNA鑑定、個體身分的認定、某些高級種群名門望族DNA家譜製作、DNA證據採集鑑定以及家系鑑定等。

不過，到現在袁之儀只聽說過狗和馬等動物，至於貓的，他還是第一次碰到。

楚華市好像還沒見到過類似的鑑定公司和部門，不是說存在什麼技術上的難題，主要是，以一個商人的眼光來看，這沒有市場需求，不然袁之儀也早往這方面開拓了。

相對而言，人類的親子鑑定早已經有了很固定的範本，一套鑑定程序下來，成本較低，可是寵物就不一樣了。以犬類而言，寵物犬的種類太多，要做得精確，光是不同種類的犬隻親子鑑定的實驗程序就可能不同了，而單獨設計出一套鑑定程序的話，成本太高，估計得要個幾萬塊，比大多數寵物的身價都要高多了，沒事誰願意往這上面砸錢？

前些日子聽說有個養名犬的人花大錢配優良純種後代，結果生出來一窩雜毛，還打官司了呢！甚至說要驗DNA替狗搞個親子鑑定，最後發現成本太高，還是私下裡以其他方法解決的。

「先做個DNA鑑定，樣本我已經取到了。」焦爸說道。他倒是可以先問問自家貓兒子，不過理論證據足一些也安心。

袁之儀頓了頓，突然道：「差點忘了，你自己建立的那個基因資料庫裡有你家那隻招財貓的，臥槽！你早防著這天了是吧？！」

焦爸沒回答，而是道：「你待會兒派人過來我這裡拿樣本。」

袁之儀的公司有幾個部門是負責引物合成、樣品測序和一些相關實驗的，而這些業務主要都是針對楚華市的各個大學，每所大學都有幾個人負責相關業務。

「行，我打電話給負責楚華大學那邊的人。」袁之儀移動滑鼠在電腦上查了查這邊負責送樣品的人，「對了，你那『副』字也去掉了，啥時候出來我們幾個一起喝幾杯？」

「把這事解決了再說。」不解決這事，焦爸心裡不暢快。

「行，有結果了我通知你。放心，我專門安排可靠的技術人員幫你做這個鑑定。」

由於是袁之儀這個大老闆特意叮囑的事情，進展快，不需要編號排隊，負責鑑定的人也是經驗豐富的老手，兩天後焦爸就拿到了鑑定結果。

對比資料庫裡面早就替鄭歎建立的基因資料，焦爸晚上回家之後，將鄭歎叫到房裡問話。

鄭歎吃完晚飯正準備去別墅那邊看看貓崽，今天下午他去老樓區那邊逛了一圈，發現那邊的人都已經全部遷走，豹紋貓也不在了。想到那隻瘦小的貓崽，鄭歎才決定過去走走，沒想到被焦爸堵到了。

「黑碳，你撿的那隻貓崽就給馮柏金他們養吧。」焦爸說道。

那正好，我也覺得給他們養不錯。鄭歎心道。

看著鄭歎無所謂的樣子，甚至還有點鬆口氣的意思，焦爸拿起手機準備打電話給馮柏金，想了想，馮柏金不知道有沒有課，便直接打去別墅那邊。接電話的是李嬸，聽焦爸說貓崽就讓他們養著，李嬸很高興，甚至還提到讓鄭歎多過去玩。

在焦爸打電話的時候，鄭歎跳上書桌，準備看看焦爸是不是在網上逛寵物論壇，卻發現滑鼠旁邊放著一份文件，上面還有一些他看不懂的圖。

不過，圖雖然看不懂，可下方的字鄭歎認識。

看清楚上面說的東西後，鄭歎在覺得含冤昭雪、洗清冤屈的同時，還有一種很囧的感覺。

——焦爸真乃神人也！不然誰會為一隻貓做這事啊！

◆◇◆◇◆◇◆◇◆

因為小貓崽的事情，馮柏金三人跟焦爸倒是熟絡了很多，沒了一開始的房客跟房東的那種公式化的交流。

小貓崽的名字是馮柏金取的，因為貓崽總喜歡將那個老虎玩具放在窩裡，沒有那個老虎玩具就一直叫，所以馮柏金直接替牠取名叫「虎子」。

「虎子」這名字，有的人小名叫這個，焦爸他們老家那邊就有不少人的小名叫「虎子」，但也有一些寵物叫這個，尤其是寵物犬。李嬸和那位大叔都挺滿意這名字的，小傢伙虎頭虎腦，現在瘦小不一定以後也瘦小。

鄭歎過去看看小貓崽的時候，那兩位大叔大媽正站在旁邊看著小貓崽玩耍。

「寵物醫院的人在檢查虎子的時候，還跟我說這小傢伙以後肯定長得又高又壯！」李嬸樂滋滋說道。

「那是人家安慰妳呢！就這麼點小貓崽，父母也不知道長啥樣子，以後誰知道會怎樣呢。」那位大叔嗤道。

不過，鄭歎瞧著，這大叔說話的時候看向小貓崽的眼裡帶著笑意，明顯也是喜歡的，雖然這大叔總說他比較喜歡狗。

小貓崽這幾天的狀態明顯好了很多，撲騰著毛球，精神得很。

鄭歎在邊上看了一會兒便離開了。以後這小貓崽長大，估計又是個不安分的，想想那隻豹紋貓就知道牠的基因不錯，而且鄭歎懷疑那隻豹紋貓估計就是在鬥貓場懷上的，如果繼承了凶悍好鬥的性子……

等牠長大了，這片地方還能安寧嗎？三個月大的貓相當於人類的五、六歲，一歲的貓相當於人類的十三到十五歲，兩歲的貓相當於人的二十四歲。一般來說，貓的青春期在一歲到兩歲。這麼看來，只要一年時間，這小傢伙就成長起來了。

以花生糖為參照，那傢伙長大之後沒事出去圈個地盤打個架，以後這兩隻對上，不知道會發生什麼事？

想想就頭疼。

離開別墅之後，鄭歎沒有立刻離開這片地方，而是走到湖邊沿著路走一圈。

第二章

難得糊塗的黑碳

湖裡一條魚躍出水面，又咕咚一聲落回去。

鄭歎正欣賞著湖邊的風景，突然聽到從路邊的行道樹樹叢傳來幾聲貓叫，那是打架時發出的叫聲。

盯著那邊看了看，很快，嗖嗖幾聲，兩隻貓接連從樹叢裡跑出來，跑前面的那隻貓長得稍微壯一些，而後面那隻……鄭歎認識。

這不就是二毛他姑婆養的那隻三條腿的玳瑁貓嗎？！

鄭歎之前就聽二毛說過他姑婆住在靠湖的房子，只是鄭歎一直不知道到底是哪個湖，他第一次來這周圍的時候也想過那個老太婆會不會在這裡住著，當時沒去細找，現在看來，那老太婆還真的住在這裡。

那老太婆家的三腿玳瑁貓殘了一條腿，但鄭歎深知這傢伙剽悍得很，抓老鼠都能抓到那種又大又肥的，現在也證明，這傢伙不僅能抓老鼠，連打架都不落下風，沒看前面那隻四肢健全、身體健壯的貓被牠追著打嗎？

那隻玳瑁貓似乎也認出了鄭歎，朝鄭歎這邊看了一眼，沒其他多餘的動作，剛才追打的那隻貓跑遠之後，牠沒再追擊了，也沒理鄭歎，扭頭往另一邊走。

鄭歎跟了上去，這隻玳瑁貓應該要回去了，他順便跟過去看看二毛他姑婆到底住哪裡，弄清楚了以後來這邊閒晃就繞著走。

那隻玳瑁貓慢悠悠走著，走動的時候能很明顯看出與其他四肢健全的貓不一樣，不過跑起來就不一定了，鄭歎可不敢小看牠。

二毛他姑婆居住的地方離馮柏金他們住的地方稍微有些遠，也是一棟兩層別墅，比馮柏金那邊的稍微小一點，但院子大一些，鄭歎看著那隻貓翻過圍欄進去，便探頭往院子裡面看了一眼。

院子裡放著一個輪椅，輪椅上正是那個老太婆。

「喲，小黑碳，稀客稀客！」坐在輪椅上的老太婆瞇眼說道，似乎對於鄭歎的到來很高興。

鄭歎沒想到露個頭就被老太婆發現了，他真沒打算進去打招呼顯示存在感，只是想確認一下老太婆是不住這裡，沒想到這老太婆的觀察力這麼敏銳。

那隻玳瑁貓進去之後就跳進老太婆懷裡，找了個覺得舒服的姿勢趴著閉起眼睛，對周圍一切漠不關心的樣子。

見鄭歎沒進來，輪椅上的人又朝鄭歎招招手，「小黑碳，來，過來咱說說話。」

鄭歎猶豫了一下，他總覺得這老太婆古裡古怪的，摸不準她到底在想什麼。不過，就算是看在焦爸和二毛的面子上，這老太婆應該也不會把自己怎麼樣，何況她還坐在輪椅上呢。

翻過圍欄，鄭歎在離輪椅三公尺遠的地方停住，看著輪椅上的老太婆。對上老太婆那張笑咪咪的滿是褶子的臉，鄭歎總有種不太舒服的感覺。

「小黑碳啊，這段時間過得還好吧？」

鄭歎沒回答，也沒法回答，只是看著這老太婆，等著她接下來的話。

「作為一隻貓，是不是很辛苦？」老太婆依然擺著那張笑咪咪的老臉看著鄭歎。

而鄭歎，現在感覺後脊涼涼的，這老太婆看出什麼來了？！

在鄭歎渾身緊繃的時候，輪椅上的老太婆緩緩將視線挪開，語氣平穩的說道：「聽過一個故事嗎？有位老禪師晚上在禪院裡散步，看見院牆邊放著一張椅子，他明白肯定有人違反寺規翻牆出去了。但是他沒有聲張，而是走到牆邊，移開椅子，在原本放椅子的地方蹲下。沒多久，一位小和尚翻牆而入，黑暗中踩著老禪師的背脊跳進了院子。當他雙腳著地時，才發覺剛才踏上的不是椅子，而是自己的師父。小和尚驚慌失措，以為老禪師會訓斥處罰他，然而出乎小和尚意料的是，老禪師並沒有厲聲責備也沒有處罰，只是以很平靜的語調說『夜深天涼，快去多穿一件衣服』。」

很湊巧的，這個故事鄭歎聽過。之前焦媽看一本教育學書籍的時候還跟焦爸討論，他們將這種稱為「太極式教育」，好似太極，化問題於無形，此時無聲勝有聲，於無聲處聽驚雷。師父的平心靜氣，卻讓弟子內心驚雷陣陣，由「揭發」走向「自發」，由「他治」走向「自治」，讓犯錯的人有尊嚴的去發現問題，改正錯誤。

只是……在這種情形下，鄭歎總覺得這老太婆的話有另一番深意。

「難得糊塗啊！」

老太婆說完最後那句就閉上眼睛，似乎不願意再說話了，準備休息。

聽到最後那句話，再聯繫之前的故事，鄭歎心裡突地一跳。

不同的歷史環境下，對「難得糊塗」這句話的用意語境也不同，有的人用以嘲諷，有的人用以自修，而老太婆這句話，很顯然點明了一件事——有些人是明白的，你就算裝，也只是裝給其他人看。

鄭歎不是隻合格的貓，就算到現在他也把握不好那個度，一不注意就會表現出遠超其他貓的一些細節，比如識字、打電話、認地圖等等，而知道鄭歎有這些能力的不只一個人，像是焦爸、小柚子、二毛、方邵康、衛稜等等。

論智商，鄭歎遠遠比不過周圍的很多人，他的思維遲鈍些，一些事情在過後才會想通，而在鄭歎周圍的很多人，或許早就已經發現不對勁，也或許已經往某些人們覺得匪夷所思卻接近真相的方向想過，只是大家平日裡相安無事，知白守黑而已。

對有些人，比如龍奇他們來說，只要鄭歎對他們無害，誰在乎你鄭歎是神還是魔？

鄭歎曾經在閒晃時聽一個哲學系的學生說過：「生活是一門藝術，可現實中人們往往忽視了它的藝術性，總喜歡對所有事情求個明白，眼裡更是揉不得一點沙子，看起來比誰都聰明，可很多時候做事情卻總是事與願違。做人不能什麼事都聰明、什麼事情都計較，否則會疲憊不堪，甚至得不償失；但也不能什麼事都糊塗，如果什麼事一問三不知、不負責任，那就成真糊塗了。」

鄭歎覺得哲學家就是一堆腦洞大開的神經病，成天想他人之所想，想他人之所不能想的事情。但鄭歎不得不承認，他們說的話確實有道理。

說來說去，這就是一個「分寸」問題，而焦爸他們很好的把握了這個分寸。

世上的聰明人，比人們想像的要多得多。

這世上的奇人異事亦很多，這個年代也不是到處都存在著那種科學怪人，打著研究的幌子撈國家錢的人倒是比比皆是。而且，鄭歎還有很多替他打掩護的人——以前鄭歎不怎麼注意，仔細想起來，他的漏洞還真多，卻依然安然無事到現在，還能每天自由的往外跑。

這樣想來，鄭歎覺得生活還是充滿陽光的，自己也不是孤獨的在戰鬥。

深吸一口氣，鄭歎抬起頭的時候，發現那個老太婆不知什麼時候離開了，院子裡只有他自己而已。

離開老太婆的院子，鄭歎沿著湖邊的水泥路走，步伐輕快的往楚華大學走去。湖面上一條魚躍起，落下去又消失不見，漣漪漸平。

◆◇◆◇◆◇◆◇◆

回到楚華大學之後，鄭歎見時間還早，離午飯還有段時間，便打算去幼稚園那邊晃晃，看卓小貓那熊孩子在幹什麼。

是的，現在2.42歲的卓小貓同學進幼稚園了。

2.42歲來自於卓小貓在開學時的自我介紹——

「我叫卓陽，我的小名叫卓小貓，我也有英文名，叫zhuo xiao cat，今年2.42歲……」

那天鄭歎就蹲在他們教室窗臺那邊看著，一想起來就好笑。

鄭歎來到幼稚園的時候，那些小娃娃們正在玩玩具和溜滑梯，而卓小貓在一旁拿著一個積木擺弄著，他旁邊站著個二十多歲的陌生男人。

不過，卓小貓那眼睛一彎，鄭歎就知道他又在想什麼鬼主意。以鄭歎對這小屁孩的瞭解，正和顏悅色對卓小貓說話的那個男的要倒楣了。

那個男人，鄭歎沒有見過，幼稚園裡基本上都是女老師，而且都是經過多次挑選和一些人脈關係網才進來的，相對來說比較可靠。

卓小貓他們班的兩個老師鄭歎都認識，根本沒有這個男人。

楚華大學幼稚園管理很嚴，陌生人不准進入，這裡面都是學校教職員的孩子，大門警衛也是個老人了，大部分人都認識，所以不可能會犯這種錯誤而讓不認識、不熟悉的人進來。

當然，那些都只是針對人，對於鄭歎這種特殊例子並不管用，就那些圍牆和柵欄，壓根防不住貓。

鄭歎跳上不遠處的一棵樹，看著那邊卓小貓跟那個男人。

卓小貓在擺積木，擺了一輛小汽車，旁邊的男人在指導他，之後估計看著著急，蹲下來幫著擺，嘴上也沒停下。鄭歎聽著，那人說的都是一些高級名車，對很多孩子而言完全是陌生的詞。對小孩子們來說，悍馬還不如消防車有吸引力。

「還差一個輪子。」卓小貓期待的看著旁邊的人。

「我去找找看。」那男人將一塊積木擺好，然後起身後退一步，準備去放積木的箱子那邊找找看有沒有合適的。

而就在那個男人後退的時候，腳落地時踩到一個東西，腳一滑，直接滑倒摔了一跤。

室內的教室裡面都鋪著地墊，但這外面可不是，尤其是卓小貓選擇的這地方，雖然不是水泥地，還鋪了一層木板，但直接這樣滑倒也夠疼，看地上那個男人扭曲的臉就知道滋味如何了。

卓小貓還沒有什麼反應，離得稍微近些的一個小孩子看到那男人滑倒的樣子後就哈哈哈笑了起來，其他孩子聽到動靜看過來，也跟著笑了。孩子們之間本就容易形成連鎖反應，被一群孩子笑話，這下子，那個男人的臉丟大了。
那邊的兩個女老師聽到動靜也過來看情況，姓白的那位老師看到男人的樣子尤其緊張。
「怎麼樣了？」小白老師問。
「……還好。」地上的男人艱難的站起來，雖然說著還好，但那也是因為面子問題，看他那抽氣的樣子就知道絕對沒那麼輕鬆。
「是一顆玻璃彈珠。」另一位老師找到了讓那個男人滑倒的原因。
玻璃彈珠對小班的孩子來說很危險，容易滑倒，還有誤食的可能，畢竟很多小孩子撿到什麼都喜歡往嘴裡塞，所以在幼稚園提供的玩具裡面是絕對不會有這個的，這種東西絕不可能出現在這裡。
「肯定是大班的哪個孩子扔下的！」那男人咬牙切齒道。前幾天他看到大班有孩子在玩玻璃彈珠，雖然後來那孩子收起來了，這片地方也清場過，沒想到還遺漏了一顆。
兩位女老師將場內又找了一遍，確定這裡面再沒有玻璃彈珠後，那位小白老師才扶著那個男人離開，去學校醫院看看去了，另一位老師留在這裡繼續看護。
鄭歎在不遠處看得清楚，那顆玻璃珠就是卓小貓趁那個男人蹲身擺積木沒注意的時候，從口袋裡掏出來放在那裡的。
那兩位老師壓根不會將這件事情聯想到卓小貓身上。兩歲半的孩子能幹啥？
在這裡，卓小貓是小班裡最小的，其他孩子基本上都是滿三歲才過來，也有差兩、三個月的被送進來，家長們要麼是因為太忙，要麼就是怕自己孩子輸在起跑線上，看到人家家裡送孩子上學，他們也趕緊將孩子送過來。

其實，能不能上幼稚園也是看孩子的。太小了心靈脆弱，也沒有自理能力，送進幼稚園不僅老師累，孩子也受罪，還可能讓小孩子生出牴觸情緒。至於差六個多月才滿三歲的卓小貓，他現在心理素質夠強，也有自理能力，能自己吃飯睡覺噓噓便便，比一些三、四歲的孩子都強得多；並且，上幼稚園還是卓小貓自己提的。

上幼稚園第一天，這傢伙就在老師好不容易將所有孩子安撫下來的時候嚎了一聲，引起好不容易停聲的其他孩子又哭了起來。對這些小孩子們來說，第一次離開家長，哭起來太容易了。而始作俑者卓小貓同學，在大家哭的時候，他跑到前面桌子挑了個又大又好的蘋果坐在旁邊啃。

也不知道跟誰學的，這小兔崽子特別壞！

小孩子們很快就不再去關注剛才的事情了，又開始各玩各的，他們之前在教室裡上了「好久」的課，難得出來玩玩，不會去在意那些無關緊要的事情。這就是小孩子和大孩子的區別，後者會繼續討論剛才的事情，而前者早忘了；對小孩子們來說，那種事情還不如手上的玩具和溜滑梯來得有吸引力。

卓小貓將剛才拼出來的車推散，準備繼續拼著玩，他將地上的積木擺成一個圓形，然後再在這個圓形上方累加其他積木，擺成一個圓筒狀。而這些積木並不都是方塊狀的，也有三角形和圓形、梯形等，這孩子卻能用這些不同形狀的積木將這個圓筒狀擺得很高很穩。

將地上的積木全部擺完之後，卓小貓又將拼好的圓筒狀積木推倒，打了個哈欠，抬頭往樹上瞅的時候看到鄭歎，立刻樂顛顛的往鄭歎那邊過去。

鄭歎從樹上下來，在靠邊的角落裡停住，等卓小貓過來。

卓小貓平時其實話並不多，也很聽話，自理能力強，在處理好自己的事情後還會幫其他小孩子的忙，也正因為這樣，卓小貓給老師和其他同學的印象都是很好、很正面的，只有跟鄭歎待著的時候話才多一點，也會暴露出這傢伙與外在不同的小心思。

「黑哥黑哥，我剛才懲罰了一個壞蛋！」卓小貓說道，一副求表揚的樣子。

——壞蛋？那個男人？

說實話，那個男人給人的第一印象不錯，首先外表太具有欺騙性，長得好，這本就能加分不少，再自我發揮一下，確實不會讓人覺得他這人有問題。

鄭歎相信卓小貓。

「我看到他偷了小麗的小熊，還騙人說沒看到。」卓小貓小聲將自己發現的祕密跟鄭歎說。

卓小貓說的小麗是小班的另一個孩子，鄭歎前兩天確實聽說過這裡有個孩子丟了東西，是個小熊形狀的水晶吊墜，一千多塊錢，是那小孩的親戚送的，那孩子還經常拿出來炫耀，沒想到在外面摔了一跤後回來就發現吊墜沒了，等再跑到摔跤的地方，也沒找到那個吊墜。

那家長還懷疑幼稚園的老師，但這裡條件好的孩子不少，戴玉的就有好幾個，真論價值，那些玉吊墜可值錢多了，怎麼沒見人家丟，偏偏你家的就丟了？

眾人查也查不出來，還擔心影響其他孩子，最後只能不了了之。

現在看來，撿到那個吊墜的人是剛才那男的？

聽卓小貓小聲講，鄭歎才知道，原來卓小貓那天中午睡不著，拿著自己用兒童牙膏盒子和兩塊小鏡片做的「潛望鏡」看到的。

幼稚園的孩子中午都在這裡睡覺，不會回家，小麗就是中午午休時間醒過來去上廁所摔了一跤。至於那個潛望鏡，小學美勞課程裡面有根據光的反射原理用那種硬紙片和兩個鏡片組成的簡易潛望鏡，前段時間鄭歎還看社區裡有一些小孩子們玩過，可是像卓小貓這麼小的，鄭歎還是第一次碰到。

「他每次蹲久了之後起身都會後退，嗯，後退這麼多。」卓小貓用手比了比。

也就是說，這傢伙放玻璃彈珠不是瞎放的，是經過觀察和大致測量之後才放在那裡。只是，這種觀察力是不是用偏了？

不過，畢竟只是小孩子，沒想那麼深遠，也沒想著告訴老師和家長，只將這當成一個小遊戲，自己樂一樂。

至於卓小貓為什麼不將這事告訴那位小麗，鄭歎聽卓小貓剛才的語氣，知道他對那個大嗓門愛炫耀還尿床的小麗沒什麼好感，還放過一隻蟲子在小麗的裙子上，把人家嚇得直哭，偏偏沒人知道那蟲子是卓小貓放的。

站在家長的角度，這時候應該教育教育他對與錯，怎麼樣做才是最正確的，可鄭歎不會，也做不到，話都不能說還教育個屁。

「卓小貓，這是你們家的貓嗎？」一個小女孩走過來問道。

雖然卓小貓說過他的名字叫卓陽，但很多孩子們還是喜歡叫他卓小貓。

卓小貓搖搖頭，「不是，牠是我哥。」

那個小女孩聽到回答後眼睛瞪大，不可思議道：「難怪你叫卓小貓，原來你哥是隻貓，那你能變成貓嗎？」

「不能。」

「哦。」小女孩一臉的失望，側身看了看鄭歎，伸出白白嫩嫩的小手準備揪鄭歎的鬍子，被鄭歎躲過了。

鄭歎對於這些小屁孩可沒什麼好感度，長得再可愛，煩起來能煩死人，下手也沒個輕重，還容易哭，所以他也不打算繼續在這裡待著了，對卓小貓抬了抬手。卓小貓正準備對那個小女孩說些什麼，見到鄭歎這樣，趕緊伸出手與鄭歎的貓手掌碰了一下。

「黑哥再見！」卓小貓對著鄭歎的背影揮揮手，轉身繼續剛才沒說的話，讓那個小女孩以後不要去揪鄭歎的鬍子，不然「黑哥會生氣」。

鄭歎離開幼稚園之後，還想著卓小貓說那個男人是壞人的事情，這種人放幼稚園裡可不是件好事。

正想著，抄小路經過學校醫院的時候，鄭歎看到了從學校醫院出來的一男一女，女的就是那位姓白的幼稚園老師，男的就是卓小貓說的「壞人」，現在看那男人走路還有點不自在的姿勢，估計那下子確實摔狠了。

經過一個岔路口的時候，那兩人分開，小白老師朝幼稚園回去，待會兒還要督促孩子們吃午飯睡覺，不能離開。而那個男人則走另一條路。

鄭歎想了想，跟在那個男人身後。

那個男人並沒有走正大門，而是從側門出去的，那邊通往老街。

這時候路上的人開始漸漸多了起來，一些擺小攤的人忙著占位子，而下午只有兩節課的楚華大學學生們這時候也下課了，順便出來遛一遛，吃點小吃。

鄭歎沒有跟得太近，那邊人多，很多人走路的時候壓根不會注意腳下，他湊過去的話估計四肢和尾巴都會被踩斷，而且在人行道邊上鄭歎也能看到那邊的情形，犯不著去冒險找罪受。

正跟著，鄭歎看到那個男人的步子變快了些。

旁邊有個擺小攤的，攤上都是一些飾品小玩意兒，女孩們很喜歡那些，攤子邊上也圍著不少人。那個男人經過之後，鄭歎注意到他手裡多了個女用手機，拿到手機後那人很熟練的關機，打開手機後蓋，將ＳＩＭ卡取出來扔進旁邊的垃圾箱裡，然後將手機揣進口袋。

那手法……是「身經百戰」的人才有的，太迅速、太自然了，自然得那個學生壓根就沒覺得自己的手機丟了，而周圍的人們也沒有注意到這邊的異樣，如果鄭歎不是親眼看到那個男人偷了手機！

在偷了手機之後，那個男人原本皺著眉頭苦著一張臉，現在眉頭也舒展開了，帶著笑意，似乎剛才發生的事情讓他很愉快，將原本的鬱悶都驅散。

鄭歎不知道這個人是喜歡用這種方式來發洩自己心中的鬱悶情緒，還是因為他本就擁有另一種「職業」的關係才做出偷手機這種事情，不管怎樣，這明顯不是個什麼好人，比卓小貓說的還要惡劣。

也是，連小孩子的東西都偷，偷手機算個屁。

鄭歎往回看了看，那個賣飾品的小攤周圍圍著一些人，也看不出丟手機的人在不在裡面，估計那位倒楣的失主到現在都還沒發現自己的手機丟了。

那個男人已經走得有些遠了，鄭歎趕緊跟了上去，他現在也做不了什麼。

前面的人走的路鄭歎也熟悉，從這邊沿老街走過去，走不了多遠再轉個彎，就會到達一個老社區。

說這個社區老，確實也不算歷史悠久，也就是九〇年代建起來的，都是六、七層的樓，一層樓裡面五、六戶。只是從社區外面看，會讓人感覺這個社區有些年代。

城市發展太快，建築風格老式，再加上這些老式社區樓後面，高聳的一棟棟現代化大樓如龐然大物俯視著一切，就更顯得這裡老舊了，有時候還會讓人生出一種時空交錯的感覺。

居住在這個老社區裡的多半是老先生、老太太們，也有一些在周圍上班的年輕人。

鄭歎看著那個男人進入社區，就迅速的跟著從旁邊一扇關閉著的側門那裡翻了進去，找了一會兒，看到那個男人之後繼續跟著。他逛老街這邊的時候也逛過幾個社區，這裡是其中之一，算不得熟悉，卻也不陌生。

在鄭歎的記憶中，這裡的樓，很好爬。

走進去的時候能聽到一樓的很多屋子裡面傳出來的麻將聲，老先生、老太太們每天沒事就聚在一起打麻將，所以一樓大部分都是「茶館」性質的「娛樂場所」。

一隻雜毛小京巴看到鄭歎後朝著這邊汪汪叫了幾聲，不遠處趴在路邊睡覺的一隻花白小狗動動耳朵，往這邊瞟了一眼，然後又懶洋洋趴下，對鄭歎一點都沒興趣。這個社區裡小狗多，貓也多，當那些貓蕩漾起來的時候，真的是此起彼伏。

正因為貓太常見，所以不管是人還是動物，看到鄭歎一點都沒有啥稀奇感，很多連一個眼神都懶得給。

前面的那個男人似乎也熟悉了社區裡面的狗叫聲，聽到之後壓根就沒往回看，繼續往前走，一邊走還一邊接電話。

鄭歎聽到他正跟電話那頭的人抱怨今天的倒楣事，語氣中對幼稚園那些小孩子們非常反感，還狠毒的咒罵了幾句。這讓鄭歎超級不爽，畢竟這人罵的是卓小貓。人心本就是偏的，鄭歎偏得理直氣壯，更何況這人本就人品有問題。

「那些小王八蛋們，一天不打就能鬧翻天了，馬的，那就是欠打！」

前面那個人還在抱怨，不過，走進一棟樓的樓梯間之後，情緒就收斂很多。樓梯間裡面很安靜，他要是張口閉口就開罵的話，他就別想周圍的人給他好臉色了。

鄭歎跟在他身後進去。

樓梯口有鐵門，但是好像很久都沒有關上過，估計居住在這裡的人也嫌關上太麻煩，所以進樓口的鐵門形同虛設。

那人就住在三樓，鄭歎看著那人掏鑰匙開門進去，在關上門之前，鄭歎還聽那人說著週五晚上去哪裡玩。

鄭歎也沒在這裡久待，摸清這人住的地方後就下樓了，然後在這棟樓周圍轉了一圈才離開。

◆◇◆◇◆◇◆◇◆

接著兩天，鄭歎每天都會去幼稚園那邊走走，不過沒再看到那個男人了，只有帶班的幾個女老師，看著那些小孩子戴著紙糊的公雞帽子跟著老師唱「大公雞喔喔喔」，鄭歎轉身就走。他欣賞不來這些兒歌，總感覺在這裡待久了會被這些小屁孩們同化變幼稚。

週五那天晚上，鄭歎吃完晚飯之後就出門往那個老社區過去。既然那個男人說週五晚上出去哪裡玩，那他應該不在家，鄭歎決定去他家製造點麻煩。

得罪一隻貓，後果是很嚴重的。

來到那棟樓下，晚上在外走動的人少，很多老年人睡得早，晚上也沒那個精神去打麻將，就待在家裡看電視，九點之後基本都睡下了。

周圍沒有路燈，只有一些居民家裡透出來的燈光，不算很黑，但也有很多「死角」，在陰影裡幹啥也不容易被發現。

鄭歎看了看，找準一個地方，沿著牆角往上爬。那男人屋子正下方的那兩戶人家在外面安了個遮雨棚，一是為空調的室外機遮擋雨水，另一是防止樓上的住戶晾衣服時往下滴水，因此很多住戶都會在窗臺外面安裝一個這樣的遮雨棚，而這遮雨棚也給了鄭歎便利。

在鄭歎往上爬的時候也會藉助這些遮雨棚，有人經過的話，鄭歎會在遮雨棚上躲一躲。雖然這裡不太明亮，但離得近的人也可能會發現鄭歎，這個時候不是深夜，還是有不少年輕人外出走動的。

爬過二樓的時候，鄭歎聽到有人接近這邊，便迅速往上爬動。

「我去！好大一隻壁虎！嘿嘿……還是黑的，長著貓耳朵呢！」下方傳來一道聲音。

鄭歎：「……」

很顯然，那個人發現鄭歎了，同時幸運的是，那人不怎麼清醒。

「……胡說，我沒醉！我清醒著……嘔——」

鄭歎躲在二樓的遮雨棚上聽著下方嘔吐的聲音，還好這人喝醉了，不然估計會有些麻煩。但也不算大麻煩，畢竟鄭歎只是一隻貓，一隻貓爬牆……也不算什麼靈異事件吧。

下方那個醉鬼扶著牆吐了之後，便踉蹌著離開了，而他的電話則掉落在那堆嘔吐物裡，那個醉鬼一點都沒意識到自己的手機掉了。

沒人再經過這邊，鄭歎迅速往上爬，翻進三樓那個帶著鐵窗欄的窗戶，好在那扇窗外的鐵欄不密集，兩根鐵欄之間的距離剛好能讓鄭歎擠進去。

或許是因為有鐵窗欄的原因，雖然裡面沒人，但三樓那裡的窗戶並沒有鎖上，估計覺得沒有誰會透過這裡進去。

鄭歎看了看周圍，這時候好像很多人都出去散步了，對面那棟樓家裡有人的也不會注意這邊，就算往這邊看，也不可能注意到鄭歎，窗臺這裡沒燈，很黑，憑人的視力是無法看到暗處的鄭歎。

拉開窗戶之後，鄭歎看了看裡面。

憑氣味分辨，這個房間就是那個男人的，房間裡沒有鄭歎想像的那麼亂，有熟悉的氣息，是幼稚園那位小白老師留下的，這兩人是情侶。不過，小白老師並不在這裡住，應該是今天下午來過，替那人收拾了一下房間。

遮擋物太多，鄭歎決定先從高處看一看這個房間，再決定從哪裡開始搗亂。

從書櫃跳上旁邊的木質衣櫃，鄭歎正準備往下看的時候卻發現衣櫃上放著一把鑰匙。這把鑰匙看起來像是經常使用的，沒有生鏽，鑰匙上沒有灰，而鑰匙周圍都蒙著一層灰塵，打掃的人也沒有顧及到這個衣櫃上面，因此，在這樣對比之下很明顯。

鑰匙上殘留的氣味證明，那個男人不久之前還使用過這把鑰匙，而小白老師並沒有碰過這把鑰匙。

一把經常使用的鑰匙，卻放在高高的衣櫃上。為什麼？

顯然有異常。

鄭歎看了看房間裡其他擺設，跳下去將帶鎖的抽屜和櫃子試了試，其他的都能直接打開，只有兩個是鎖著的，一個是書櫃下方的小櫃子，另一個是床頭櫃。

看了看鑰匙孔，都差不多。鄭歎索性將鑰匙拿下來都試了試，書櫃下方的小櫃子打開了。

這個櫃子裡面，放著的都是手機，其中就有前兩天鄭歎看過的那個偷來的粉色手機。

再看看這裡面放著的六個手機，有兩個女用手機，三個男用手機，還有一個中性化一些，男女都有使用的。這六個手機新舊不一，價錢也相差很大，有一個手機在這年頭都能被看作「賊不理」手機，也有兩個手機看起來高級些，這年頭應該能賣上幾千塊錢。

這些手機，應該都是那人偷的。

櫃子裡除了手機之外，還有一個盒子裡裝著手機的ＳＩＭ卡。

在楚華大學附近有很多街邊小販和零售代理商賣手機預付卡時根本不需要買主出示身分證，這裡的這些ＳＩＭ卡，應該也是類似的。

如果這些手機不見了，那個男人回來會不會氣得跳腳？

鄭歎看了看櫃子裡的六個手機，突然想起來，他好像很久都沒有用手機發過簡訊了。鄭歎又看了看自己的貓手掌，再看看櫃子裡的幾個手機，最後視線落在一個翻蓋男用手機上。

這個手機螢幕在這時候來說算大的了，而且按鍵也相對來說大一些，容易操作。鄭歎將這個手機放在一邊，將那個粉色的手機也放一邊，又打開放著ＳＩＭ卡的盒子，拿出兩張ＳＩＭ卡。

房間裡沒找到袋子，鄭歎來到房門前仔細聽了聽，確定屋子裡沒人，外面也沒有人靠近這屋子，便跳起來拉開門鎖，打開房門出去。

兩室一廳的房子，不算大，另一間房間沒有住人，放著一些健身器材，鄭歎轉了一圈，找了個乾淨袋子，將那個翻蓋手機和粉色手機以及兩張ＳＩＭ卡放進去，繫好袋子，轉回房間處理剩下的手機和ＳＩＭ卡。

這個過程中，鄭歎也翻過幾個抽屜，但是沒看到卓小貓說的那個丟失的吊墜，估計已經被賣掉了，或者藏的地方比較隱蔽他沒找到。

鄭歎不知道這些手機到底是在哪裡偷的，不知道失主是誰，他也不在乎那些，無關的人他一向懶得去注意，至於那個粉色手機的失主，鄭歎只是準備順便幫一把而已。

處理好之後，鄭歎正準備翻出窗戶開溜，突然停住腳步，跑去扯了點紙巾將一些痕跡擦掉，比如有明顯貓腳掌印的地方，以及那個上方滿是灰塵的衣櫃。他亂擦一通後，雖然做得不嚴謹，但只要將貓的痕跡消除就行。

開櫃子的鑰匙被鄭歎扔進馬桶沖掉了，櫃子卻被鄭歎重新鎖上，讓那個男人去傷腦筋。轉了兩圈，確定將自己的足跡消除，鄭歎才咬著裝著手機和ＳＩＭ卡的袋子翻窗戶出去。至於房間裡剩餘的痕跡，單憑那些，也懷疑不到一隻貓身上。

爬上容易爬下難，鄭歎從窗戶外往下爬的過程不太容易，他先扒在牆上挪了點距離之後就跳到二樓窗戶外面的遮雨棚上，雖然這個居民社區比較老，幸好遮雨棚還算結實。

落在遮雨棚上時發出「砰」的一聲響，聲音不算大，但屋裡的人肯定聽到了。不過，在他們來開窗戶往外瞧的時候，鄭歎已經從二樓翻到一樓、落在地面，找地方藏起來了。

藏在草叢後面看到二樓那邊的窗戶又重新關上後，鄭歎才長舒一口氣。

緩了緩，鄭歎重新叼著那個袋子從暗處離開。晚上燈光照不到的地方很多，雖然需要走點彎路，但為了讓行蹤隱蔽些，鄭歎也只能繞遠路了。

來到楚華大學，鄭歎翻過側門附近的圍牆，在行道樹下將袋子打開，趁人不注意的時候，將那個粉色的手機撥向大門警衛室，手機正好停在大門警衛室門口的臺階前，鄭歎在邊上看了一會兒，直到一個大門警衛看到並將手機撿起來，問周圍路過的學生未果，拿起筆在旁邊的告示板上寫了失物招領，鄭歎才離開。楚華大學的那些大門警衛們素質還算不錯。

接下來鄭歎沒有直接回家，而是去了一個地方，就是靠近新生宿舍的那片樹林。

前兩年新生宿舍沒建起來的時候，那邊可是很偏僻的地方，晚上幾乎沒什麼人走動，而那片樹林裡也有不少粗壯的大樹，鄭歎記得以前在那邊鍛鍊時看到一棵樹上有個樹洞，他曾在那個樹洞裡面放過貓牌。想想，確實有段時間沒往那邊走了，自打新生宿舍一棟棟建起來、新生入住之後，鄭歎就不怎麼往那邊溜達，今天正好過去看看。

雖然新生宿舍建起來後，這邊原本偏僻沒啥人氣的校區邊緣變得熱鬧了點，但也僅僅只是一點而已。樹林區域晚上這時候有學生走動，小林子裡也有一些在啪啪啪的學生，然而人畢竟少，鄭歎想避過那些學生並不難。

那棵有樹洞的大樹周圍並沒有人，鄭歎跳上樹，看了看樹洞，一堆腐爛的樹葉，這是他上次來過這裡後，為了防止其他動物霸占而填充了一些樹枝樹葉和一塊塑膠板，現在看來這真不是個好主意，腐爛的樹葉裡面都長了蟲子。

鄭歎折了根樹枝將裡面的東西掏出來，樹洞裡很潮濕，很多小蟲子爬來爬去，不過鄭歎一時也想不到更好的辦法處理，只能先將就一下，明天再想辦法。

掏好樹洞之後，鄭歎將裝著手機和ＳＩＭ卡的袋子放進去。

雖然老瓦房那邊也有不少地方可以讓鄭歎藏手機，還不用擔心颳風下雨，但是那邊說不準什麼時候就會有人進去了，而這邊的樹洞，好像只有鳥類和貓有可能過來，而一般的鳥和貓也不像鄭歎這樣對手機感興趣。

想來想去，鄭歎還是覺得樹洞比較安全、穩定。

——從偷手機的小偷那裡偷手機，這算不算是黑吃黑？

——管他呢！

鄭歎搖搖頭，他一向沒什麼節操。

打開袋子，鄭歎將手機開機，調靜音，點開了手機裡面的一個賽車類遊戲玩起來。

好久沒碰手機了，就算是這種畫面粗糙的遊戲，鄭歎也能玩得爽快。

誰也不會想到，這種時候，在楚華大學這個校區邊緣的樹林裡的某棵樹上，一隻貓躲在樹洞裡正咧著嘴玩手機。

約莫半小時後，手機提示快沒電了，鄭歎這才意猶未盡的關掉手機。

這個手機裡面沒有安裝ＳＩＭ卡，鄭歎看了看袋子裡順手撈過來的兩張ＳＩＭ卡，一玩遊戲就忘了裝卡了。

——算了，以後再說。

鄭歎有些費力的將手機後蓋打開，取出電池，拿回去明天趁家裡沒人的時候用焦媽的萬用充電器充一下電。

掰出電池後，將手機和兩張ＳＩＭ卡好好的裝進袋子裡，繫好袋子，鄭歎看了看那塊電池，直接叼著電池好像不太好，咬電池那是找死，先不說電池的毒性，鄭歎想起了前段時間焦爸跟焦遠的談話。

焦遠班上很多學生用一些電子產品的時候碰到電池沒電，又懶得去買，就直接用牙咬一咬，以「挖掘」電池的殘餘能源，所以在焦遠他們學校能看到很多扔掉的電池經常是帶有牙印的。就在前幾天，有篇新聞爆出了一個小女孩因為咬電池而被電池炸傷的事情。

根據報紙上所寫的某位專家的解釋是，電池裡面含有化學物質，咬破電池後，唾液進入電池內部可能導致電池短路而爆炸，尤其是一些山寨產品和劣質電池，很可能會因為品質得不到保障而容易發生事故。

那些學生們常用的是三號或四號金屬鋅外殼的乾電池，至於手機電池是怎樣的，鄭歎並不知道，但也不敢冒險，他還是很珍惜這條貓命的。對於那些學術知識，鄭歎是個半文盲，不瞭解也沒興趣深挖，聽焦爸焦媽他們的話做事就行，簡單方便不費腦子。

因此，保險起見，鄭歎跑去側門外邊那些擺小攤的商販那裡撈袋子。這邊學生多了之後，側門門口傍晚和夜裡也有一些擺小攤的人。

擺地攤的商販看到鄭歎將攤子上放著的一個塑膠袋叼走，只當這隻貓好玩而已。喜歡玩塑膠袋的貓多的是，況且塑膠袋也不值錢，所以他沒多去注意鄭歎，那些走過的學生才是他重點關注的對象。

將電池裝進乾淨的塑膠袋之後，鄭歎這才叼著塑膠袋回去，在社區的一處將電池藏起來，上樓回家，刷牙洗澡。今天叼塑膠袋叼多了，得多刷刷，焦媽買的電動牙刷用著還不錯。

◆◇◆◇◆◇◆◇◆

次日，鄭歎趁家裡沒人，樓裡人上班的上班、上學的上學時，將裝電池的袋子帶回家，用焦媽的萬能充電器充上了。

為了讓電池多充一下，鄭歎上午和下午都守在家裡，同時還在家裡堆雜物的地方找了個袋子，這是焦媽以前的一個零錢袋，好久沒用過，估計早忘了。鄭歎翻出來在水龍頭下將袋子洗了洗，放在陽臺上晾乾。

零錢包大小合適，剛好能裝下那個翻蓋手機，手提帶正好能套在鄭歎脖子上，這樣也省得用牙提。

一切準備好之後，鄭歎找了個機會回到樹洞那裡，將電池安上，試了試那兩張ＳＩＭ卡，還試著查了一下剩餘的通話費，一個帳號上已沒錢早就停用了，而另一個只剩下幾塊錢。

將那張還有費用的ＳＩＭ卡安裝上，鄭歎想了想那個男人的電話號碼。昨天他去幼稚園的時候，小白老師正在跟那個男人打電話，等她打完電話，將手機放辦公桌上去照看其他小孩子時，鄭歎翻了一下通話記錄，上面顯示的是「親愛的」，鄭歎將號碼記了下來。

此時，老社區裡，張東正在打電話跟人訴苦。

「早上換鞋發現鞋子裡面躺著幾張ＳＩＭ卡，出門匆匆從衣櫃裡面拿了套西裝出來換上，出去坐公車一掏口袋掏出幾張ＳＩＭ卡，回家在廚房煮麵，打開碗櫃發現裡面躺著一個手機！跑去喝水壓驚，打開客廳茶几下面的櫃子，卻發現裡面又躺著一個手機啊他媽的……手機……ＳＩＭ卡……手機……ＳＩＭ卡……我快瘋掉了！到底誰他媽在玩我？！」

張東覺得闖入者是一個技術相當強悍的小偷，可為什麼不將手機拿走，反而還像是玩遊戲似的到處塞東西？

張東檢查過門鎖和窗戶，根本檢查不出什麼線索，他在偵查這方面沒啥技術，也不敢聲張，被外人知道的話他也不會好過，而被同行知道的話，他也沒那個臉。只能找關係比較好、平時一起玩的朋友訴說一下。

他正說著，手機提示收到一封簡訊。

看到手機上顯示的號碼之後，張東手一抖，頓時背後一股涼意流竄。

在他發現自己臥室被一個比他更高明的小偷光顧過之後，他將所有在屋子裡找到的ＳＩＭ卡統計了一遍，將沒找到的ＳＩＭ卡都標了出來，而此時顯示的發簡訊的手機號碼，就是還未找到的卡號之一，這個號碼也是他曾經使用過的，因為這個號碼裡面有四個6，所以印象很深。

深吸一口氣，張東點開剛收到的簡訊，上面顯示——

「好玩嗎？」

看到這三個字的第一個感受，張東想摔手機，但是想到手上的手機值不少錢，已經做出摔投姿勢的胳膊硬生生停住了。深呼吸好幾口氣，張東才讓自己的情緒平息了一些。

如果對方偷了東西就走，張東認了，對方技術過高，他甘拜下風；而對方耍他，惡作劇一般將手機和ＳＩＭ卡到處藏，他權當對方找樂子。可是現在對方竟然還發簡訊過來，雖然只有三個字，但卻透著一股濃烈的嘲笑意味，張東感覺自己臉上被抽了一巴掌之後又挨了一拳。

很顯然，對方並沒有收手的意思，張東現在擔心的是對方會不會再次光顧這裡，甚至是盯上他，做出什麼威脅生命的事情。

張東越想越焦躁，畢竟他平日裡做的很多事情也見不得光，所以一旦遇到某些事情，負面情緒就會直接飆升。

死死盯著螢幕，張東抓了抓頭髮，按下了撥打鍵。猜測畢竟只是猜測，他希望直接跟對方談談，敞開天窗說亮話，就算犧牲一些利益也無所謂。

只是，撥打後，張東聽著電話裡公式化的語音，再次氣得差點摔手機——對方電話已關機，打不通。

繞著房子走了幾圈，張東決定暫時換個地方住——惹不起我還躲不起嘛！

於是，他立刻打電話找人租了另一個地方，當天就打包行李走了。

相比起張東的疑慮和焦躁，鄭歎這邊過得還不錯，發完簡訊給對方後就直接關機。他可不想廢話太多，而且還要省電呢。

手機確實是個很方便的東西，互相之間的交流也看不到對方是誰。他玩不了電腦，玩手機也不錯。

不過，想起查通話費時瞭解到的餘額資訊，鄭歎又煩惱了。

儲值通話費對別人來說是件相當簡單的事情，不管是去電信行還是找人代儲都行，但對於鄭歎來說，這是個技術性難題——要怎麼做，才能在別人不知道、不見到鄭歎的情況下去儲值？錢？

鄭歎有。

小柚子、焦遠和焦媽的私房錢以及焦爸的銀行提款卡，鄭歎都知道地方，但是鄭歎不想去動用他們的錢。說他蠢也好，說他倔、愛面子、死腦筋也好，總之，偷焦媽他們的錢去為自己儲值通話費這種事情鄭歎做不到，即便早已打算將自己銀行帳戶裡的錢給焦家的人，但鄭歎覺得那是另一回事，不能放一起說。

不告而拿即為偷，鄭歎可以對張東下手，對不認識的人下手，但是對焦家的人，鄭歎心裡那個檻過不去。

回家拉開貓跳臺上的抽屜看著裡面的幾張卡，這卡裡面的錢不少，鄭歎有一次見焦爸註冊網銀後登入看過餘額，鄭歎自己都嚇了一跳。可惜，就算卡上的0再多，鄭歎也拿不到一毛錢，不是說焦爸將這些錢挪出去，而是鄭歎根本無法去取錢，提款機那裡都有監視器呢！附近儲值通話費的地方好像也沒看到刷卡機，要是可以利用刷卡儲值通話費，鄭歎還能趁沒人的時候偷偷過去找機會刷卡儲值。

讓人幫忙儲值？

鄭歎不怎麼願意。他還想用這個手機號碼做點其他事情，所以知道的人越少越好。

怎麼辦呢？

鄭歎趴在陽臺上思索。

四樓那邊傳來嗦嗦的聲音，那是四樓的賤鳥在培養藝術情操。

此刻，將軍正咬著筆桿在畫畫。將軍的飼主為了防止這傢伙再出去禍害人，又教了牠一些東西，而其中畫畫便是將軍現在感興趣的事情，每天沒事就咬著筆桿在畫畫，牠飼主覃教授還專門買了個畫板，用的筆也是環保無毒型的。

這樣既能分散牠的注意力，讓牠別出去拉仇恨，又能讓牠住嘴，因為學習能力太強導致這傢伙的嘴越來越賤了，不封住嘴牠能氣死人。計科院的人現在還在被其他學院笑話，將軍的資訊也被大家翻了出來。不過，也聽說計科院有人根據將軍的原形製作了動畫版的聊天動態圖，放在網上下載量不少，連覃教授聊天的動態表情都用牠的圖。

鄭歎從陽臺上探出頭看了看將軍的畫，不知道畫的是什麼東西，估計是抽象派的。

畫完之後，將軍歪著頭看了看，然後抬起大爪子將旁邊擱著的板擦抓起，將畫板上的畫擦掉，繼續牠的藝術生涯。

看著將軍用嘴咬著筆畫畫，鄭歎突然想到，自己也能寫能畫，可以試試透過這種方式找人代為儲值，不過這裡面存在一定風險。

要解決儲值通話費這個技術難題，第一個是要有現金，網銀支付這種方式鄭歎現階段是別想。那麼，怎麼樣才能弄到現金，而且還是憑正當手段的弄到現金？

第三章

貓要怎麼儲值通話費？

這天，鄭歎跑去小郭那邊拍新一期的宣傳廣告。

小郭店裡吸引顧客的並不只是那些寵物用品，如今最主要的就是小郭他們寵物中心網站上按期發布的宣傳影片，每到發布日期的時候就有一大批寵物中心的客戶和湊熱鬧的網友們在電腦前等著，然後在一些影片網站分享，或者截圖在論壇裡面討論，吸引關注。

這期鄭歎的道具是一個小背包，這次扮作一個登山者。不過在拍攝的時候，其他幾隻貓今天不知道怎麼回事，情緒都不太高，拍攝的時候不太配合，耗費的時間久了一些，本來應該下午兩點就拍完的一段短片，到三點了都還沒完成，鄭歎也已經相當不耐煩。

小郭在旁邊發愁，讓手下的人去安撫另外幾隻貓，至於鄭歎這邊……

「黑碳吶，我們商量商量，再多堅持一個小時好嗎？」小郭看向鄭歎。合作這麼久，小郭也知道怎麼來跟這隻貓交流意見。

鄭歎沒理他，趴在旁邊半閉著眼，心裡正思考怎麼去弄現金，對眼前的小郭一副懶得理會的樣子。

小郭說了半天也得不到反應，準備掏根菸出去抽抽，掏口袋的時候發現裡頭還有張一百元的紙鈔，一時興起，將一百元拿出來在鄭歎眼前晃了晃，「再堅持一個小時，這一百塊錢就給你當加班費了！」

原本小郭只是抱著一種開玩笑的態度，晃過手裡的鈔票之後就打算放口袋裡然後出去抽菸，沒想到剛才連眼皮都懶得抬的貓立刻站了起來，精神抖擻的。

小郭：「……」他感覺這隻貓見到鈔票的時候眼睛都閃光了。

頓了兩秒，小郭將已經半揣進口袋的鈔票拿出來在這隻貓眼前慢慢晃了一遍，然後看著眼前的貓雙眼跟著那張鈔票挪。

——臥槽！

——這麼見效！

鄭歎的酬金，小郭向來都是直接匯到帳戶裡的，但小郭沒想到現金的效果這麼好，早知道這樣能激起這隻貓的工作態度，他就直接拿出來了！不過，以前這種事情發生過嗎？小郭搖搖頭，記憶中沒有，不知道是沒碰到過還是忘了。

「黑碳哪……」小郭將百元鈔票折了折，塞進鄭歎揹著的小背包裡面，「加班費給你了，我們開工囉？」

——開工！

現金的煩惱解決了，鄭歎現在心情相當不錯，而那邊幾隻貓因為工作人員的安撫，現在情緒也穩定了些。所以，在大家都很合作的情況下，鄭歎在剩餘的時間裡相當賣力、特別配合、非常耐心，不像以前那樣看到其他貓出錯就恨不得上去拍巴掌。

小郭在旁邊托著下巴看著拍攝，心想以後要是再碰到這種要「加班」的情形，就直接鈔票解決算了，反正一百塊錢現在對他來說真的不算什麼，能夠讓那隻貓這麼配合，實在是一筆划算的買賣。

鄭歎在拍攝完之後，沒將身後的背包道具卸下來，小郭也沒說要，就讓鄭歎直接揹了回去。回到家之後，焦遠想要看鄭歎的小背包，鄭歎都沒答應，他決定以後去寵物中心就揹這個。

現金有了，剩下的就是怎麼將這一百塊錢儲值進通話費裡。

◆◇◆◇◆◇◆◇◆

原本鄭歎想著寫一張紙條連帶現金一起放在代儲通話費的地方，不過他在閒晃的時候，發現還有另一個途徑可以儲值。

在往學生宿舍區的那條路上有一個書報亭，鄭歎在那裡蹲點觀察了幾天，發現每天下午三點多的時候，書報亭的那個阿姨就會趴在那裡睡一覺。她也不怕別人偷報紙，這裡學生的整體素質還是比較高的，而且學校裡相對於外面來說安全性要大出許多，她不用擔心有其他意外，就算有學生過去買報紙、買儲值卡，直接將她叫醒就行了。

鄭歎脖子上套著那個黑色的零錢包，手機並沒有帶著，錢包裡裝的是那一百塊錢的現金。

在書報亭阿姨趴下睡著之後，鄭歎將零錢包放在灌木叢後面，然後叼著一百塊錢從窗戶跳進書報亭裡面。他現在叼東西已經越來越習慣了。

此刻周圍沒人走過，而且這裡也沒有監視器，鄭歎跳進去之後看了看趴在那裡睡覺的人，對方還睡著，能聽到輕微的鼾聲，之前也是確定這位阿姨睡覺很沉才決定找這裡下手的。

儲值卡的盒子就放在窗戶下方的一個櫃子上，並沒有將裝卡的盒子蓋嚴實，估計到這裡買儲值卡的人多，她懶得蓋。

鄭歎將錢放在旁邊一個零錢的錢盒子裡，裝大鈔的鄭歎沒看到，估計被藏起來了。然後，鄭歎來到裝儲值卡的盒子旁，從裡面翻找出一張面值一百的儲值卡，叼著聽了聽外面路上的動靜之後，快速離開。

藏在灌木叢後面，鄭歎看了看書報亭那邊，那位阿姨還在睡覺，這才鬆了口氣，將拿到的儲值卡放進黑色零錢包，拉鍊拉好，然後揹著包跑去樹林那邊。

躲在樹洞裡，鄭歎按照電話裡的語音提示輸入卡號和密碼，當手機上收到簡訊顯示儲值成功以及裡面的餘額後，鄭歎心中無限感慨，區區儲值通話費，竟然還要這麼折騰！

不過，儲值也不能每次都這樣，今天算是運氣不錯了，要是到時候書報亭換個人，或者直接關門，鄭歎就又得煩惱。所以，他決定這段時間有空去找找其他法子。

鄭歎又去了那個老社區一次，發現張東搬走了，頗有些意興闌珊，他還打算再耍那人一次，沒想到搗了一次亂，那人就嚇跑了。

不過，走了人，手機換了沒？

鄭歎直接撥打了那個電話號碼，發現已經打不通了。

還真夠徹底的。

就這樣能跑得了？

之後鄭歎跑去幼稚園那邊，找機會翻了一下小白老師的手機，將張東的新號碼記了下來。

這次鄭歎沒有立刻發簡訊嚇唬他，發過去那人肯定又換號碼，鄭歎懶得折騰，先記下號碼，要是啥時候那人又被鄭歎碰到做壞事，再去整他。

鄭歎現在只能自己找樂子，他不指望以一隻貓的身分去做什麼驚天動地的大事，那樣他幾條命都不夠丟，不說人心險惡並且自身智商不高，連法律都不會撐起保護傘，單靠道德約束有什麼用？鄭歎可不願意將自己的小命託付給道德。

藏手機的樹洞現在乾燥許多，或許因為季節的關係，這時候氣候本就比較乾燥，也省去了鄭歎一些麻煩。

◆◇◆◇◆◇◆◇◆

這天，鄭歎跑去天橋那邊走了走，最近坤爺那瞎老頭沒在天橋上拉二胡了，剛開始鄭歎還以為那老頭生病了呢，一把年紀正事不幹總跑天橋拉二胡，生病也大有可能，可是有次碰到小九，聽她說坤爺只是去找老朋友敘舊了，過幾天才回來。

坤爺不在，天橋上也少了一些小商販，鄭歎經過天橋的時候還聽幾個常駐天橋的商販抱怨，他們最近在天橋擺攤都忐忑著，生怕啥時候警察來取締了，有幾個商販直接換地方，等老頭回來他們再過來這裡。

鄭歎還去工地那邊看了看。

那邊不該再叫工地了，現在應該叫恆舞廣場，雖然還沒完全開放，但是已經有一些商鋪開始營業，人潮暫時沒有多少，不過，再過一段時間就未必了。

看著一天一個變化的恆舞廣場，鄭歎感慨時間過得真快。聽說葉昊他們會在這邊也搞一個類似夜樓的俱樂部，到時候鄭歎也能經常過去溜達了，省得每次去夜樓還要蹭車。不過，這塊地方建一個俱樂部，層級肯定比不上夜樓，畢竟這邊的主要消費者是學生，而不是那些已經工作的白領和社會精英們。

無所謂，有地方讓他消磨時間就行。

鄭歎跳上一棟居民樓看著恆舞廣場那邊，琢磨著晚上帶手機過來拍個照留念。

當天晚上，吃過晚飯，鄭歎揹起自己的新背包，腳步輕快的出了家門。

客廳裡，焦媽看著鄭歎的背影，對沙發上看新聞的焦爸道：「你說黑碳現在每天晚上揹著背包出去幹什麼？難道牠真的很喜歡那個背包？哎，早知道我就多買幾個給牠了。當初買衣服給牠，牠都不穿，我還以為牠不喜歡這些東西套在身上彆扭呢，原來是喜歡背包，不喜歡衣服。」

上次她看到自家貓揹了個小背包，沒幾天就又換了個大些的，看來是真的喜歡背包這東西。新背包看起來確實不錯，嗯，到時候閒著沒事自己做一個給牠吧，輪流揹。

「哎，說回來，就這麼縱著牠出去，會不會玩得性子更野？」焦媽擔憂了。

焦爸聞言頭也沒抬，依舊看著電視，嘴裡說道：「給牠點隱私空間。」

焦媽張了張嘴，還是沒出聲，端著桌子上的碗碟去廚房洗碗了。

鄭歎這個新背包是全黑的，套身上乍一看去還真不容易分辨出來，像背心一樣，上面兩側有一條拉鍊，而且恰好能夠放那個翻蓋手機。鄭歎在寵物中心看到這個背包之後就直接過去揹了，小郭看到也沒說什麼，默許。

有了新背包，鄭歎出去還能帶上手機，背包比零錢包方便，揹上去就跟穿了件背心一樣，便於行動。今天晚上鄭歎就打算去恆舞廣場拍照。

晚上能注意到鄭歎的人很少，就算看到了，也不當一回事，瞧見鄭歎的背包也就當是誰家為寵物買的寵物服裝罷了，不會深究，畢竟這一帶養寵物的人頗多。

來到恆舞廣場附近，鄭歎找了個適合拍照的地方。恆舞廣場那邊，高矮不一的建築邊沿閃爍著燈光，這裡兩年前還是一片誰都不敢靠近的廢棄工地。

只是，他高估了這時候手機拍照的效果，而且這個翻蓋手機雖然在市場上價格相對較高，但也算不得多高級的機型，鏡頭對上那邊之後拍出來的效果，鄭歎看著都感覺蛋疼，直接刪掉。

真是的，還打算拍張照片走文藝路線留個回憶，看來玩文藝也不是啥時候都能玩的。

從恆舞廣場的另一邊走出去，鄭歎看了看打通的幾條道路，最近他將這邊也摸熟了，想著要不要再去其他地方轉一圈，就算不能拍照，感受一下夜間的城市風景也不錯。

從恆舞廣場這邊到繁華的商業街那裡並不算遠，工地完工、道路打通後，這邊的幾條路也將逐漸繁華起來。

離開恆舞廣場，鄭歎沒打算繼續往商業街那邊走，正準備轉身去另一個地方時，鄭歎看到一個熟悉的人。

那人正是被鄭歎嚇得搬家的張東！

張東身邊跟著一個長得挺清秀的女孩，不知張東說了什麼，引得那女孩捂嘴直笑，兩人之間的一些動作也透著親密。

據鄭歎所知，張東和小白老師好像還沒傳出感情破裂的消息，小白老師依然是平時那樣子，情緒也沒什麼波動，有時候還跟張東互傳簡訊，滿眼都是戀愛中的甜蜜。

——這麼說來，張東這傢伙是腳踏兩條船？！

——又撞我手上了吧！

鄭歎藉著旁邊的行道樹跟著那兩人往商業街過去。那邊除了一些商鋪、超市和娛樂場所之外，也有社區。

張東和那女孩走進一個社區，鄭歎也跟了過去，不過他不是走大門，而是翻牆。那邊門口有幾個社區保全盯著呢，雖然他們未必會對一隻貓投注多少注意力，但鄭歎總覺得跟蹤這種事情還是隱蔽些的好。

那兩人來到一棟樓下之後，張東並沒有跟著進去，兩人在樓下說話，有種難捨難分的意思。聽他們說話，鄭歎知道了女孩跟父母一起住，張東新租的房子也在這個社區，不過兩人不是同一棟樓，認識沒幾天，感情卻發展迅速。

鄭歎躲在花壇後面，從背包裡拿出手機關了閃光燈和拍照聲音，調了焦距，對著那邊拍照。照片有些模糊，需要仔細辨認，拍了好幾張鄭歎都不滿意，這年頭手機的拍照效果真差。

等那兩人玩耍完了，女孩進了樓，張東才不捨的往另一棟樓走。

鄭歎對著周圍又拍了幾張照片，將社區的名字拍下來，然後選幾張照片發給小白老師。

小白老師的手機號碼，鄭歎是很早之前從幼稚園的小朋友那裡知道的。有一次鄭歎去看卓小貓陰人，那熊孩子糊弄人家大班的孩子背銀行帳號，結果人家背不出來，用電話號碼代替了；被坑的那孩子很自豪的背出了家裡人和一些親戚家的室內電話加手機號碼，其中也有小白老師的，背完之後他還信誓旦旦的說回去之後就背銀行帳號。小班的卓陽能背，他們這些大班的憑什麼不能背？！

只是，卓小貓那熊孩子背的是銀行帳號嗎？那明明就是圓周率！

那種帶小數點的，並且數字明顯不對勁的號碼，這個年紀的小朋友們壓根不瞭解，他們甚至不怎麼明白銀行帳號的意義，只是互相之間較勁而已，其他的對他們來說根本不重要。

那時候除了被卓小貓坑的孩子，周圍也有小朋友爭相背電話號碼，其中小白老師的電話號碼鄭歎聽了好幾次，翻她手機的時候也看過。

回想了一下，鄭歎輸入手機號碼，將照片發了過去。

晚上，小白老師在家裡正準備明天上課的東西，突然手機提示收到簡訊。這個時間點，她以為是男友張東傳來的，沒想到是個陌生號碼，而且還是帶照片的。

這類的簡訊她也收到過，一般都是廣告或者其他垃圾簡訊，所以她打算刪掉，但是手指放在刪除鍵上時又停住了，想了想，她按下按鍵點開簡訊。之前發圖片及詐騙的簡訊都不是來自這個手機號碼，所以她決定點開試試。

然而讓她震驚的是，這封簡訊裡所說的內容……

夜晚的照片拍攝本來就不怎麼清晰，檔案又經過適當的壓縮處理，就更模糊了一些。不過，照片雖然模糊，但小白老師對於跟自己相處這麼久的人還是瞭解的，她能從這張照片辨認出裡面那個男人就是她現在正相處著、每天發簡訊都稱呼她「親愛的」的男友，而照片裡的那個女人，她根本不認識！

好幾張照片，其中有兩人牽手的、有兩人擁抱的，即便沒有更進一步的動作，但看這種相處模式，絕對不是普通的親戚朋友該有的。

鄭歡還很貼心的輸入幾個文字說明，哪個社區、大概幾點、張東跟哪一棟的女孩子在幹什麼、什麼時候出去逛街等等。

照片和文字都像是一盆含著冰渣子的水將小白老師從頭澆到腳，澆了個透心涼。

鄭歡不知道小白老師看到簡訊後是什麼反應，他還想過小白老師會不會不看簡訊就直接將簡訊刪除。等第二天過去幼稚園看到小白老師的狀態，鄭歡知道她看到了，而且情緒有些不對勁，臉色帶著蒼白，連朝孩子們笑的時候都透著明顯的勉強。

看到小白老師的樣子，鄭歡有些懷疑自己這樣做是不是不妥當。想著以後不管這事、讓他們自行發展之後，鄭歡來到樹洞打開手機準備玩遊戲鍛鍊自己的貓爪子按按鍵，沒想到一打開就收到簡訊，凌晨零點左右發的，來自於小白老師——

「你是誰？」

凌晨兩點又一封簡訊——

「你能幫我嗎？」

除此之外還有一個來電的提示，號碼就是小白老師的，上面顯示是三點左右打過來的。

捉賊要捉贓，捉姦要捉雙，光憑幾張模糊的照片沒有很強的說服力。

鄭歎估摸著，張東肯定會用花言巧語遮掩過去，不過看小白老師的樣子，這次應該沒有被輕易騙過去，她這個年紀談戀愛都是以結婚為目的，碰上這事，就算一時被張東用藉口理由糊弄過去，心裡還是會有個疙瘩。而小白老師讓鄭歎幫忙的就是拿證據。

看著小白老師的簡訊，鄭歎推估張東這人有前科啊！只是張東是個能人，以前不知道是怎麼說服小白老師原諒他的，現在又發生了這種事情，這次小白老師不打算輕易揭過。

平時工作日，小白老師都在忙著幼稚園學生的事情，就白天那大筆的時間足以讓張東幹很多事情了。

幫忙盯人，這事對鄭歎來說其實不是多難的事情，只是無聊了些。

用簡訊簡單交流了一下之後，鄭歎沒有直接給答覆。如果是人的話還行，貓大白天的行動其實不怎麼方便，而且白天鄭歎不好帶上手機。

◆◇◆◇◆◇◆◇◆

這天，鄭歎一邊打著哈欠，一邊往張東新租的社區那裡走。他在這裡觀察了幾天，張東最近收斂不少，就算碰到那個女孩態度雖然依舊熱情，但估計是被小白老師責問過，沒那麼親密了。而且大白天的，鄭歎也不覺得這人會做啥。

張東就在附近一家小公司上班，離社區不遠，鄭歎也懶得一直跟著，就當散步了，碰上就跟過去看看，碰不上就自己閒晃。

這邊有家小寵物店外面放著兩隻龍貓挺有意思，鄭歎每次經過的時候就蹲在那裡看一看。其實，鄭歎主要看的還是被龍貓吸引過去的妹子，寵物店將兩隻龍貓放門口吸引了不少路過的人，尤其是一些年輕的女孩子們。

現在圍在那裡的估計是上午沒課出來逛街的幾個大學生，鄭歎的視線跟著那邊幾個女孩子移動，中間那個身材不錯，腿長腰細，笑起來還有兩個酒窩。

等那幾個女孩子消失在來往的行人之中，鄭歎準備收回視線，突然視線一頓，他看到一個摩登女郎。大波浪捲的長髮看似隨意的披散著，不同於剛才幾個女學生的裝束打扮，時尚而成熟的韻味讓人眼前一亮，雖然衣服的顏色在人群中並不顯眼，但不得不說，這女的不管是臉蛋、是身材、還是一舉一動，所呈現出來的氣質都讓人著迷。

不過，最讓鄭歎挪不開眼的是，剛才他準備收回視線時瞥見的那一幕，以及那之後女人勾起的紅唇。

剛才有個正在打電話的人匆匆走過，那位摩登女郎往這邊走來，兩人相對而行，錯身的時候肩膀撞上了，摩登女郎歉意的笑了笑，還低聲道歉，那個打電話的中年男士盯著女郎愣了幾秒，才趕忙尷尬的說沒關係，等兩人錯開後，那個女人臉上揚起一抹淡淡的笑意。

而從鄭歎的角度，恰好捕捉到了一閃而過的畫面——在兩人撞上的那一刻，打電話的中年男士口袋裡的錢包已經移位了。

看到後，鄭歎不得不在心裡感慨，果然是人不可貌相！

鄭歎還沒感慨完，就見到那個摩登女郎笑意更深，盯著一個方向招手。

鄭歎順著那邊看過去，馬路斜對面，本該在上班的張東急不可耐的跑過來，差點撞上一輛行駛中的計程車。

——這兩人認識？！

也是，都是偷兒，而且這兩人長得都還不錯。雖然鄭歎很看不起張東，但也不得不承認這傢伙長著一張很吸引女人的小白臉樣。

兩人應該很熟，相處模式完全是老友，甚至還多了一些曖昧。不，不只是曖昧，那些小動作和兩人之間的眼神交流讓鄭歎確定，這兩人絕對絕對有一腿！

——這傢伙夠屌啊！

原本鄭歎以為張東腳踏兩條船，現在看來應該不止，或許這只是冰山一角？

大街上兩人也沒有做啥太親密的事情。張東抬手撥動那女人肥邊的長髮，順著髮絲往下滑，手指擦過女人胸前那高挺的雙峰，視線也帶著曖昧掃過去，挪到一處的時候張東手指輕微一彈，剛才偷的錢包就放在那裡，只是被外套遮掩著，不容易發現。

女人將墨鏡取下來，得意的看了張東一眼，然後挽著張東的手臂，兩人離開。

鄭歎跟了上去，既然碰到了，就幫小白老師盯著點，只可惜這次出來沒帶手機，不然還能叫上小白老師過來捉姦。

張東現在心情很不錯，他昨天聯絡到這個親密接觸過的朋友，知道她今天要來楚華市，上午上班的時候接到電話便請了個假出來接人，順便就前段時間被盜的事情讓她幫忙拿主意。當然，讓她過來幫忙的同時，也「親密交流」一下，許久不見甚是想念。

娶老婆找小白老師那種顧家、會照顧小孩、家務又做得好的人確實很好，可張束更喜歡激情一點的，同時又捨不得這麼將小白放下，再加上一些性格的原因，於是就形成了占著一個小白卻時不時跑外面勾搭其他人的習慣。更何況現在見到老相好，他更忍不住了。

鄭歎看著他們走進一家旅館，那兩人之間眼神帶著曖昧和挑逗，路人都知道這兩人關係不一般，而這個時候進旅館……聯繫到那兩人之間的互動，鄭歎再次感慨，要是手機在就好了，能讓小白老師過來逮人。

不過，現在回去發還來不來得及？

想想之後，鄭歎迅速跑回楚華大學，爬上樹洞開手機，將剛才的所見簡略說了一下，也打上那間旅館的名字。接下來小白老師會怎麼做，鄭歎就不得而知了，現在小白老師在上課，等放學再過去的時候，那兩人應該已經辦完事了。

發完簡訊鄭歎正準備關機，沒想到那邊就回覆了，詢問是不是XX路的XXX旅館。

鄭歎回想了一下那間旅館所在的街道，回覆了個「是」。

那邊回了個「謝謝」之後就沒動靜了。

放下手機，鄭歎跑到幼稚園那裡去看了看，小白老師不在，有另一個老師在代替，聽說小白老師臨時有急事出去了。

「黑哥！」卓小貓手裡拿著個本子，晃啊晃的跑到教室窗戶邊，看著站在窗臺上的鄭歎，打開手裡的本子，「黑哥你看，小花加星星！」

鄭歎看了看，上面是一些簡單的阿拉伯數字和注音，很多小孩子連簡單的注音都寫不好。不過，只要有寫了，都能得小花章，但星星貼紙卻不是誰都能得的，要寫正確、寫得好。

看著卓小貓滿懷期待的眼神，鄭歎抬手拍了拍他的頭，卓小貓站在那裡咧著嘴笑，好像得到認同和表揚一般。

不過，鄭歎正想著去旅館那邊看看情況，沒在這裡聽卓小貓說話。拍了拍卓小貓之後，鄭歎就跳下窗臺離開了。

卓小貓看著鄭歎離開，臉上的笑意淡了下來。

小白老師今天不高興，黑哥也不高興，所以，他也不高興！

跟卓小貓同一個社區的蘑菇頭小女孩跑過來問：「嘿，卓小貓、卓小貓，你知道一加一等於幾嗎？」

「等於 two。」

蘑菇頭小女孩：「……」吐什麼？

鄭歎跑到旅館那邊，正想著怎麼沒見到小白老師，猜測她是不是進去旅館找人了，就看到一個身影從旅館裡面衝出來，正是小白老師。而在她身後，張東也追了出來，看身上那狼狽樣，應該是慌忙套上了衣服，衣服還帶著很多皺摺。

小白老師氣得雙眼通紅，喘著氣，不發一言，被抓住胳膊後就停下來看著張東，她不會罵什麼難聽的話，也不知道該如何表達現在自己心裡的情緒，或許因為在幼稚園當老師的原因，她無法說一些難聽的言辭，而正因為說不出什麼話來，最直接的宣洩情緒的行為就是——搧耳光！

「啪！」

「小白，妳誤會了！」張東沒管那個摩登女郎了，趕忙準備找藉口遮掩。

「啪！」又一巴掌。

「妳聽我解釋！」張東欲攔著準備離開的小白老師。

「啪！」再一巴掌。

——打得好！

鄭歎看著那邊的兩人，聽聲音就知道搧耳光的力道有多大，小白老師平日裡抱小孩鍛鍊出來的力氣，這時候派上用場了。

一名旅館的人員過來推開張東，然後勸著小白老師，看起來應該是跟小白老師認識的，難怪小白老師能直接進去抓姦。

周圍看熱鬧的人越來越多，小白老師也沒再多說什麼，攔了輛計程車走了，留下張東在那裡被人指指點點。至於那位摩登女郎，鄭歎沒見到，估計她也知道這時候還是隱身的好，出來只會被人指責。

◆◇◆◇◆◇◆◇◆

下午，鄭歎跑去樹林那邊開手機準備問問小白老師的情況，看上午那樣子，她似乎氣得有些狠，下午都沒去幼稚園。

可是，開機之後鄭歎發現，手機他媽的停——機——了！

前不久才儲值的一百塊錢，這麼快就沒了？

想了想，這段時間沒怎麼打電話，簡訊即便發得多了些，也不至於這麼快就用光通話費而停機啊！唯一的解釋就是——發圖片發的！

這幾天除了簡訊交流之外，發圖片也不少。他以前怎麼沒覺得通話費用這麼快呢？

這年頭的電信通訊遠沒有幾年後那麼方便，幾年後連個wifi登入聊天軟體，圖片語音隨便發，現在可不同。只是，鄭歎現在意識到也晚了。

看著手機，鄭歎想著今天什麼時候去儲值通話費，是再過去書報亭那裡弄張儲值卡，還是寫張匿名紙條注明手機號碼，連錢一起放在代儲通話費的地方讓那裡的人幫忙代儲？

正當鄭歎愁著怎麼去儲值通話費的時候，手機來了條提示簡訊，鄭歎點開一看，上面顯示剛才儲值了一百塊錢的通話費；幾秒後，又一封簡訊傳過來，是小白老師。

「真是抱歉，是我考慮不周了。」

鄭歎正準備回覆，那邊就一個電話直接打了過來。

小白老師回去後因為情緒不穩定，向幼稚園打了通電話請假，然後待在家裡直到激動的情緒平靜些了，才想起來那個四個6的號碼，這幾天也是這個號碼發的圖片讓她知道原來自己一直被欺騙、被蒙蔽著，總得感謝一下。

她發了幾封簡訊沒見回，便直接打了電話過去，沒想到撥打後，語音提示對方已停機。

「停機？」

小白老師想了想，突然意識到，她只去在意張東的事情，沒注意這幾天發圖片也很費錢，對方發了那麼多圖片，通話費用完停機也有可能。於是，她直接到樓下一間代儲通話費的店家，替那個四個6的號碼儲值了一百塊錢。

另一邊，鄭歎看著來電顯示，頓了頓，按下了接聽鍵。

「喂？」

「喂？」

「請問你能聽見嗎？」

小白老師聽著手機，正當她懷疑對方是不在電話前的時候，電話裡傳來物體挪動的聲音，同時伴隨著一些很奇怪的雜音。

那邊，鄭歎掏了掏耳朵，剛才一陣風吹過來，吹得耳朵癢，樹上也掉下幾片葉子，被吹過來打在樹幹上發出沙沙的聲響，風吹進樹洞裡面也讓手機的話筒裡造成一些雜音，各種聲音摻合在一起，於是便形成了小白老師現在聽到的無法辨認的古怪聲音。

等了一會兒，小白老師依然沒等到對方開口，想了想，她說道：「雖然我不知道你跟張東有什麼恩怨才告訴我這些的事，但站在我的立場，還是要謝謝你，就算不方便見面，也希望你能接受我的謝意。」

鄭歎聽著電話裡小白老師的話，她大概是想著支付一筆感謝金之類的，於是，鄭歎按下掛斷鍵，然後編輯了一封簡訊發過去。

「不用謝了，好好教導幼稚園的那些孩子。」

等了一會兒，小白老師回覆：「好。」

雖然只有一個字，但鄭歎相信，小白老師是個好老師，卓小貓很喜歡這個老師，因為她不像幼稚園裡某幾個老師那樣偏心。

一些學校高層或者知名教授家的孩子，某些老師就特別照顧，一些小講師家裡的孩子她們就冷淡些。卓小貓就被冷淡對待過，鄭歎聽他說話的時候瞭解過一些，雖然在很多人看來只是很小的事情，但是這也可能對孩子造成一定影響。而小白老師對每個孩子都很好，為人耐心，長得也親和，這也是卓小貓喜歡她的原因。

比後臺，卓小貓不弱，畢竟他後面站著佛爺，只是佛爺在卓小貓進幼稚園的時候沒有直接站出來說話罷了，幼稚園裡一些老師也不瞭解卓小貓和佛爺的關係。不過，若是發生什麼讓卓小貓委屈的事情，只要卓小貓說出來，佛爺絕對會拿出她「佛爺」的架子，讓那幾個老師直接滾都是一句話的事情。

但卓小貓除了鄭歎，誰都沒說，然後某天在那個老師的口袋裡放了一隻被拍扁的蟑螂。結果就是那個老師在穿外套的時候，手伸進口袋裡摸出來一隻蟑螂後尖叫，當場引發一群孩子們爭相哭了起來，為此那位老師挨了批。

用卓小貓的話來說，一定條件下，自己的事情自己做。意思就是，自己的委屈能解決就自己解決，解決不了的再搬救兵。

不知道小白老師跟張東說過什麼，鄭歎沒再在校園裡看到張東，而小白老師經過最初幾天的不在狀態之後，也漸漸恢復過來。

◆◇◆◇◆◇◆◇◆

「黑哥、黑哥！」

卓小貓又拿著自己的小本子跑到窗戶旁邊，給鄭歎看他這幾天得到的小花章加星星貼紙的好成績，眼睛晶亮的看著鄭歎求表揚。

小白老師抱著一盒道具走進教室，等自由活動結束之後，待會兒教孩子們一首兒歌。她視線掃了一圈，然後停留在靠教室後面的窗戶那裡。

對於那隻黑貓，她已經見過好幾次了，卓小貓叫牠「黑哥」，牠比這裡一些孩子們的年紀都大，而且這隻黑貓不會傷害孩子們，一些孩子們也跟著卓小貓叫「黑哥」。楚華大學的一些老師們對這隻貓較熟，瞭解之後她也就放心了，任由這隻貓過來旁觀。

陽光斜照進來，靠窗的牆壁那裡灑滿了金色，她看著那隻黑貓抬手掌輕輕拍卓小貓的頭，再看看卓小貓笑得一臉燦爛，她也笑了。正笑著，她發現蹲在窗臺上的那隻黑貓看向她這邊，那雙貓眼裡的神情讓她心中一顫，本來擺弄著道具的手也不禁停了下來。

總覺得，那雙貓眼裡所透出來的情緒……很特別。等她打算好好觀察的時候，那隻黑貓已經移開視線，抬起貓手掌跟卓小貓對了對掌，便跳下窗臺離開了，矯捷的翻過外面的圍牆，消失在視野裡。

第四章

俠盜小富貓

鄭歎準備去湖邊別墅那裡看看虎子，最近那小傢伙長壯了許多，成天精神充沛的到處折騰，馮柏金上千元的運動鞋都被牠咬了一圈毛邊。

剛走到學校醫院那裡，天空就開始掉雨滴，鄭歎只得返回，找了個地方先躲雨，沒想到剛找到躲雨的地方，原本刷刷掉雨滴的天氣又放晴了。

——這天氣他媽的在調戲人嗎？！

鄭歎蹲在一個自行車停車棚的下面，心裡罵著破天氣。他看了看周圍，旁邊一根水泥柱子上貼滿了各種小廣告，各種治療疑難雜症的祖傳祕方、各種辦假證，還有專業撈手機的，主要針對的就是那些上廁所玩手機打電話一不小心將手機掉進去的人，而在這些常見的廣告中，鄭歎看到了一張新貼出來的尋狗啟事，還是清晰的彩色列印。

丟失的是一隻柯基小短腿，半歲大，戴著個藍色的項圈，昨天晚上走丟的，上面的話能看出主人很著急，而且許諾提供線索的人有酬勞，幫忙找到的人必重謝。下方的電話號碼也用粗體字標明了。

鄭歎看了看，記住那個電話號碼，想著什麼時候要是看到了就順帶幫一把。那個電話號碼也好記，鄭歎看了兩遍、默念一遍便記下。

看看天色，陽光正好，一點都沒有剛才下過雨的樣子。不過，現在鄭歎也沒心情再過去別墅那邊了，轉了個方向，在一個側門附近翻牆進去楚華大學，從這邊回東教職員社區，走直線的話要經過老瓦房那邊。

鄭歎來到老瓦房的時候，屋頂上還有幾隻貓，不過牠們沒有趴在屋頂上曬太陽，而是圍在一起看著下方。

那棟瓦房有點破，只有兩層，而且當初建造的時候每一層比現在的樓層都低一些，所以看起來也不算太高。屋頂上有個破洞，那幾隻貓就是圍在破洞旁邊看著屋裡。

鄭歎聽了聽，從這棟瓦房裡傳出來一些動靜，好奇之下，他也跳上屋頂，往裡擠了擠，將擋在前面的兩隻貓擠開，然後看向下方。雖然屋頂上有個破洞，但其他地方還挺結實，站上面不用擔心塌陷。

從破洞往裡瞧，二樓屋裡放著一張矮桌，矮桌上有一個大塑膠碗和一個盤子，盤子裡面裝著水，而塑膠碗裡裝著寵物乾糧。

鄭歎之前聽說楚華大學哪個協會辦了個愛心捐獻活動，其中就有人在這裡餵貓，估計就是這棟房子，那個塑膠碗裡的東西應該就是貓糧，嗅氣味也像。

就只這些，不至於讓這些貓圍在這裡吧？

鄭歎動動耳朵，樓下傳來動靜，而且正在爬樓。

很快，鄭歎看到了動靜製造者。

一隻貓，和一隻狗。

這兩隻估計在愉快的玩耍，樓上樓下跑，也不嫌累。這兩隻一出現，圍在洞口的貓就伸長脖子擠著往裡瞧，有兩隻想要下去玩玩，但又沒那個膽，其他幾隻像是來圍觀的，只看不動。這些貓未必都是流浪貓，牠們擠在這裡不是因為餓，更多的只是好奇。

而裡面的那隻蠢狗，鄭歎剛才還在水泥柱上看到尋狗啟事，敢情這傻貨就在這裡陪貓玩？！

都說柯基聰明，西教職員社區那邊就有養柯基的，也不像這隻這麼傻，看來那隻是平均智商稍高，這隻柯基應該拖後腿了。

估計跑一圈跑累了，那隻柯基蹦踏著小短腿跳上矮桌，喝盤子裡的水，還啃了幾粒貓糧，然後咧著嘴趴在桌上喘氣，壓根不會去想牠不見了之後牠主人有多著急。牠自己也不著急，看那張尋狗啟事上說的，昨天就丟了，今天這傢伙還一點危機感都沒有。至於牠為什麼會被關在這裡，也不知道是誰刻意為之還是牠進來別人沒注意，放下貓糧就鎖門了。

總之，這傢伙絕對是個粗神經。

人們都說狗不嫌家貧，而很多時候，人也不嫌狗蠢，有些狗就是蠢得沒邊了，狗主人還將牠當寶來著。

鄭歎離開那棟老瓦房之後，便跑去用手機發了封簡訊給那隻柯基的主人，將事情簡略告知。

對方立刻來了電話，鄭歎拒接，然後藉口有事不方便接聽，對方回了兩句就找狗去了。一小時後，鄭歎正玩著遊戲刷分，突然一封簡訊傳過來：「找到了！哥們真是謝謝你啦，啥時候有空出來吃頓飯，我好好感謝你一下！」

鄭歎不可能真的去吃飯，看時間也不早了，該去附小那邊，於是便匆匆回了一句：「吃飯就不用了，真要感謝的話，就幫忙儲值通話費吧。」

發完簡訊，鄭歎便關機沒再管。直到第二天鄭歎過來打開手機，接連收到幾封簡訊，第一封就是繳費通知簡訊，鄭歎湊近看了看，一個「1」，三個「0」，確實是一千塊。

——臥槽！還真的儲值了！

相對來說，這確實是一筆重金，鄭歎沒想到只是偶然碰到然後發了封簡訊而已，就得到一千塊的通話費酬謝，這一千塊再加上之前小白老師儲值的，鄭歎好久都不用擔心欠費了。

看來，此等業務大有可為啊！

既然不用自己繳費，不用擔心停機，做啥事都不用暴露自己，也不怕被人查，還能找樂子，多好的事！難怪現在私家偵探多，市場需求量大，撈錢也容易，抓小三找證據之類的業務似乎挺有錢途。

不過，鄭歎可不打算去搞那些事，幫小白老師只是看在她這人對卓小貓很好的分上，同時他也想整張東而已。這件事一結束，鄭歎就沒興趣再去幫誰幹這種事了。

解決了儲值通話費這件煩心事，鄭歎心情相當好，連帶著這天玩手機遊戲的時候爪子速度都快了不少，失誤也沒之前多，一口氣刷了個高分。

雖然不用自己繳通話費了，但鄭歎撈現金消費依舊積極，每次被小郭帶過去拍宣傳影片和廣告時，鄭歎從小郭那裡拿加班費一點都不手軟，以前不耐煩寵物店那些貓總出錯，現在他巴不得那些貓不配合，自己還能多撈點現金。

這些現金，鄭歎暫時不打算拿去繳通話費，他準備存起來，以便平時急用。有時候，就算銀行帳戶裡面有巨額存款，手頭沒現金那也是白瞎。

◆◇◆◇◆◇◆◇◆

這日，因為週末，兩個孩子都在家，焦媽被幾個同事拉出去逛街，焦爸也不在。焦爸是沒有絕對休息日的，中午吃完飯又跑學校去了。升為教授之後，焦爸又申請了一個不錯的專案，現在手頭幾個專案了，工作量大，忙得很。

現在有幾個準備找焦爸當研究所指導教授的大四學生也加了進來，還有幾個大三和大二的學生。他們有的想多熟悉熟悉實驗室，畢竟大學生和研究生還是有著很大的差距，他們獨立接觸的實驗也有限，想要往這方向發展，就得提前做準備；而另一些則是看中焦教授如今的名聲和手頭的專案，畢竟跟著一個有專案、有課題、能做出成果的老師，不說平時能拿「工錢」，對他們以後也有很大的幫助，最好能在大學畢業之前搞篇ＳＣＩ論文（注：科學論文索引）出來撐場面，既能競爭獎學金，對畢業後找工作也是個助力。

焦爸在學校的名氣確實提升很多，尤其是上頭有人幫襯著的時候。沒辦法，上面那幾位大人物占了焦教授的紅化巢鼠，不幫襯點也說不過去。

鄭歎平日裡往生科院那邊走的時候，也聽到過幾次學生們談論學校老師的情形。有一次鄭歎還聽到他們聊這一代青椒（注：青年教師）裡面誰以後最可能接手謝院長的位子，而這其中，焦爸的呼聲是最大的。

焦爸的名聲提起來了，連帶著家裡人的地位也提升不少，鄭歎瞭解得比較清楚的就是小柚子那邊，現在一些附小的老師對小柚子也和善多了，以前也不見他們有什麼表示。

此刻，家裡沒大人，焦遠和小柚子也不是七、八歲的小孩子總得看著，小柚子做完作業在客聽看電視，焦遠在房間裡做試卷，國中的課業壓力多了些。

別看他們這些大學老師的孩子們在外聽著挺風光的，但自身壓力也大，考不好，那就是直接給自家老子丟臉。就算焦爸焦媽不說，焦遠不可想去聽那些人說什麼「你爸不是堂堂楚華大學的教授嗎？你怎麼還考這麼差！」之類的話。官家子弟、富家子弟就算成績差，沒事，其他同學表示「理解」，但他們這些大學教師子弟要是考不好，一堆添堵的話能噎死你。

鄭歎在貓跳臺上打開隱藏抽屜翻名片，這些名片上都帶著手機號碼，唯一例外的就是那張寫著「６８」數字的，那上面沒有手機號碼，只有電子信箱，鄭歎原本還打算向這位經驗豐富的傢伙尋點經驗，沒想這人連電話都沒留。

算了，以後再說。

鄭歎正看著那些名片，家裡電話響了，小柚子跑去接的，然後很快跑去敲焦遠的門。

「哥，找你的，是熊雄哥。」

「如果是湊人打球就跟他說小爺沒空！下週就考試了，小爺等著考前三去打那些人的臉！」

焦遠在房間裡面嚷道。

小柚子將焦遠的話帶給熊雄，沒多久又跑回來對著焦遠的房門道：「熊雄哥說不是打球，他說是關於買禮物的事情。」

房裡的焦遠一聲慘叫：「啊，我忘了！」

焦遠迅速拉開房門，踩著拖鞋跑去接電話，見門口小柚子和鄭歎在看著，正準備接電話的焦遠立刻又跑回來將主臥室的門關上。

鄭歎和小柚子對視一眼，心想：這小子還有什麼祕密？！

關上房門之後，小柚子聽不到裡面的談話聲，但鄭歎聽得清楚，好像是焦遠他們班上一個女生明天過生日，請了他們，而焦遠做起試題後就忘了買禮物，現在熊雄找他一起出去看禮物。

聽焦遠那語氣，那位女同學長得應該不錯，或許還是班花。嘖，追女生有什麼不好意思的，說個事情還關門生怕誰聽到了。不過話說回來，現在的家長好像不允許早戀（注：青春期戀愛），當年鄭歎可沒這顧慮和限制。

五分鐘後，焦遠走了出來，有些不好意思的問小柚子：「柚子，妳手頭有沒有錢？先借著急用一下，過兩天哥還妳。」

小柚子沒二話，跑回房間翻了翻，翻出來幾枚硬幣。她手上留的錢也不多，雖然她那位不負責任的母親每年都匯給她一筆錢，但她也沒看過，平時焦媽焦爸給的零用錢她就存著，等一定數額之後就讓焦爸幫忙存進銀行帳戶裡，平時也買書或買其他用品。

前幾天學校為山區一所小學舉辦捐款活動，小柚子捐了五十塊錢。對小學生來說，這類公益捐款基本上都是捐五塊錢、十塊錢的，十塊錢以上都是大額捐款了。這事焦家的人還是從別人嘴裡聽來的，小柚子在家也沒說過，捐款的錢都是她自己存的零用錢，怎麼用她自己決定，焦爸焦媽不干涉。

不過，正因為捐款，小柚子手頭上沒多少零錢了，數了數，二十塊不到。

看焦遠臉上的表情就知道錢不夠。他前兩天買了新籃球和全套運動服，將手頭的零用錢基本上用光了，而他和小柚子存錢的銀行提款卡都在焦爸那裡。自己的老爸，焦遠當然瞭解，真打電話過去要提款卡，兩句話就絕對露餡，他可不想自己的老爸知道這事。
小柚子說著去抱那個黑貓存錢筒，裡面有大大小小的硬幣，湊起來也應該不少吧？
「存錢筒裡還有錢。」
只是，在小柚子準備拿存錢筒時，一隻貓爪子摁了下她的手，止住她打開存錢筒的動作。
然後，鄭歎在兩個孩子疑惑的目光下，跑去貓跳臺那邊拉開一格還沒鎖上的抽屜，從裡面用爪子夾出一百塊錢，遞向焦遠。
焦遠、小柚子：「……！」
焦遠嘴巴張得老大，接過那張一百塊錢的紙鈔，然後一臉的不可置信，「哪裡來的？！」
他話剛說完，鄭歎又夾出一張一百遞過去。
焦遠看了看紙鈔、檢查真偽之後，好奇的瞧向鄭歎的小抽屜，發現裡面有一堆錢，十塊到一百塊不等，「柚子，我們家黑碳其實是隻小富貓吧？！不過，黑碳哪裡來的這麼多錢？」
小柚子這時候想起來，她聽焦爸說過一點，「好像是黑碳拍廣告的加班費。」
鄭歎加班回來的時候，焦遠和小柚子都不在，所以他們並沒有親眼看到鄭歎藏錢，小柚子也只是在焦爸跟小郭聊天的時候聽到過一、兩句而已，她沒想到還真的有這麼多錢。
小柚子和焦遠更想不到，鄭歎銀行帳戶裡的錢其實更多。
焦遠只是感慨了幾句，然後將其中一張一百塊錢塞回抽屜裡，手頭只留下一張紙鈔，還幫鄭歎將抽屜關上，「一百塊錢夠了，黑碳，你自己存著以後娶老婆！」
鄭歎：「……」

焦遠還不放心的叮囑小柚子幫忙看著別讓其他外人靠近貓跳臺，小柚子一臉慎重的點頭。

鄭歎再次：「……」

鄭歎存錢本就想著平時救急，給家裡人錢也不吝嗇，還準備到時候誰生日或者等過年給紅包的……哦，還有卓小貓，到時候還要包一個紅包給他。

在鄭歎心中，他其實一直將自己看作是長輩，而不是與焦遠他們同齡的同輩人。這時候他又選擇性遺忘了，在這個世界上那個還是人的「鄭歎」，現在其實和焦遠差不多大。

◆◇◆◇◆◇◆◇◆

焦遠出去後跟熊雄他們一起，晚飯也沒回來吃，西教職員社區的岳麗莎和謝欣過來找小柚子商談下週的黑板報事情，鄭歎晚飯後閒著沒事出去閒晃。

老街那邊岔路很多，其中一條路走過去有片地方晚上很熱鬧。

鄭歎今天晚上跑去那邊其實主要是想看看能不能碰到花生糖ＰＫ京巴狗的情形，那傢伙最近盯上那裡的一隻雜毛京巴，每次過去就會打一場架。

走過一條長長的巷子，出去就立刻熱鬧起來，到處都是夜市攤販。

每天一到傍晚，這邊就相當熱鬧，充滿了柴米油鹽的市井氣息，而活動在這裡的，大多都是社會地位不那麼高的一些人，畢竟那些社會精英們很少來夜市這種地方，覺得水準低落，而且進來之後他們那身價值不菲的西裝上就免不了沾上廉價的啤酒和油煙菜肴混雜的氣味。

來這裡的人也不會保持一副高傲矜持的姿態，很多是直接在路邊買兩大盤烤肉串，點一桌子愛吃的菜，配上幾瓶啤酒，胡侃談笑，揮灑著真性情。

四溢的香味鄭歎一點都沒興趣，他現在煩惱的是，剛才為了躲避一個醉漢，踩到了不知道哪個王八蛋吐在這裡的泡泡糖。更坑貓的是，這泡泡糖很黏，甩也甩不掉，蹭也蹭不下來。

——這他媽是哪個牌子的！

——天殺的噁心屎了！

從今天開始，泡泡糖被列在鄭歎極度討厭的東西之中，並對泡泡糖敬而遠之！

在鄭歎與前肢手掌上那塊泡泡糖抗爭的時候，不遠處一張桌子旁的兩個人也看著這邊。

其中一個年紀大點的對另一人說道：「哎，小羅，你看，那隻貓是不是在抽筋？」

靠邊沿的地方，鄭歎正在地面上蹭著手掌上的那坨泡泡糖，旁邊時不時有人走過，見到鄭歎之後也趕緊躲避開，還嫌棄的說幾句，生怕碰到一隻「發了瘋」、「抽筋」的貓。

鄭歎本來就因為踩到泡泡糖火大，再聽到這些人說「瘋貓」、「有病」之類的話，更是氣得恨不得上去飛踹兩腳，無奈手掌上那坨怎麼甩也甩不掉、蹭也蹭不乾淨，還在地面上黏了不少灰塵和碎石粒，比剛踩上的時候更噁心了。

正當鄭歎想著回去讓焦媽幫忙整理乾淨時，他察覺到有人朝自己走過來。

抬頭看過去，他看到一個二十七、八歲的年輕人過來，鄭歎沒從對方身上感覺到惡意，手掌還在旁邊的花壇上蹭，眼睛卻盯著眼前的人。就算沒有惡意，防範還是要的。

「爪子上黏東西了？」那人自語道，然後走回桌邊，將桌子上那卷廉價的紙巾扯了些過來。

鄭歎意識到這人應該是想幫忙，人看起來還挺正氣，於是果斷抬手，將黏了泡泡糖的手掌朝向那人。

「咦？」那人顯然也沒想到眼前的貓這麼配合，他還想著怎麼將這隻貓的爪子掰過來而不被抓咬。以前他也碰到過類似的事情，上個月社區裡一個大媽家養的貓嘴巴裡被魚刺刺到，叫他過去幫忙，折騰半天，刺是挑出來了，他的兩隻胳膊上卻被抓了一條條血痕，到現在都還沒完全消退。不過，此刻看來，是他多慮了，並不是每隻貓都那麼不配合，眼前這隻貓確實有些特別。

鄭歎看著那人拿著紙巾將一坨已經黏著灰塵和碎石粒的泡泡糖包裹住，然後從爪子上一點一點揪下來，又接著換新紙擦了幾次。

「好了！」

那人將裹住泡泡糖的紙巾扔進不遠處的垃圾箱，然後還準備伸手摸鄭歎的頭，鄭歎避開了。

鄭歎彎起貓手掌看了看，動了動手掌，團起、張開，再團起、再張開，那坨泡泡糖的黏性太大，就算用紙巾擦去大部分，還是有些黏在手掌縫隙的毛上，但是相比之前那種難受的感覺要好得多。

踩了踩地面，鄭歎試著走了幾步，不錯，雖然還是有些彆扭，但是勉強能接受，回去之後讓焦媽再想辦法處理一下，洗個澡就行了。

沒那一大坨泡泡糖黏著，鄭歎感覺走路都輕鬆不少。

幫忙的那人走回路邊的桌子旁坐下，繼續跟那個年長的人聊起來。

「又多管閒事了？！」年長的那位一臉不贊同。

「順手幫幫而已。」

「路過那麼多人不順手，就你順手？」

「……」

「貓最沒良心了！就算是電視報紙上所說的那些知恩圖報的動物，那也只是少數，很多隔天就忘了你對牠的好。外面的這些貓啊狗啊，別對牠們太好，說不定牠們還咬你一口呢！一般像這種——」年長那人抬手指向鄭歎的方向，對桌子對面的人說道：「你就算好吃好喝供著牠，牠也只當你是飯票，你有困難的時候牠們不給你添麻煩就算好的了，難道牠還能幫你什麼？」

鄭歎這屬於被連坐，無辜躺槍。他看向那邊正唾沫橫飛說著話的人，聽到對方一句「你就算是跪下來求牠，牠也不會過來」，於是鄭歎很給面子的抬腳走了過去。

正說著話的那人瞥見鄭歎的動作，後面的話直接噎在嗓子裡了，保持著剛才的姿勢，盯著鄭歎的方向。

在這兩道驚異的目光下，鄭歎走到那邊，跳上他們桌子旁一張空著的塑膠椅上，然後看向年長的那人。

——說，繼續說啊！

年長那人臉上抽了抽，然後收回手，拿著筷子夾了一口菜，灌了小半瓶啤酒，然後對對面的人道：「你們最近忙什麼來著？」

突然轉換話題沒及時反應過來，年輕人想了想才說道：「楚寧大道那邊近來發生不少事。」

楚寧大道就是老街過去的那條商業街所在的路名，離夜市攤販這裡並不遠。

「哦，這個我聽說了，前兩天有個外地的富商來這邊考察，在楚寧大道那邊丟了手機……據說報案之後還投訴了，你們負責這片的人都挨罵了吧？」

那年輕人「嗯」了一聲，「近幾個月那邊報案的群眾比較多，案件發生率居高不下，那邊商鋪裝設的監視器都沒起什麼作用，顯然是慣犯，對那一帶也熟悉。」他沒說的是，他們挨罵的時候挨的那叫一個慘，看來今年的獎金是不用想了，就靠那點微薄的工資繼續過日子。

「就是啊，聽說那人的手機值兩萬八啊！你說明知道那邊治安差，買那麼貴的手機跑大街上招搖，那不是欠偷嗎？！」

在一個警察眼前說治安差，那明晃晃的是打臉。但因為互相瞭解，那個年輕人也沒生氣，只有無奈，因為沒抓到人是事實，案件發生率高也是事實。

「現在怎麼樣了？有進展沒？」年長那人問。

年輕人搖搖頭，「有案底的人都查過了，雖然其中有幾個案子對得上，但偷那個兩萬八手機的應該不是他們，還有人藏著，我們不知道而已。」

「那邊都是你查的？不是還有個小張還是小劉什麼的來著？你同事呢？」年長男人問道。他記得，那邊有案底的幾個人背景不怎麼簡單，如果被細查，那些人絕對有怨言。

「他們也查了幾個。」

「他們查那幾個軟柿子，然後不好啃的骨頭都留給你？！」

見對方不說話，年長那人繼續道：「難度挺大的吧？你看人家都不往上湊，就你正義？！你不說我也知道，那幾個不好啃的骨頭絕對又去投訴你了！你說你……以前辦案的時候也是，有困難你上，有功勞其他人撈？不長記性！你當這是拍大片，能盡情展示你血染的風采是吧？」

年輕人被訓得垂了垂頭，然後無奈一笑。沒辦法，他就是這樣的性子。

一看對方笑，年長那人火又躥起來了，拿著筷子往那年輕人頭上一敲，「一說你就笑，又想糊弄過去？你這觀念怎麼沒改呢？都已經被坑過幾次了，怎麼還沒學乖？這社會，人——善被——人——欺！」

「小羅啊，別怪哥囉嗦，你快三十歲了，幾年時間一眨眼就過去，沒錢沒地位沒車沒房沒女人，在別人眼裡你就是一 loser，最重要的是你人還傻！蠢！執拗！一根筋！沒有升值空間！」

鄭歎在旁邊看著這兩人說話，一個唾沫星子飛滿桌，一個被訓得只會傻笑，話題雖然有些嚴肅和沉重，但這畫面看起來怎麼這麼可笑呢？

年長那人訓完話，大概是覺得自己這話說太重了，他知道自己一喝酒說話就直，頓了頓，拿起眼前的酒瓶，「來，咱們兄弟乾完這瓶！」

兩人灌了那瓶之後，年長那人長嘆一聲，說道：「要不你換個地方，老哥我現在雖然不幹這行了，也還有些人脈，即便不是什麼大人物，但能幫上點忙。你應該知道，有錢的派出所和沒錢的差別很大……咳，不是，那啥，應該是報案經費差別很大。」

「不用了，謝謝啊陳哥，我覺得那裡還好。」

年長那人深吸一口氣準備說什麼，最後還是沒說出來，擺擺手，換了個話題。

周圍都是一張張擺在夜色下的桌子，到處都是大聲說話、打屁聊天的人，也沒誰注意這邊的兩人。

鄭歎支著耳朵聽著周圍那些人高聲胡侃，從國際大事到菜市場的雞蛋漲價了都說。

草根階級的關注點是很廣的，在很多人看來頗有些「地命海心」的意味——吃地溝油的命、操中南海的心，往好裡說，也能算是身無半畝、心憂天下，天下興亡、匹夫有責。衛稜他們聚一起的時候也笑談過這個話題，而衛稜他們的意思就是，草根階級這種在很多人看來沒啥意義的事情，總比某些除了自身利益之外對其他事情日漸冷漠的上流精英人士要好。

鄭歎還喝了點啤酒，年長那人用桌子上多餘的免洗杯倒給他的，他們直接用酒瓶喝，這些杯子都沒用。倒酒給鄭歎完全是年長那人喝多了閒著沒事才做的，但他也沒想到鄭歎還真的喝了。

「我瞅著這隻貓有些不對勁啊……」年長那人嘟囔道。

「……還好吧。」小羅說道。喝酒的貓不是沒有，只是極少見而已。

「別不信啊，老哥我雖然沒幹這行了，但眼力還在，這隻貓……哎，說了這頓我請，你積極個什麼勁兒啊！你有錢還是我有錢？」年長那人見小羅欲過去付錢，趕緊止住話頭，拿出錢包付帳去了。

吃完飯喝完酒，兩人準備離開。

「對了，你電話號碼給我一下，我手機送去修了一回，上面存的號碼全沒了。」年長那人對小羅說道。

「我直接打你電話吧。」小羅掏手機。

「別！我沒帶手機，扔家裡充電呢，出來得急也就沒帶上……哎，今天忘了去買一塊備用電池，就一塊電池忒不方便。」

鄭歎在旁邊暗自點頭贊同，一塊電池確實不怎麼方便，好在現在的手機不像以後的大螢幕手機，耗電沒那麼厲害，這要是以後的智慧型手機，經常用的話天天都得充電，那樣能煩死鄭歎，他現在充電可都是選家裡沒人的時候偷偷充的，說不定什麼時候就暴露了。

「上次貪便宜隨便買了一塊，用沒多久那電池就脹了一圈，我被你嫂子數落好久。這次買原廠的！眼睛放亮點，別被人拿山寨當原裝騙過去。嘖，現在啥都作假、啥都摻水分……這人吶，出來社會上混，眼睛不放亮點、腦子不轉快點，就得被人坑！」

小羅將手機號碼報了幾遍，年長那人喝多了，記不住，手頭也沒能寫的東西，找攤販老闆要了張紙過來寫著。

鄭歎倒是記下了小羅的手機號碼，剛才聽他們說楚寧大道那邊的手機被盜事件，鄭歎想到了一個人。

俗話說得好，黃泥巴掉褲襠裡，不是屎也是屎。

於是，鄭歎決定往張東褲襠那裡扣一盆黃泥巴！

沒看成花生糖調戲小京巴，倒是知道了這麼一件事情。

鄭歎回到楚華大學之後也沒直接往東教職員社區走，而是去了校區邊沿的小樹林那裡，開手機發了封簡訊給小羅，將張東偷手機的事情說了說，還列舉了幾個他親眼見過的事例，並且連張東的公司都明確說了。

發完簡訊，關機，鄭歎這才心情舒暢的回家讓焦媽洗爪子去。

他要做的已經做了，至於接下來會怎麼發展，就要看小羅的了。雖然這人看起來傻楞楞的，但能幹這一行，證明智商沒問題。

◆◇◆◇◆◇◆◇◆

小羅回去之後縱使精神上很疲勞，卻怎麼也睡不著。晚上是人體最感性的時候，夜太靜，想得多，尤其是在喝了酒，還聽一個前輩訓話之後，能不多想也難。他知道自己性格上的短處，他不糊塗，只是很多時候不懂得怎麼去拒絕人。

正當小羅懷疑自己做人是不是真的很失敗的時候，手機響了，是簡訊音。

他想不出這個時候還有誰會發簡訊過來，如果是所裡有急事的話，應該會直接打電話，至於發簡訊的，大概是電信公司吧？

但當小羅將手機拿起，看到螢幕上顯示的四個6的手機號碼時，他疑惑了。

不是電信公司？發錯簡訊了？還是詐騙簡訊？

點開一看，小羅一掃剛才的鬱悶，立刻坐起身，從頭認真讀了一下這封簡訊的內容。這裡面訊息量太大，而且看起來不像是瞎編的。

——匿名檢舉？

——這位檢舉人怎麼會知道我的手機號碼？莫非是從社區的人那邊聽到的？

平日裡小羅經常被社區大媽們叫過去幫忙，大家都知道小羅這人的職業，為人也老實厚道，不求回報，說難聽點就是人傻太實在，所以有啥事都直接找他，比打110還管用，就連堵個馬桶、貓塞個牙也直接手機呼叫。所以，小羅住的那個社區的大媽們，平日裡就是買菜做飯打麻將聊小羅，他的手機號碼那些大媽們不用翻電話簿閉著眼倒著背都流利得很。

所以，小羅才會覺得，對方有可能是從社區的人知道的。

不管怎樣，這也算是連日裡來一個有意義的線索，他拿出自己的記錄本寫下一些線索和自己的看法，省得忘記，準備明天就去注意一下那位「張東」。小羅打電話給這位匿名檢舉人想進一步瞭解情況，沒想到對方已經關機，想了想，他編輯簡訊回了個感謝。

◆◇◆◇◆◇◆◇◆

就算鄭歎鄙視張東的人品，但也不得不承認，張東這個人還是很懂得隱藏的，與人相處的時候也很注意將自己見不得人的那一面遮起來，不然小白老師也不至於一直沒發現他真實的一面。

不過，若是有目的的盯梢，想要發現這人的異常還是比較容易的。

張東在老社區有房子，現在他搬了地方，將原本老社區的房子租了出去，自己則在電梯大樓社區租住。他現在手頭還有些積蓄，不然也沒那條件在電梯大樓的社區租房子，一般那些混底層的小職員都會往便宜的地方租房，像是與人同住合租、租地下室或者那些老社區，都是他們不錯的選擇。

現在的張東在小白老師跟他分手並且當眾搧耳光出醜之後，接下來的一段時間他心情都相當不好，心情一差他就會找方法發洩，於是接連做了些事情，看著別人因為丟東西而著急的樣子，張東心裡平衡許多。

張東喜歡偷竊並不是因為生活窘迫、條件困難、窮得沒飯吃，而是一種習慣，一種心理上的快感。或許他一開始是因為手頭緊而做這種事情，但後來就算找到一份穩定的工作，有了維持生活的穩定收入，然而每次心情不好的時候他還是會出去走一圈，調節一下心情，順便撈點東西回來改善生活。

而就在他平衡心情並且準備發展又一春的時候，他犯案被當場抓住了。

張東這人除了偷竊技術之外，其他方面的技術不怎麼樣，比如反跟蹤。就如之前鄭歎進他屋子裡搗亂，這傢伙也沒能推敲出點啥來。張東沒能察覺到盯著他的小羅，就只能被抓了，這要是換成二毛等人的話，眨眼工夫便能將跟蹤者甩掉。

張東被抓後，小羅他們也順著這條線找出些對張東不那麼有利的東西。

這次，張東是真的栽了。

不過張東不明白，警察怎麼會盯上他？知道自己偷竊的人就那麼幾個，而且那幾個人沒必要出賣自己，那樣做對他們也不利，而其他人就算知道張東的那些事情，也只是知道一個外號罷了，沒親眼見過張東，也不會聯繫到張東這麼一個人。

在被技巧性的審問之後，張東終於交代了偷那個兩萬八手機的事情。小羅他們順著張東所說的地方找到了手機，並交還給了那位外地富商。

那位外地富商挺感謝小羅，這手機是他女兒買的，他最喜歡在別人眼前炫耀自己女兒的孝心，並不是炫耀這個手機有多貴、多高級。後來那位富商在跟幾個警察局長官說話的時候，提了好幾次小羅的名字，因此當分局那邊傳來一些小道消息之後，所裡面很多人都猜測，小羅這人估計要轉運了，至少獎金不會少。

另一邊，認栽了的張東提出讓自己「死得明白」。

張東被抓後，小羅也在負責審問的人之中，他算是這次事件的最大功臣，也只有他才知道張東栽進去的原因。

不過，面對張東的請求，小羅沒答應。之前也有不少人問過他，不過他口風很緊，半點都沒透露那位提供線索的人的資訊，雖然他也只是知道一個電話號碼，但他就是不說。他為人不怎麼靈活，卻也知道有些情況下，提供線索的人也是要承擔風險的，不然容易被報復，所以他選擇閉口不談。

上司和同事也曾問過，可他們知道小羅的性子，他要是不想說，你怎麼撬都撬不開，所以，那之後大家都沒問了，而張東在自己的請求遭到駁回之後，被帶走前當著小羅等幾個警察的面說了一個手機號碼。

「是那個手機號碼四個6的人吧？」張東看向小羅等幾人，「也就他能將我坑進來！嘿，那個人的偷盜技術可比我強多了！」

張東心裡也打著主意，就算楚寧大道的事情與使用那個號碼的人無關，他也希望將對方扯進來，因為那個號碼是他心裡的一根刺。

張東在看人臉色方面不錯，就在剛才他說出那個手機號碼的時候，小羅臉上那一瞬間的表情，讓張東背後涼颼颼的。

小羅的面部表情告訴張東，他栽進來，確實是那四個6的手筆！

此刻張東的心情，與其說是恨，倒不如說是恐懼居多。這種感覺就像自己站在伸手不見五指的黑夜裡，而黑暗中隱藏著一雙眼睛，這雙眼睛一直盯著他，隨時等著給他極具傷害的一擊。他無法得知那雙眼睛的主人到底是誰，也無法知道對方究竟在哪裡，到現在為止，他在那個神祕人手裡栽了兩次跟頭……或許是三次，小白的事情未必沒有對方參與。

到底是誰呢？

匿名檢舉，張東相信；小羅不認識那人，張東也相信。但也因為這樣，張東才覺得更恐懼。即便警方也懷疑那個人參與了楚寧大道的一些案件，但他覺得對方一定是個神祕莫測、手段相當厲害的人物，不容易被抓住，或許永遠也沒有人能抓住他。

張東到最後都不知道在背後陰他的人到底是誰。打死他都不會想到，這只是他得罪一隻貓的下場。

由於張東是當著好幾個警察的面說的，小羅就算不想繼續追查下去也不可能，其他人也想要立功，便想著將張東說的那個號碼四個6的用戶查出來。只是，他們大致查了一下卻發現，號碼對不上人。

跟張東說的一樣，那是他找人買的儲值卡，不會有使用者的真實資訊。

查消費記錄、儲值資訊？

沒用，手機從張東那裡被偷後，總共儲值三次，一次是儲值卡，另外兩次是代儲值，代儲值的兩人都不知道這個號碼後面究竟是什麼人。

定位手機？

就所裡他們幾個還沒那許可權。

要查當然可以，只是麻煩一些，程序上的一些事情，想繞道不是那麼簡單的，必須經過相關的審批手續。可是，那個號碼現在的使用者也達不到那個程度，他們還怕對方反過來投訴自己呢！最近大家被投訴怕了，功勞都沒確定是否能撈到的情況下，大家不想再惹上一身腥，那樣得不償失。至於某些能夠提供定位服務的公司，要查詢某一個人的位置也需要得到此人同意後才行，那號碼的用戶又不是傻子，會同意才怪。

鄭歎應該慶幸，這個時候手機的智慧功能不是那麼高，某些定位服務也不是那麼簡單，不然他又得多點麻煩。

而張東所說的他剛偷不久又被偷走的那兩個手機，幾位小警察也查過，粉色手機已經物歸原主，至於另一個手機，沒有接到失主報案，現在也查不到。

既然各方面查詢困難，那個號碼又不像是做壞事的人，而張東被抓後楚寧大道那邊安寧了許多，也不知道是因為罪魁禍首被抓還是那邊犯事的一些人有警覺了，所以最近收斂了些，總之小羅他們這陣子也沒再接到群眾的報案和投訴。這次的案子也算結束了。

空閒時候，所裡幾個同事叫上小羅一起聊天。

「你們說，這號碼背後的人，難道想當個都市俠盜？偷盜賊的東西物歸原主什麼的。」一人說道。

「你以為這是新時代的楚留香加國產版的蜘蛛俠嗎？還攀岩走壁當俠盜呢！」有人嗤道。

「別繼續查了，上面都沒說話，我們在這瞎折騰啥？你當我們是重案組刑警嗎？」

小羅坐在旁邊沒插話，他在想那位檢舉者為什麼一直不開機，難道是打算放棄這個號碼了？

鄭歎確實好幾天沒顧得上玩手機了，他碰到點事情。

第五章

刷卡？不，現在流行刷貓！

話說鄭歎在發簡訊給小羅之後，也沒去多關注案情進展，連這幾天的報紙都沒看，因為他在某天去焦遠房間準備翻點火辣雜誌看的時候，發現了一袋東西。

鄭歎對那小袋上印著的「ＸＸ牌奶茶」記憶深刻，那是他跟著二毛去尋找核桃師兄的時候見過的，曾經以為是山寨貨卻最後證明是某類危險物品的東西。

離那次涉毒的清掃事件已經過去大半年了，這些貨不是早就被銷毀了嗎？要知道，這些東西流出來可不是開玩笑的，估計得禍害一大批人。

焦遠這小子今年九月才國三吧？平時不挺乖的嗎？怎麼會接觸到這些東西？

鄭歎自己當初在高中時確實碰過那類東西，但也沒敢多接觸，現在這事擱焦遠身上，鄭歎的心情是相當複雜。當然，鄭歎也不確定這袋奶茶粉裡面到底是不是那種東西，畢竟當初他看到的那一批裡頭只有少量袋子裡面含有「貨」。

又或許，焦遠也不知道這裡面另有乾坤？

於是，在翻小雜誌翻到這袋疑似危險物品之後，鄭歎也沒心情去玩手機了，就等在家裡琢磨接下來怎麼辦。

下午等焦遠回來，鄭歎就一直待在焦遠房間裡盯著他看，看得焦遠莫名其妙的，平時吃完飯鄭歎都在小柚子房裡或者跑出去玩，極少在旁邊盯著他做作業。

「黑碳你幹嘛呢？」焦遠拿筆桿輕戳了鄭歎一下。

鄭歎抬手撥開，他可沒心情跟這小孩玩鬧。

「怎麼感覺你今天很嚴肅啊？無聊是吧，我拿個東西給你玩。」

說著焦遠拉開抽屜，準備翻一翻裡面那個許久沒用過的網球，沒想到一隻貓爪子伸過來，將放在邊上的那袋奶茶粉撳了出來。

「喂，黑碳你幹什麼呢？」焦遠準備將掉到地上的奶茶粉撿起來。

——幹什麼？幫你啊混小子！

鄭歎在焦遠的手碰到那袋奶茶粉之前又用力撳了一下，目標是書桌旁邊的垃圾桶。

焦遠皺著眉看著鄭歎的動作，然後問道：「黑碳，這奶茶粉是不是有問題啊？也是，生產日期都過那麼久了，喝了估計會拉肚子。」

——只是簡單的拉肚子老子就不會這麼激動了！

鄭歎將那袋奶茶粉撳進垃圾桶，還將套在垃圾桶上的塑膠袋的袋口裹住。

焦遠盯著鄭歎看了幾秒，然後起身去爸媽的主臥室打電話，打電話之前還將門關上了。

焦爸不在家，又在學校忙活。焦媽在沙發上看電視，看到焦遠的動作，嘖了一聲，打個電話還關門，青春期的小孩氣果然是各種彆扭。焦媽也沒多想，繼續看電視。

鄭歎待在主臥室門前支著耳朵聽，聽到焦遠對電話那頭的人說道：「我家那貓估計嗅出點什麼了，你們千萬別喝！我繼續打電話給其他人，當時其他班那幾個人好像就給了我們五個吧？說什麼很貴的好東西，給的時候還滿臉的捨不得，我看那上面的檢驗標誌肯定是假的！」

聽著焦遠的話，鄭歎放心了些，能意識到這東西不對就好，甭管裡面有沒有那些違禁物品，避開些防範點總是好的。不過，知道這東西是別人給的，而焦遠他們這幾個小子壓根不知道裡面可能有「貨」，鄭歎就一股火往上躥。

——誰他媽的這麼欠扁，居然跑來禍害我家孩子！

——其他班的？那應該就是焦遠他們學校國三的學生了。

打完電話，焦遠又回到房間裡，也沒急著做作業了，關起門跟鄭歎說話，畢竟很多事情他不好跟家裡其他人說。現在幾個小夥伴都待在各自家裡，他這裡也就鄭歎這個傾聽者了，還不用擔心有人告密。

「黑碳，你說，那幾個傢伙是不是不懷好意？」

鄭歎聽完焦遠的話，知道那是在焦遠參加同學生日會時碰到幾個三年級的學生給他們的，原本那幾人只想給兩袋，熊雄嫌對方小氣，那幾人就肉疼的給了他們五個人一人一袋。

倒不是熊雄真嫌別人小氣，而是他看不慣那幾個人。其他班的幾個去參加生日宴的人中，有個人拉起了焦遠他們班的仇恨值，那人與他們班的班花關係不錯，平時也經常去他們班，去的時候舉止親密的往班花身邊一站，哎唷……當時焦遠就感覺他們班幾個男生周身的ＰＨ值呈直線下降趨勢（注：ＰＨ值降低會變成酸性），所以熊雄才會什麼事都針對那些人。

拿到這東西都快兩天了，五個人誰都沒真的喝這奶茶粉。付磊是因為不想喝仇家給的東西，他以前跟那些人打過架；熊雄差點喝了，但是被他媽阻止，他媽覺得這奶茶太劣質，一看就不對勁，那粉末有些都結塊了，喝了恐怕傷身，直接扔了；至於焦遠和蘭天竹，他們不怎麼喝陌生人給的東西，尤其是看不順眼的人給的。

這其中最特別的就是蘇安了，他不打算喝，但是打算拿去做實驗，只是一直沒時間。接到焦遠的電話之後，蘇安才擠出些時間做了個品質檢驗。

第二天，焦遠回家吃完晚飯之後，就跟焦媽說要去找蘇安他們玩。焦媽也沒多想，平日裡幾個小子總一起玩耍打球，沒什麼要在意的。

可鄭歎瞧到焦遠將原本應該甩在垃圾桶扔掉的奶茶粉放進口袋裡，神經立刻就繃起來了，趕緊跟著焦遠出去。

焦媽見鄭歎出去也沒說啥，反正這貓性子越玩越野，吃完飯出去閒晃也是常事。

焦遠見鄭歎一直跟著，怎麼趕鄭歎也不走，就不再多說了，帶著鄭歎往蘇安家過去。

焦遠、熊雄、蘇安、蘭天竹以及打架狂人付磊這五個人總在一塊兒玩，付磊跟焦遠他們混一起後也沒怎麼打架了，成績確實提升了些，雖然不至於衝前面去，但有進步總歸是好的，因此付磊他爸每天都樂呵得瞧不著眼睛。

鄭歎和焦遠到蘇安家的時候，蘭天竹已經到了，付磊和熊雄過了一會兒才到。

蘇安他爸在學校忙活，他媽去體育館那邊跳舞了，家裡沒大人在。

幾人看到鄭歎只是稍微驚訝了一下，也沒多問，他們跟鄭歎相處久了，有些事情見怪不怪。

「東西都帶來了嗎？」蘇安問。

幾人將自己手上的奶茶粉拿出來，蘇安依次標上記號，然後從窗臺上拿出一個保麗龍盒子，裡面是幾小瓶的試劑。

「蘇安你自己配的？」焦遠問。

「沒，我爸管得嚴，他手下幾個碩士生和博士生見到我就直接繞道跑，生怕我去找他們要試劑，我這點東西還是找石蕊幫忙弄的。」

蘇安一邊說著，一邊穿好自己的白袍、戴好小號的雙層手套，口罩也是專業級別的。

鄭歎在旁邊看得眼睛直抽，這架式哪像個國中生啊！

「全副武裝」的蘇安打開了他家「書房」——在別人家是書房的地方，他家這裡不同。房間裡面雖然不大，但有扇透明門隔著，靠裡的地方建著一座簡易的排氣櫃，蘇安抱著盒子進去裡面的隔間，拉上透明的門，讓其他幾人在外面等著。

鄭歎看著蘇安將焦遠他們給的奶茶袋剪開小口，拿出幾個標了記號的小試管，朝裡面倒了一些，接著就是一連串的檢驗工作。

「那個標『馬Ⅱ』的是什麼？」熊雄透過透明門看著裡面那幾個小瓶子上標著的字，其他的什麼「碘溶液」、「亞硝酸鈉」等他都認識，就那個標「馬Ⅱ」的不懂。

「馬改試劑升級版二號。」已經知道些實情的焦遠說道。

「之前他說裡頭可能有什麼東西？」付磊也好奇的問。

蘭天竹臉色微冷的說：「Amphetamine（注：安非他命）。」見付磊和熊雄還是一臉的茫然，蘭天竹簡單解釋了一下。

聽到幾個敏感詞，付磊和熊雄差點叫出聲來，尤其是熊雄，要不是怕影響到裡面正在鑑定的蘇安，他早就吼出來了。雖然不能大聲吼，熊雄還是深呼吸，然後低聲罵道：「他grandma的！我要讓他知道什麼叫做沒——齒——難——忘！」

蘭天竹看了他一眼，幽幽道：「『沒齒難忘』這個詞有些偏褒義。」

熊雄：「……」想了想，還是想不到取代的貶義詞，便道：「總之一定要教訓他們，狠狠的教訓！」

付磊也捏著拳頭，顯然是相當生氣。

「我和蘭天竹上週在他爺爺的小花圃裡萃取了點東西，到時候也好好招待一下他們。」焦遠說道。

這時候，蘇安也完成檢測了。

「怎麼樣？」幾人看向蘇安。

「和我那袋一樣。」蘇安指了指放在排氣櫃裡的那幾管透明試管裡已經從奶白變成偏橘紅色的液體，推測道：「八成是安非他命類的，只是試劑有限，檢驗結果並不絕對，有小部分可能會是氯胺酮（注：K他命）類。」

「沒關係，只要知道那裡面有『毒』就行。」熊雄已經在想著怎麼去報復了。

付磊朝蘇安比了個拇指，剛才他看蘇安在裡面操作，感覺比學校裡那些化學老師們的動作還要流暢標準。

蘇安謙虛的擺擺手，「當年我表哥還用感冒藥製過 ice（注：冰毒）。」

「這麼神！」熊雄和付磊嘴巴張得老大。

「嗯，然後被他爸揍得在床上躺了半個月。」蘇安撇嘴，「那玩意兒犯法的，在床上躺半個月總比坐牢好。」

「那我以後見到類似的東西怎麼辨別？不可能每次都拿過來給你看吧？」熊雄擔心道。

熊雄這孩子是幾人中最讓人擔心的，知識層面有限，神經略顯大條。

「你沒聽過一句話嗎？」蘇安道：「冰毒，也就是甲基苯丙胺，好像冰糖卻不甜；K他命外形看似鹽；像奶片的是搖頭丸。這是我爸在我上國中的時候跟我說的，你記著就行，不過像這種摻雜了其他東西的就不太好辨別了。總之，陌生人給的東西不要吃，以後別中圈套了。」

至於鄭歎，他在旁邊都看傻了。

——真是神一樣的國中生！

既然檢驗出裡面確實有東西，五個人琢磨著接下來該怎麼做。

鄭歎在旁邊聽他們談論的報復方法聽得冷汗直冒，他覺得眼前這幾個他看著長大的小子，能將當年的自己甩出好幾條街！當初，一直自認為混世魔王的自己相比起這幾個傢伙，真的是圖樣圖森破（注：「too young, too simple」的諧音，意指太年輕、太天真。）。

「這事要不要跟爸媽說一聲？」熊雄不確定的問道。

「別！告訴他們的話，我們以後就別想再出門玩了。」蘇安反對。

焦遠幾個也深有同感的點點頭。

「也不報警？」熊雄問。

「報警了你還想瞞著？除非匿名。匿名報警的話，要不你去？我那裡還有個變聲器。」蘇安說道。

鄭歎：「……」還變聲器！這些傢伙平時到底在幹些什麼？！

「那還是私下解決吧。」熊雄搖頭。他對報警這事有點排斥，小時候打報警電話打得多了，跪洗衣板跪得有些心理陰影，一般這種在熊雄看來還不算什麼大事的事情是不會輕易報警的。

「那以後他們再去禍害其他人怎麼辦？還有，那些提供東西給他們的人呢？」焦遠問。

幾人沉默了。一會兒後，幾人重重的嘆了口氣。

「先教訓他們一頓再說，其他的我們好好計畫計畫。」蘭天竹抓抓腦袋。他們現在畢竟只是半大的小子，很多事情確實不怎麼好辦，也做不全面。

不告訴家長和老師，也沒打算告訴警察，幾人還列出了一份「計畫書」，鄭歎已經對這幾個小子不知道如何評價了。不過，在他們列復仇「計畫書」的時候，鄭歎則想著，這幾個傢伙不好報警，自己倒是方便一些，就像焦遠說的，不能讓那些傳播這玩意兒的人繼續禍害其他學生。

其實鄭歎對別人沒什麼心思去關心，但這次涉及到焦遠他們幾個，讓鄭歎有了火氣。

「哎，蘇安，我那邊還有幾箱牛奶，我爸看超市大特價時提回家的，你看需不需要拿來你這裡做個品質檢測啥的？」離開之前付磊問道。

「你喝過沒？」蘇安問。

「喝半個月了。」

「沒事？」

「一點事都沒有。」

「那就行了，沒必要檢驗。」蘇安說道，「你如果不放心的話可以帶一瓶過來，我們先制定一個實驗方案，檢驗那東西還要看菌落的，培養箱我可弄不到，菌落方面你可以找焦遠幫忙，而且檢驗那些東西可以直接去實驗室，不用在這裡。」

這裡畢竟是居住的地方，這間房也只是為了方便和救急用的，並不常使用，若能帶去實驗室的話，蘇安都不會在家裡進行。這次是逼不得已，不能讓其他人知道，他才會在家裡做檢測的。

「對，那個我可以幫忙，菌落方面我檢測過幾次自來水和餐廳的豆漿，比較熟。」焦遠點頭道。只是做這些東西他爸應該不會說什麼。

離開蘇安家之後，鄭歎沒有跟著焦遠直接回去，他跑去校區邊沿的小樹林開手機發簡訊。幾天沒碰手機了，一打開好幾封簡訊，還有未接來電提示，都是小羅的，翻看了一下，鄭歎不爽了。原本只是想坑張東一次，不管張東有沒有偷那個兩萬八的手機，只要盯住他就會發現不妥，然後給張東一點教訓就行，沒想到還真是他偷了那手機。而從小羅這幾封簡訊來看，鄭歎也知道自己被張東往泥潭裡拉了一把，好在自己的情況特殊、行事比較隱蔽，不然還真有麻煩。

對於小羅的那幾個問題，鄭歎沒想要回覆，想了想那批問題奶茶粉，還有今天晚上蘇安小子的鑑定結果，鄭歎編輯了一封簡訊，將那批奶茶粉與年前那次清掃行動簡單提了一下，將蘇安的鑑定結果也說了說，連焦遠他們所說的那幾個國中三年級的學生，鄭歎將能記住名字的都寫了上去。說詳細點破案才快，不解決這事他心裡總不爽快。

編輯完簡訊，鄭歎頓了頓。

按理說直接通知核桃師兄是最好的，又是熟人，鄭歎也知道核桃師兄的為人，一定會追查到底、清理足夠徹底，那樣鄭歎更放心。但鄭歎想了想，想不起來核桃師兄的電話號碼是啥。核桃師兄不行，只能退而求其次，小羅給鄭歎的印象還不錯，就發給他吧。不過小羅只是個小警察，能耐遠比不上核桃師兄，這事能辦成怎樣就不得而知了。大不了等弄到核桃師兄的電話號碼之後，再發給他。

◆◇◆◇◆◇◆◇◆

小羅晚上剛回家拿著衣服正準備去洗個澡，剛才被樓上的一位大媽叫過去幫忙搬了套家具。五樓啊！搬上搬下的，現在回來累得要死，渾身是汗。腳剛踏進浴室的門，小羅就聽到手機的簡訊音。

自打上次那個四個6的號碼發簡訊給他之後，小羅就將手機的簡訊音改了，非工作時間的時候，簡訊音調成了更容易聽到的叮叮聲。這幾天那個號碼一直關機，小羅和同事們都覺得那人應該是換號碼了，不會繼續用這個號碼。即便如此，聽到簡訊音，小羅還是立刻收回腳往臥室快步過去，拿起手機看了看。

螢幕上顯示的號碼讓小羅心裡一喜，但點開簡訊之後，小羅臉上立刻嚴肅起來，這上面所說的事情可比偷手機要嚴重多了，而有了上次的經歷，小羅直覺這次的事情也是真的。

這類事情小羅在這行幹了這些年，當然能夠猜到裡面的厲害關係，光憑他這樣一個小警察是很難去搞定的。而有句話說得好，有條件的上，沒條件的創造條件繼續上。

自己搞不定也可以拉幫手的嘛！而且，他在刑警大隊那邊還認識幾個人，一直有聯繫，有段時間上面為了有效預防和打擊各類犯罪，便開始加強基層基礎建設，於是他們與刑警大隊那邊的人接觸過，後來因為幾個朋友的關係，他與刑警大隊那邊的兩個人也漸漸熟了起來，只是平日裡大家都忙，聚一起的時間少，沒怎麼聯繫了。

想清楚之後，小羅翻開通訊錄撥了電話。

鄭歎那邊發完簡訊就再次關機，回家睡覺去了，以至於小羅跟人說完事情再打過去的時候發現，這號碼又關機了。

◆◇◆◇◆◇◆◇◆

幾天後，鄭歎正在沙發上看剛翻出來的前段時間沒看的報紙，發現上面有提到張東的事情，不過沒有直接說他的名字，只是用「張某」代替。

正看著，焦遠他們回來了。

焦遠今天好像有些激動，在焦媽做飯的時候跑去開電腦登入聊天軟體，跟其他幾個小夥伴聊他們今天還沒聊完的話題。

鄭歎跳上桌看了看，發現這幾個孩子在他們建的群裡面聊問題奶茶粉的事情。

現在也不用五人計畫什麼了，警方直接找了過去，抄了幾個窩底，將流出來的那批貨了查出來，涉及到的幾個國三生都請了幾天假，不過學校那邊的學生太多，所以也沒誰去注意。焦遠他們估計是透過一些他們自己的管道聽說的，現在正在群組裡面激動的聊天。

鄭歎心裡點了點頭，小羅那邊的效率還不錯。

沒繼續看焦遠他們幾個小子聊天，鄭歎準備跳下書桌去客廳繼續看報紙，突然瞥見了室內電話旁邊的那本電話簿。

看了看焦遠，這傢伙正忙著打字，於是鄭歎朝電話簿走過去，背對著焦遠狀似不經意的彎爪子翻開了那本小本子。上面記載著很多電話號碼，還有二毛、衛稜和趙樂他們的，連核桃師兄的私人手機號碼都有。

「黑碳你幹嘛呢？」焦遠側頭過來問道。

鄭歎將電話簿合上，看向焦遠。

焦遠一臉恍然，「你等電話啊？」隨即又一臉悲憤以及羨慕嫉妒恨的說道：「你又想出去玩了是不是？！天吶，貓都比人過得好！」

焦遠一直羨慕鄭歎能跟著二毛和衛稜他們出去玩。

鄭歎：「……」傻孩子。

不過他確實好久沒出去玩樂了，二毛時不時被他家裡人捉過去相親，衛稜在家當好丈夫。

◆◇◆◇◆◇◆◇◆

等鄭歎再次開手機的時候，發現又是好多封簡訊，大部分是小羅的，其餘是垃圾簡訊或者電信公司的廣告。小羅從一開始的詢問，到後來的感謝，鄭歎能從這幾封簡訊中感受到小羅的心情變化。看來小羅這幾天應該過得不錯。

小羅過得確實不錯，這次又立了功。巧的是，最近上頭正打算拿幾個正面例子出來宣傳，改善民眾對他們的態度，小羅恰好成了這個契機裡的正面例子，寫報告打總結除了要配合所裡和局裡的宣傳工作，他還要應付記者、開會、表彰、彙報、發獎金等等事情，他這幾天很忙，但忙得心甘情願、心情舒暢。

或許這個案子並不會提起太多人的注意，但小羅的生活卻發生了巨大的變化。因為不久後，他被調進刑警大隊成了一名刑警。最近分局的刑警大隊正缺人，這次事件讓小羅走進了一些人的眼——這小夥子看起來傻，但並不是沒腦子，為人也不錯，既有理論知識，又有基層豐富的實踐經驗，再加上分局那邊有幾個人幫說了幾句……就這樣，小羅被調了過去。

事情發展太突然，轉折太快，身上的這些轉變太出乎小羅的意料，前不久還在夜市聽訓，現在就被調去當刑警。小羅一直想要做刑警，雖然可能會危險一些，但是小羅樂意，這算是得償所願了。

那邊，鄭歎看著手機上的來電顯示，不是小羅、也不是小白老師，是電信公司。

好奇之下，鄭歎接通了，然後裡面響起一道好聽的女聲。

光聽這聲音，鄭歎打個好評，但對方談及的事情卻讓他想開罵。

ＶＩＰ用戶？

聽著多高級啊！但是要身分證資訊啊！難道還能寄塊貓牌給對方嗎？

沒有身分證的貓傷不起啊傷不起！

現實中沒有身分證，鄭歎打算在網路中找找存在感。

聽說那些小明星們時不時就得為自己炒點新聞出來多露露面，以顯示自己的存在感，鄭歎覺得自己沒必要炒作，寵物中心那邊每隔一段時間拍些影片出來發布後，在論壇裡反響還不錯，鄭歎自認為自己應該也算個小有名氣的了，網路上反響應該還不錯。

雖然鄭歎平時表現得對自己拍的那些影片、廣告什麼的一點都不在乎，但私下裡還是喜歡去逛逛論壇、看看網路上的人怎麼評價自己，看到那些誇讚的話，鄭歎理智上覺得這壓根沒什麼難度，但也還是忍不住自得。這感覺相當不錯。

這年頭要逛論壇、看影片，就得上網，接觸電腦。

在焦爸回來之後，鄭歎曾偷偷上了一次網，這時候手機上網太麻煩，很多功能不完善，還不如直接開電腦來得爽快。太久沒碰電腦，每天看著也不能玩，鄭歎憋得慌，所以他冒險了一次。

玩了那一次之後，鄭歎提心吊膽的等著焦爸找他過去談話，他覺得焦爸那種連焦遠看了哪些網站都知道的人，自己想要避過去的可能性不太大，就算刪除記錄，總會留下些其他痕跡，現在焦爸可是天天用電腦。

可等了幾天，焦爸還是和平常一樣，一點都沒有要與他談話的意思，鄭歎也就放下心來。雖然他總覺得焦狐狸應該知道點什麼……

但是，管他呢！焦爸不說，他就繼續玩！

家裡沒人，鄭歎開機之後點開了一個影片分享網站。論壇畢竟只是某個圈裡有著共同愛好的一些人聚起來的，而影片分享網站裡各年齡層、各行業的都有，這應該更能看出自己的影響力。

影片網站分類裡面有一部鄭歎上週新拍的廣告，排名還不錯，與以往那些煽情或者敘述類型的不同，這次走的是搖滾風格，某家碳酸飲料商還贊助了。

鄭歎覺得這部廣告不錯，自己拍得也還行，但是看著下面的評論，鄭歎的心情就好不起來了。

影片下方，網友們發表意見看法的評論區——

一樓：「出售奶茶、瓜子、可樂、花生米啦～～～」

二樓：「求樓上頭像圖片番號！」

三樓：「背景音樂是什麼？求告知～」

四樓：「裡面那個大波妹子看起來不錯，有誰認識嗎？」

……

鄭歎：「……」

突然很想砸鍵盤並朝那些人豎中指，那麼大一隻貓在上面居然沒人注意，都看美女去了！

幾乎每十樓裡面就有半數歪樓的，剩下的大部分注意力在裡面那個身材火辣的妹子身上。雖然鄭歎承認自己拍廣告的時候與那妹子合作「相當愉快」，但現在還是免不了嫉妒。

鄭歎也突然意識到自己是如此的自作多情、自以為是、並自我感覺良好。

貓，畢竟不是人，這個時候網路上大家都爭相尋找自己的利益，誰管那裡面有隻什麼貓啊！頂多說個兩句就沒了，關注焦點還是人。

雖然覺得沒那麼多人關注的話，自己的自由度能大一些，但真正面對現實的時候，還是無可避免的不爽快。

既然不爽快，鄭歎就打算自己找樂子去。

關機出門，鄭歎在校園裡散步。

晃著晃著就來到幼稚園，鄭歎本打算繞開的，想了想，決定去看看卓小貓坑人。

這時候卓小貓他們班剛上完室內課，一群小娃娃大叫著往放置著溜滑梯、充氣城堡等東西的院子裡跑去，生怕跑慢了搶不到，後面小白老師和另一位老師在叮囑大家別跑太快、注意腳下。

鄭歎看了看不慌不忙往外走的卓小貓之後，視線落到坐在小院子裡的另一個人身上。

在那個放置著各種玩樂物品的小院靠邊的木椅上，坐著一個鄭歎認識的女人。此時這女人正目光柔和的盯著院子裡的小孩子們，而在卓小貓走出來之後，她便直盯著卓小貓那邊，臉上帶著微笑。不知道的人還以為卓小貓他媽來了呢！可惜，不是。

這女人是衛稜他老婆，根據鄭歎從二毛那裡知道的，衛稜他老婆應該懷孕四個多月了吧？且據說衛稜他老婆曾經出過交通事故，身體不太好，雖然這些年盡量調養了，但衛稜還是不放心，一直請人精心照顧著，衛稜自己也是除了上班就在家陪著。

鄭歎心想：她怎麼會來這裡？有小孩了想多看看小孩嗎？但是也沒必要總盯著卓小貓看吧。

小白老師在注意著那些小孩子們，她知道這位太太想自己獨自坐著，所以並沒有過去打擾。

教小學的很多老師也被要求要有足夠的平和與耐心，或許是感覺到這位陌生阿姨身上那種平和的氣息，小孩子們也沒有感覺到拘束和不自在，依舊各玩各的，有些膽子大點、性格活潑點的小孩子，還過來搭兩句話。

卓小貓被人拉過去幫忙用拼接玩具拼了隻恐龍，然後走到衛稜他老婆眼前。

「阿姨，妳總看著我幹什麼？妳是新來的老師嗎？」

卓小貓雖然話能說很多，但有些字眼還是說得不太清楚，不經常與他相處的人需要一點時間來反應。

衛太太頓了頓，笑道：「我不是新來的老師，看著你是因為你很可愛。」

她只是在家裡待著覺得悶，鄰居家有人在附小這邊當老師，聊天的時候對方提到楚華大學的幼稚園裡兩歲半就進幼稚園而且表現還很不錯的卓陽——卓小貓這孩子，她一時興起就出來看看。一看之下，不得不承認，這孩子確實聰慧。

「謝謝誇獎。」

卓小貓禮貌的回了句，然後打算離開，又被叫住說一會兒話。

知道眼前這位阿姨有小寶寶了，卓小貓好奇的看向她的肚子，然後說：「我小時候……嗯，是很小很小，還在媽媽肚子裡的時候，我媽媽說黑哥還跟我對過掌呢。」

聽到卓小貓提到自己，鄭歎耳朵噌的就豎起來朝向那邊了。

「黑哥？」衛太太不太明白卓小貓口中「黑哥」的意思，只當是卓小貓認識的人。

「嗯，我聽一個叔叔說，以前很多人都覺得我會長得很瘦弱，但是阿姨妳看，現在我壯壯的！」說著卓小貓將袖子一擼，彎起手臂讓對方看他「粗壯」的「肌肉」。

鄭歎：「……」這傻孩子，就這麼點斤兩，有個毛線的肌肉！壯個蛋啊！

這還不止，卓小貓更將自己的胳膊往衛稜他老婆眼前遞了遞，「阿姨，不信妳摸摸看，是不是很壯？哈哈，一般人我還不給摸！」

鄭歎：「……」不忍看下去了。

沒看到這小傢伙坑人，反倒看到他怎麼犯蠢。唉，智商再高的人也有犯蠢的時候，何況還是個小屁孩。

衛太太笑著伸手輕輕的捏了捏那小胳膊，又捏了下卓小貓的臉，「果然是個小壯漢。」

「那是～」卓小貓笑得眼睛都眯起來。

就在鄭歎心裡感慨這破孩子怎麼會這麼蠢的時候，又聽卓小貓以一種很自豪得意的語氣說道：「我媽說我能長這麼壯都是因為黑哥的關係，黑哥對我可好了！」卓小貓掏出自己一直掛著的吊墜，「吶，這也是黑哥給的！姑姑說這個東西有錢都買不到！」

衛太太仔細看了看那個透明吊墜裡面的綠色植物，很是驚訝，然後她又覺得這樣一個東西大概是人工合成出來的，自然界裡應該不存在吧？

雖然心裡懷疑，但她還是笑著道：「嗯，確實很珍貴，你哥對你真好。」

「那是～」將吊墜小心放回衣領內，卓小貓一抬頭就瞥見圍牆上的鄭歎，立刻笑著往那邊跑去，「黑哥！黑哥！」

衛太太順著卓小貓的方向看過去，見到圍牆上的那隻貓之後，有些驚訝，仔細看了看，然後問向不遠處的小白老師：「白老師，那隻貓是不是叫黑碳？」

「對，就叫黑碳，班裡孩子們都跟著卓陽叫牠黑哥呢。」小白老師說了說那隻黑貓的事情。

原來「黑哥」是這隻貓啊！衛太太心想。

看著那邊一人一貓的互動，衛太太坐了一會兒，然後起身準備離開。能進來幼稚園這裡看看，是託了鄰居幫忙，這次過來也不虛此行。

鄭歎看著衛稜他老婆走出幼稚園的門，隨即一個大媽迎上去，應該是保姆之類的人，然後兩人一起離開。

衛稜晚上回家，抱著老婆親了親額頭，「今天出去走走感覺怎麼樣？」

「還好。對了，衛稜，我們下次請核桃師兄和二毛他們過來的時候，叫上黑碳一起吧。」衛太太說道。

衛稜聞言挑了挑眉，老婆懷孕後，他請師兄和二毛過來吃飯時，說了讓二毛將鄭歎一起帶過來，沒想到被過來看女兒的丈母娘知道了，數落他好久，話裡面對鄭歎很是排斥。自打知道女兒懷孕，她就恨不得將周圍有潛在威脅的動物全部趕乾淨，說他還想把牠們引進來？

衛稜那段時間心情不怎麼好，要不是看在老婆的面子上，他早跟丈母娘翻臉了。沒想到現在老婆會親口提出來。

「行！我看師兄和二毛他們什麼時候有空，叫過來聚聚，順便把黑碳帶來。好久沒看到那傢伙了，嘿，也不知道長胖沒有？」

於是，在某個天氣晴朗的週六下午，二毛過來帶鄭歎一起去衛稜那邊吃飯。

從房間裡出來喝水的焦遠滿臉悲憤：黑碳又出去逍遙快活了，而我卻要待在家裡做週一早上要交的試題！

◆◇◆◇◆◇◆◇◆

衛稜他家在一個離楚華大學不太遠的社區，電梯大樓。

鄭歎和二毛到的時候，衛稜正在廚房裡忙活，桌子上已經擺滿了菜，屋子裡滿是飯菜香味。

「喲，衛師兄，你這廚藝見長啊！」二毛看著滿桌的菜說道。

衛稜自打老婆懷孕之後就一直是請保姆做飯，有時候保姆不在，他自己便親自下廚。今天兄弟幾個聚一起，所以衛稜沒讓保姆過來。

衛稜將幾份蒸熱的菜端出來放上，拍了下二毛的頭，「瞎扯啥呢！這一看就是向餐廳訂的。」

二毛嘿嘿一笑，他看出來了，只是調侃衛稜一下。

「黑碳吶，好久不見了，自個兒找東西玩啊！」衛稜對坐沙發上的鄭歎說完，就又跑廚房端菜去了。

鄭歎聽著衛稜這話，怎麼感覺像是在對小朋友說的呢？

核桃師兄是半小時後到的，看到鄭歎之後還驚訝了一下，他知道很多孕婦是很忌諱貓的，弓形蟲什麼的談之色變，之前也聽衛稜抱怨過自家老婆和丈母娘反對將那黑貓帶過來，沒想到今天竟然在這裡看到這隻貓。

「好久不見了，黑碳。」

幾人跟鄭歎都熟，而且鄭歎幫過他們好幾次了，二毛他們也沒其他人那麼多顧忌，何濤自己剝花生的時候還幫鄭歎剝幾個放桌上。

衛太太走進客廳正準備招待客人，就被三人催促進去休息了，聽說她今天去醫院做了一連串檢查，現在正累著，他們讓她多休息點，反正他們幾個之間也熟，用不著客氣。

桌子旁有四張凳子，其中一張凳子還墊高了，那是給鄭歎的。

跟一隻貓同桌，三人都不覺得有什麼，去夜樓的時候這種情況多的是，見怪不怪，在這裡就他們三人，也沒那麼多規矩。

「最近進了幾個不錯的新人，剛才過來的時候碰到他們在聚餐，我留那裡喝了兩杯才過來，車都沒敢開，搭計程車過來的。」何濤解釋了一下自己這麼晚來的原因。

「那事處理完了沒？」二毛問道。他當初離開楚華市區找何濤的時候也是參與了那事的，現在又聽到有貨流出，才多問了問。

「處理完了，沒流出來太多，那幫人藏得挺緊，過了半年才敢拿出來，沒想到拿出來不久就有人檢舉了。哎，說起來有件很有趣的事情，關於這次檢舉的人，很神祕、很有意思。」既然是自己人也不用擔心洩密啥的，幾杯酒下去，何濤的話匣子也打開了，說了說那個四個6的神祕電話號碼。

鄭歎在旁邊努力裝作什麼都不知道，耳朵支著聽他們說，不過看起來，核桃師兄對那位「神祕人」還挺欣賞。

「俠盜？還真有這樣的人啊？」二毛說道，「但是聽起來，這人也有些能耐，可我在楚華市混這麼久也沒聽說有這麼個人啊！」

「那叫深藏不露。」衛稜也挺好奇，「到時候要是查出來這人了跟我說說，我就想看看這樣一個新時代楚留香加國產版蜘蛛人到底是個什麼樣的人物。」

鄭歎在旁邊默默吃蝦，不抬頭與他們對視。他心虛，而在坐的三個都是人精，他怕自己露餡。看來以後用那個號碼要更小心一點了。

難得等到話題轉變，鄭歎才抬起頭來，也不用他自己夾菜，那三人夾什麼都給鄭歎眼前的盤子裡面放一點，除了二毛夾的雞屁股，那東西被鄭歎甩了回去。

「二毛如今在楚華市那個年輕人的圈子裡混得不錯啊，我總聽到有人提起你，前段時間碰到你，不是還聽有人叫你『二哥』嗎？這都當『哥』了啊！」何濤笑道。

「不叫『二哥』，難道叫『二師兄』嗎？」二毛撇撇嘴。

現在二毛接觸的人多了也久了，自然有些人知道二毛的身分，也不敢單論衣著來看他了，誰能想到這樣一個開著二手車的傢伙背景那麼強？見面大家還捧著笑過去對二毛喊一聲「二哥」呢！一開始二毛還聽不習慣，但是聽多了也就由著他們。

「對了，二毛，聽說前段時間你跟一個相親對象吵起來了？」衛稜問。

鄭歎看向二毛，這八卦他喜歡聽。

「是啊！」二毛不在意的說道，「一開始覺得這人還行，長相、身材、學歷、性格都挺好，她也喜歡貓，還當一些名貓展的評委呢！但是，跟她聊的時候聽她話裡總說一些名貓，說國內看好的也就狸花貓和臨清獅子貓……聽她的說法，好像其他貓都上不得檯面似的，我當時就不爽快了，哎，我家黑米哪點比不上樓下那狸花胖子？！」

鄭歎：「……」社區裡住二毛樓下的大胖躺槍。

「這就好像她喜歡穿國際名牌，我就愛穿我看上眼的衣服，管他有牌的沒牌的，不論牌子。總不能強行將我這身行頭扒了套上那些跟我格調不搭的貨吧？」二毛振振有詞。

「所以你就朝人家發火？」何濤覺得二毛簡直小題大做。

「你也沒必要朝人家女方發火啊！這樣的話，什麼時候能相親成功啊？」衛稜也教訓道。

鄭歎則在旁邊想著，將貓比作衣服的，估計也就二毛這傢伙了。

「那現在你怎麼辦？這次相親失敗了，再繼續相？」何濤問。

二毛笑得一臉蕩漾，「誰說相親失敗了？我和龔沁正處得好好的呢！」

何濤、衛稜：「……」什麼鍋配什麼蓋。一個被貓抓得胳膊上常年有貓爪子印，一人一貓能夠待在二十多坪的屋子裡玩一下午，還樂在其中享受得很；另一個被二毛吼了居然沒有當面砸包搧耳光，反而還能原諒他、過來道歉了繼續相處。兩個抖M。

何濤看向衛稜，問：「養貓的是不是都這樣？」

「大概……吧。」

鄭歎在旁邊沒有去思考養貓的人的性格問題，他正想著「龔沁」這名字聽著挺耳熟，想了一會兒才想起來，貓展那時候看到的一個女性評委就叫「龔沁」，難道是那位？

「對了，差點忘了，葉昊那邊的凱旋即將開業，我在那邊也有包廂，二毛你和黑碳的包廂也早就預備好了，我們三個的專屬包廂連在一起，到時候葉昊會直接讓人將卡送過去給你們。至於師兄的，你身分特殊，那種地方還是少去的好。」

「嘿，這麼說以後我也不用跑太遠了！雖然凱旋在某些格調方面比不上夜樓，但請人吃飯喝酒玩一玩還是行的。黑煤炭，到時候那邊開業之前咱一塊兒先去看看吧，有什麼不合適的也提早說了讓他們休整。」二毛搓搓手，用腳踢了踢鄭歎的凳子說道。

衛稜所說的「凱旋」，其實就是葉昊他們在楚華大學附近那個恆舞商業廣場旁新建的一間俱樂部。凱旋建好之後，鄭歎也有地方玩了，即便沒有駕駛員，他自己就能閒晃溜過去。

所以，聽到這個消息，鄭歎心裡還是很高興的。

◆◇◆◇◆◇◆◇◆

「凱旋」在十月初開業，那時候恆舞商業廣場也基本上完善了，各條路早已通車，人流、車流量直線飆升。恆舞廣場那邊國慶長假期間還做了個活動，除了附近的人，離得近的幾所大學的學生都往這邊湧進，一時間，人氣直壓中心廣場。中心廣場那邊的大叔大媽多，而恆舞廣場這邊多是年輕人和學生，雙方的風格也開始明顯化，顯然事先都有做過發展計畫。

二毛在這之前就和鄭歎過去看過屬於他們自己的專屬包廂。葉昊沒時間，龍奇忌憚鄭歎，所以是豹子親自帶著他們去看的。

和夜樓那邊的格局比較像，只是沒有分東南西北宮，也不會經常有一些國際上有名的樂團去演奏。其實那些國際上知名、且有些歷史的樂團，其風格並不被現在的很多學生接受，對他們來說，那些樂團在國內聽都沒聽過，就算聽過，他們也不買帳。

為了開業的宣傳，凱旋還是邀請了幾個國內有點名氣的樂團來，這種大家熟知的樂團才能更具吸引力，而這其中便有阿金他們的樂團。

要說阿金，他們現在已經不是兩年前的那個小樂團了。他們參加了幾場選秀賽，經過包裝和造勢以及有經驗的團隊去運作，漸漸被一些年輕人追捧，這次有些大學生就是衝著阿金他們樂團來的。

楚華大學吉他社的人也收到了阿金給的十張免費券，位置還不錯，那些學生們也沒想到，當初偶然請的一個外援，竟然會達到今天的高度，現在吉他社都不用打廣告來招新生了，一堆學弟妹自願上門為社團獻身。

凱旋的開業慶典晚上七點多才開始，鄭歎五點多吃完晚飯就被二毛拉過來了。來了之後，二毛拎著裝了黑米的寵物包，帶著龔沁去他的專屬包廂過他們的二人一貓世界去了，而鄭歎，他一個在這裡也無聊，在沙發上滾了一圈之後決定還是出去走走，獨自在這裡忒寂寞。

站崗在通道上的人都被交代過了，而且葉昊他們挑選出來的人也不是沒眼力、沒見識的坑爹貨，鄭歎從他們眼前走過，他們也不會擺出讓人不爽的神色。

從凱旋出來，鄭歎沒走多遠就看到幾個熟悉的人影。是焦遠那五個小子。

這次長假期間，焦家的人沒出遠門，焦爸依舊忙碌著，走不開，焦家另外三人也就繼續待在家裡。其他幾人今天晚上估計沒什麼安排，聚一起來恆舞廣場這邊閒逛看熱鬧，這個年紀的孩子們本就精力旺盛並且充滿好奇。

不過此時，焦遠他們五個周圍還有其他人，看起來雙方好像不太對盤的樣子。

鄭歎躲避著來往的人，往那邊過去。

鄭歎曾經聽焦遠抱怨過學校裡的一些事情，焦遠他們班跟同年級五班是各種不對盤，從運動會到籃球比賽再到學期總結評比，從優等生到吊車尾的，大家都知道，別在一班裡說五班的好，也別在五班裡說一班的有多厲害，就算心裡是真覺得人家有多好，那也得憋著，不然說出來會引起公憤。

而這其中，也有兩個班班導師的原因在內。那兩位班導師針鋒相對許久了，平日裡開班會說起反面例子之類的，五班的班導師絕對首先拿一班的說事。想當初一年級的時候，付磊還是那個吊車尾的「獨行俠」，沒少被五班的班導師拿來當作負面教材，私下裡還曾經揚言此學生就是一顆「臭狗屎」，為此付磊一直記著這仇呢。

至於兩個班的優秀例子，兩班的人是能不說就不說，可一旦你犯了錯，呵呵，噴你沒商量。

噴焦遠他們幾個大學教師子女噴得最厲害的，也就只有五班的那些人了，其他班的學生都抱著看好戲的態度。每個年級班與班之間可是存在競爭的，一班跟五班打得火熱，他們在旁邊看熱鬧就行，沒必要把自己搭進去，那兩個班都不好惹。

「怎麼？乖寶寶不去做功課，跑來這裡幹什麼？」一個跟焦遠他們差不多大的男生踐兮兮的說道。

那邊好幾個都是五班的人，就算不是五班的，也可能是其他班的人，年紀都差不多，在鄭歎看來稚氣未脫。

「這裡頭，沒進去過吧？」那人指了指身後的凱旋，對著焦遠他們面帶嘲諷，似乎在嘲笑焦遠他們幾個沒見識，「嘿，想想也是，你們可是乖寶寶，歌廳、舞廳、酒吧、遊樂場……你們哪個敢去？」

焦遠他們幾個沉默不語。其實這些地方他們都去過，只是他們不說，說出來那不是找死嗎？回去就得挨罵。他們不像眼前這幾人，做什麼叛逆的事情都拿出來炫耀當作一種光環。

「根據國家相關法律、法規，一些營業性娛樂場所是不適合未成年人進入的，在一些地方這就是禁令。」焦遠理直氣壯、面不改色的說道。

蘇安幾個看了焦遠一眼，繼續沉默，他們絕對沒有心虛。

對方聽到焦遠的話，都哈哈笑了起來，似乎焦遠說了什麼很好笑的笑話似的，各種嗤笑和鄙夷，覺得焦遠他們幾個就是軟蛋。

熊雄氣不過準備反擊，被蘭天竹拉了一下，「沒必要跟他們幾個神經病廢話，我們去其他地方看看，別在這裡浪費時間。」

熊雄想了想也是，他們出來的時間有限，回去晚了絕對家法伺候，而且若他們在這裡起衝突的話，只要稍微調查一下就能知道緣由了，即便不是他們找碴，家裡人知道後他們以後也別想再來這邊玩，沒必要陪著這群混蛋在這裡瞎扯。

焦遠他們剛走一步，就被那邊的人擋住了。

剛才說話的那人正準備上前再刺兩句，付磊將前面的焦遠和蘇安往後擋，活動活動拳頭，臉色不善的看著眼前的人。

那人一見付磊走近，趕忙退了幾步，他知道付磊能打，一年級的時候就打過三年級的人，他可不想被揍，但是退得太快，又顯得自己很畏懼對方，在朋友中很沒面子。沒等他開口，就聽到身後一道聲音傳來。

「哎呀，這不是一班五霸嗎？」

聽到這聲音，焦遠他們幾個臉色一變。五班的人還好打發，但這幾個人……來者不善啊！五班的幾人這時候也不衝鋒上陣了，全部人直接退開，有幾個還想開溜，他們可不敢得罪這幾個人，前段時間聽說這幾個人不知道什麼原因被校方勸退的勸退、轉校的轉校，沒想到現在竟然會在這裡碰到這幾個人……今天出門沒看黃曆，運氣真背。

一直待在旁邊觀察事情進展的鄭歎，看到走過去的那幾個打扮明顯成熟的人，瞧著不好應付，之前那幾個五班的人就算盡量裝得跩，但也能有點學生氣，而這幾個……像是已經在社會上打滾了，就算臉上看起來還很年輕，但配上那一身的裝扮就直接拔高年齡。旁邊的傢伙年紀稍微大些，估計是附近哪所高中的，或者是已經混社會的。

剛說話的那人將嘴裡的菸扔地上用腳碾了碾，看向焦遠他們，眼神陰霾，「正好，我也想好好跟你們聊聊！」

這幾人出現之後，鄭歎明顯感覺到焦遠他們的緊張，就連一向天不怕地不怕拳頭最大的付磊也滿是嚴肅。聽著他們後面的對話，鄭歎根據隻言片語推出來的資訊表明，這幾個人與前段時間那個問題奶茶粉事件有關。

等付磊喊出為首那人的名字時，鄭歎才想起來，他發給小羅的簡訊上就有這個人。聽焦遠說過，之前給他們奶茶粉的那幾個人中，就這個人最難對付，據說是道上混的，而出事之後學校裡說是被勸說退學，但事實上更嚴重，當時就被收押了，聽說還有幾個送去牢裡。不過，這個人既然能夠站在這裡，顯然是有點手段的。而聽這人的說法，他認為自己差點栽進去，焦遠他們在這中間出力了，這讓他怎麼能嚥下這口氣？

眼瞅著要打起來，突然一道聲音插入。

「不好意思打擾一下，那邊幾個小朋友，要交流感情請不要在這裡交流。」

話很客氣，但這聲音中帶著濃濃的警告意味，並且不容拒絕。

鄭歎看過去，那人穿著凱旋的保全制服，由於凱旋對於工作人員的儀容要求比較嚴，所以即便是保全人員，結合那一身制服裝備也讓人覺得頗有威嚴，更何況這些人本來就是葉昊從手下的人裡挑出來並訓練過的，對這種國高中生小孩子的把戲並不看在眼裡。

但是因為最近開業，這幫小屁孩即便打架也不能在這裡打，不然影響不好。今天打架，明天這周圍的人談起來就會說凱旋周圍的治安多麼多麼差，那他們的飯碗就保不住了，葉老闆給他們那麼高的薪資可不是出來打醬油的，這幫腦子發熱、智商不足、沒事就愛瞎折騰的小兔崽子們跑到這裡「玩耍」，這不是給他們添麻煩嗎！

剛才還很蠻橫的人對上那位保全的眼神，縮了一下，再看到對方胸口別著的凱旋徽章，趕忙過去遞了根菸，笑道：「實在抱歉，我們這就走。」

平日裡他能蠻橫起來，以「道上的人」自居，但也就只能在那些什麼都不懂的學生之中橫行一下，面對凱旋的人，他可沒那個熊膽，他知道凱旋後面是什麼級別的人物。

那位保全抬手擋開遞過來的菸，面帶職業化的微笑看向遞菸的人，「謝謝配合。」

雖然這位保全帶著笑，但遞菸的人額頭已經有汗冒出了，拿著菸的手微微顫抖，他感覺在這人眼前，自己壓根沒膽子抬起頭，保全的笑怎麼看怎麼讓他心裡發寒。

不過，那人也沒打算就這麼放過焦遠他們，眼神示意同夥將焦遠幾人看住，換地方再「好好聊聊」。

焦遠正想著怎麼脫身，突然感覺背後一股推力，肩膀隨之一重。

「哎喲我去！黑碳，你怎麼在這裡啊？！」

剛才想問題想得太投入，被鄭歎這麼一跳，焦遠差點沒站穩摔著。

周圍幾人對鄭歎的突然出現反應不一，不管他們是怎麼想的，鄭歎沒心思去在意，而是直接看向那位正準備轉身離開繼續巡視的凱旋保全。

那位保全對突然出現一隻貓還覺得挺有意思，待看到那隻貓脖子上掛著的圓牌之後，心裡一驚，出口道：「慢著！」

那邊正打算行動的幾人一頓，疑惑的看向保全。

保全走近之後，視線從鄭歎身上掃過，在那塊圓牌上稍稍停頓了一下，然後對焦遠他們說道：「這幾位小朋友麻煩跟我過來一下。」

畢竟是混了多年的人，一眼就能看出這邊的形勢，所以不用焦遠他們細說，那名保全也能想到若自己就這麼不管的話，這幾個看起來挺乖巧的小子估計得吃大虧。

焦遠幾人其實很不喜歡別人稱呼他們為「小朋友」，但現在不是計較的時候，雖然心裡疑惑，不過跟著這位保全走，總比被那幾個明顯不懷好意的人硬逼著離開的好。

鄭歎也不用那位保全說什麼，直接在前面帶路，焦遠跟在鄭歎後面走，蘇安幾人對視一眼，也跟著走了過去。

「現在怎麼辦？」那邊留在原地的一人問道。

「還能怎麼辦？」另一人朝凱旋努了努嘴，「『ＶＩＰ專用』的門，你能進？」

不能。就算不甘心，也不敢過去。

鄭歎直接帶著焦遠他們從ＶＩＰ用戶通道那邊的門進去，至於那位保全，已經和這邊負責ＶＩＰ客戶的人聯繫上了，確定鄭歎戴著的那圓牌是真的凱旋ＶＩＰ用戶卡，便立刻聯繫豹子。

豹子正在招待幾個有巨大發展潛力的客戶，接到電話時還想著如果是不重要的事，他就直接讓手下人過去處理算了，但沒想到是關於鄭歎的，涉及到這位極其特殊的ＶＩＰ用戶，豹子只能親自過去。

由於剛開業，為了避免一些不必要的麻煩，豹子沒讓焦遠他們這幾個明顯未成年的小傢伙進去裡面久留，而是派人送他們回楚華大學。

回到楚華大學的時候，蘭天竹還笑著打趣道：「焦遠，人家過去那邊都是刷卡，你們家這是直接刷貓啊！還ＶＩＰ呢！」

焦遠：「……呵呵。」

第六章

有興趣多個夥伴嗎？

而在話題中的鄭歎，他沒跟著焦遠回去，他在凱旋碰到了穿著一身普通運動裝的馮柏金。

馮柏金本來準備今天晚上在家玩遊戲，結果他回家時發現專門玩遊戲的筆記型電腦被小貓虎子從桌上拉了下去。

養了一個月，原本瘦不拉嘰、發育不良的小貓崽，現在跟充氣似的長，健壯了也活潑了，在家的時候似乎有用不完的精力，馮柏金的電腦連著網路線，虎子拉扯網路線還來了個「盪秋千」，隨意擱桌子上的將近兩萬塊的筆記型電腦就這麼遭了殃。

電腦出了問題，李嬸說將這臺筆電扔掉換新的算了，現在電子業日新月異，各種換代升級，換個新的好用。但馮柏金捨不得，於是便騎自行車送到這邊修電腦的地方修理，反正這臺筆電他只用來玩遊戲，沒有其他隱私機密，不怕被竊取資訊。

在學校附近修電腦的地方，馮柏金碰上一個同學，對方見他晚上也沒啥安排，就直接拉過來凱旋喝酒。

剛才在這裡喝酒的人有五個，但是鄭歎碰到馮柏金的時候，另外三個人準備去下面看演出，順便看看能不能碰上妹子之類的，那樣他們今天晚上就有意義了。

馮柏金對下面的演出不感興趣，他出來只是去上個廁所，包廂裡的廁所被裡面那個滿肚子苦水的人占了，他不去搶，順便也出來透透氣，沒想到會碰到鄭歎。

鄭歎打量了馮柏金身上這套行裝，衣服上還有幾個可疑的不大的黑腳印，狀似貓腳掌。

在鄭歎打量馮柏金的時候，馮柏金也在打量他。馮柏金並不確定樓梯口的那隻貓是不是自己認識的那隻，畢竟長這樣的黑貓不止一隻，何況還是在凱旋的ＶＩＰ包廂區域，因此馮柏金並沒有在第一時間認出鄭歎來。但他想了想，還是試探著叫道：「黑碳？」

鄭歎看著他，像看傻瓜一樣。

「我去，還真是你！」

長得可以一樣，但眼神不能作假，馮柏金到現在就只碰過這隻黑貓用這種眼神看他。

「你怎麼跑這裡來了？焦教授在這裡？」

馮柏金問了兩句，鄭歎也沒法回答。

繼續待在這裡也不是個事，馮柏金看了一眼鄭歎之後，就往他同學的包廂走去。

鄭歎跟著，準備過去瞧瞧熱鬧，反正他獨自在包廂裡也無聊，而且跟過去的話說不定會目睹一場少兒不宜的現場活人秀。

可惜讓鄭歎失望了，包廂裡面只有一個跟馮柏金年紀差不多的年輕人，不算大的包廂裡，一眼就能看全，一個妞都沒有，玩個蛋啊！這是在喝悶酒嗎？

進包廂之前，馮柏金還找了個服務生說，如果有人找貓的話就過來這邊。

那位服務生看了一眼鄭歎，嘴角微不可查的抽了抽，然後對馮柏金保持著職業化笑容點頭，其實心裡早就開始吐槽了，這件事他們可管不了。沒辦法，大BOSS交代過，這隻貓只要不引起衝突，隨牠怎麼玩。

鄭歎跟著馮柏金走進包廂，這邊的包廂他知道，比不上他和二毛、衛稜那邊的包廂，因為這邊根本沒有專屬包廂，只是屬於ＶＩＰ客戶預訂包廂的類型，而且看不到下方的實況演出。簡言之，對鄭歎來說，這就是個打屁聊天喝酒、做少兒不宜事情的場所而已，不過勝在安靜，而且保密性也好。

聽馮柏金和那個正喝悶酒的、叫楊波的人對話，鄭歎才知道，楊波的女朋友早已和閨蜜去下面看演出了，就留他們幾個男的在上面喝酒，剛才又走三個，現在只就剩楊波和馮柏金在這裡，活人秀什麼的，鄭歎今天是看不成了。

「哎，白金啊，你從哪撿的一隻貓？」楊波看到跟著走進來的黑貓，問道。

「房東家的，估計跟著來這邊玩，待會應該有人來找。」馮柏金說道。

楊波因為心情原因，沒仔細去注意鄭歎。

至於鄭歎脖子上掛著的那張卡，如果不是凱旋的人，很少有人認識的。凱旋從裡面的服務生到外面的保全，每人手裡都有一本冊子，上面是各種會員VIP卡，記不住也不用來這邊上班，這時代只長塊頭或者只有個好皮相而腦子不靈光的，早被人擠下去了。

因為不認識那張卡，馮柏金和楊波都只以為鄭歎戴著的只是一般貓牌類的東西。

鄭歎跳上一個空著的單人沙發，在那裡聽這兩人聊天。說是聊天喝悶酒，其實主要是楊波自己在發牢騷，聽兩句鄭歎就能腦補出事情的發生，然後發展高潮並依此推測即將迎來的結局。

能在凱旋訂到包廂喝酒的人，就算身分背景比不上二毛他們，手頭肯定充裕。而這個楊波，因為家裡老爹在外面有人，不止一個，現在還有私生子了，他正找人查更多的證據，今天心情不好，便抓著幾個小夥伴來凱旋敗金，砸錢塗個心裡爽。

結果楊波來到這裡才發現，比他闊綽的人不少，有錢的、有背景的，以及有錢又有背景的年輕人一大堆，總結起來一句話，他今天是「裝跩反被踩，炫富反被炫」！這讓楊波心裡更不爽快了，也難怪現在拿著那一瓶瓶高檔酒當白開水浪費。

鄭歎瞧著這人估計在學電視上那些大俠們豪飲，直接拿著瓶子灌，一瓶酒有大半瓶是直接從嘴邊漏出來的。這得多傷心才能幹出這種白目事情。

又糟蹋了一瓶酒，楊波將空了的酒瓶重重的擱在茶几上，深沉的思索了片刻，然後抬頭一臉嚴肅的問馮柏金：「白金啊，雖然像你們那種小康家庭出現我家這種情況的少，但是我想問你一件事。」

鄭歎：「……」

小康家庭……馮柏金那種叫小康家庭的話，國家早奔超級大國行列了。

看來這楊波也沒把馮柏金的家庭情況搞清楚，又或者說，馮柏金這人平日裡實在太低調。

楊波還覺得自己說得挺委婉的，一點都不覺得自己說錯話了。而馮柏金對於自己名字的錯誤叫法以及那個用詞不怎麼恰當的話也沒在意，而是道：「你問。」

楊波長嘆一聲，「白金啊，你說，當你五十多快六十歲的時候，頭髮快掉完，肚子能再裝下一個人，臉上還開始長斑的時候，你在飯店的酒吧裡喝酒，突然有個沒你一半年紀大的漂亮女人湊過來拿著飯店房間的鑰匙找你，你第一個想到的是什麼？或者，你對她第一句話會說什麼？」

「多少錢。」馮柏金認真道。

楊波比了個拇指，然後垂下頭，拳頭使勁在空中劃了兩下，抬頭時有些歇斯底里的意味。

「就！是！啊！明顯這女人不是特殊服務的就是不懷好意的！你說我家那老頭子怎麼會覺得人家對他一見鍾情？！巴巴的掉入人家挖好的陷阱裡活該被坑！蠢得跟豬一樣！」頓了頓，他又加上一句：「還好我沒有繼承他這點殘缺不全的智商！」

鄭歎：「……」

楊波喝多了，或許覺得這裡只有馮柏金聽他發牢騷，就一股腦兒發個夠，數落他爹的罪狀。而馮柏金只聽著，不多說，就算楊波叫上他一起罵也不吱聲；人家能罵爹，那是人家和人家的爹的事，自己這個外人就不好多說了。

在楊波數落他爹的時候，擱茶几上的手機響了起來。

「你手機。」馮柏金朝茶几指了指。

楊波正罵得起勁，看也沒看手機，手一揮，「等我說完。」

鄭歎在沙發上能夠看到楊波手機上顯示的來電者。

——金龜？

鄭歎看著上面顯示的名字，搜索了一下自己的記憶，這才想起來，他聽那個六八跟人講電話的時候提到過這個名字，當時還覺得這名字挺有特色，所以印象稍微深一些。至於那個金龜與這位是不是同一個人，鄭歎就不得而知了。

不過，那個金龜似乎跟六八一樣也是私人偵探行業的人，聽楊波剛才的話，他找了人監視自己老子和外面的人，這樣想想，還真可能是同一個人。

電話響了又停，停了又響，等楊波說完看手機的時候，已經是第三次來電了。

楊波看到手機來電顯示後，立刻拿起來接聽。他看了馮柏金一眼，也沒去洗手間講電話，就坐在沙發上說，不過聽了兩句臉上的表情就更差了，「行，我加錢，你看著辦，我只等結果！」

打完電話，楊波將手機重重摔在茶几上，「馬的！」

一看就是進展不順，馮柏金沒傻到湊上去問。

◆◇◆◇◆◇◆◇◆

看時候不早，鄭歎離開了他們的包廂，走出凱旋，也不想立刻回去，他準備出去跑一圈。

鄭歎找到一種刺激的運動，就是「飛簷走壁」。說飛簷走壁太誇張了點，但憑藉著貓本身的身體構造和跳躍反應能力，只要找個合適的地方就能上演飛簷走壁了。

而鄭歎選擇的，就是那片老社區周圍的一些房子。那裡晚上沒什麼人，與這邊的燈火輝煌、人來人往不同，那邊安靜得多。樓與樓之間的距離不算太遠，鄭歎在那邊的樓頂上跑一圈也不怕摔著，一開始有些縮手縮腳，習慣之後就膽大了，跑起來還覺得挺刺激。

夜幕下，社區零散的燈光並不能讓人注意到樓頂上的動靜。

跑了一圈，覺得心情舒暢，鄭歎沿著社區中那條黑暗的小道走。

正走著，鄭歎聽到個熟悉的聲音，而這聲音他在一個多小時之前還聽過。

是那個涉案問題奶茶粉並且要跟焦遠他們好好聊聊的小子。

因為在心裡，鄭歎早就將這個小子歸納到黑名單之列，現在既然碰上了，鄭歎就不打算這麼放過，何況這樣的夜晚，適合揍人。

鄭歎過去的時候，那人正在路邊的一座公用電話亭打電話，與鄭歎在恆舞廣場見到的時候不一樣，現在這人換了套裝扮，穿著很普通的牛仔褲，沒非主流也沒太時尚，上身是一件同樣普通的連帽厚T。

他打電話的時候聲音壓抑著，像是在聊什麼見不得光的事情，聊的時候眼睛還時不時注意著周圍的動靜，如果發現有人走過，他就會停頓一會兒，等路人離開之後他再接著講。好在這時候這條小路上走過的人沒幾個，偶爾有一些騎電動車的人快速過去，也沒怎麼耽誤講電話。

鄭歎站在旁邊的圍牆上，那裡路燈照不到，再加上鄭歎本身毛色的原因，很難被注意到，再說這時候也沒誰會特意去注意路邊圍牆上有什麼東西。

仔細聽了一會兒，鄭歎推測那人應該是跟誰達成某個協議，要去辦什麼事情，具體是什麼就不知道了，他聽不到電話裡面的聲音，而且鄭歎也沒聽多大會兒那人就掛斷電話了。

——有詭異。

這讓打算摸黑下陰腳的鄭歎改變了想法，他打算看看這小子究竟準備做啥。

結束通話之後，那人站在公用電話旁邊發了一會兒呆，看看手腕上的運動錶，然後往路口走去，步履之中帶著些許煩躁和忐忑，似乎在苦惱什麼事情。

鄭歎在圍牆上跟著，看著那人走出路口，在一間快關門的小店鋪裡買了兩瓶罐裝啤酒，然後又回到路邊，靠著牆喝啤酒。他站在兩盞路燈之間的交錯位置，身影都有些模糊。

喝酒可以壯膽，對一些人來說，甚至能夠起到鎮定作用。

鄭歎看著那人將兩罐啤酒喝完之後，依舊靠在牆邊，手插進口袋裡，用背一下一下撞擊著牆壁，力道不大，但似乎用這種方式能夠讓他減去心中的煩躁。

正拿背撞牆的人只注意兩頭的路口有沒有人，或許是心裡有事，並沒有察覺到離自己不遠的圍牆上有盯著他的視線。心裡的煩躁得讓他想吸一吸「那玩意兒」，只可惜因為上次警方的全面搜查審問，讓他有些怯意，所以平時那些東西都沒帶在身上。他摸了摸口袋和褲袋，只摸出半盒菸，拿出來點了靠在牆邊一根接一根的抽。

菸抽得比較猛，想事情太專心，差點嗆著。他做了幾次深呼吸，揮揮拳似乎在給自己打氣。富貴險中求！想到對方許諾的好處，他心裡的怯意倒是驅散一些。幹了這一票，香車美人，何愁沒有。

鄭歎看著那人像是下定某種決心似的，沒有繼續靠在牆上抽菸，抬手腕看了看錶，使勁將最後的半根菸扔在地上，將背後的連帽拉起套住頭，手插在口袋裡，背微微馱著，往路口走。

鄭歎一看這樣子就知道對方打算幹壞事了，便緊跟著過去。

那人對這片地方很熟悉，對幾條交錯的小路也很瞭解。而鄭歎正想著這人到底想幹什麼的時候，他看到對方的腳步加快了些，朝一個地方快步走過去，然後停在路口處等待。

約莫三、四分鐘之後，一個身高一百七左右、身材微胖、戴著一副金屬框架的眼鏡、提著個公事包走過的人，看起來像是一個普通的上班族。

那小子看到路過的人就立刻衝過去，手裡寒光一閃，朝著那人捅了過去。

站在圍牆上的鄭歎呆了呆，他沒想到那個比焦遠他們大不了兩歲的少年竟然有這麼大的膽子幹這種事情！

原本他以為這小子只是要打劫某個倒楣的傢伙，敲詐或者勒索，但顯然鄭歎低估了這人，這明顯就是要直接幹掉人的節奏！

被攻擊的人也有動作，對方衝過來的時候他就意識到不對勁了，下意識躲了一下，但仍然傷到了側腰。如果是平時，他倒是有更大的機會躲開，甚至反擊也能成功，但他今天晚上被人拉著喝了很多酒，反應能力減弱很多，剛才對方捅過來之後還狠狠撞了他一下，讓他的後腦在牆上碰了碰，現在他頭有些昏。他能看出對方的手法比較生疏、不果斷，想來對方也是帶著點怯弱和矛盾；只是，刺了第一刀後，那種矛盾和猶豫就沒了，第二刀明顯果斷了很多。

被攻擊的人一看這架式就暗道糟糕，正當他想著今天估計不能善了的時候，握刀的人似乎被人大力踹了一腳，一個趔趄往旁邊栽過去。

這片刻足以讓被攻擊的那人找到反擊機會，就算現在狀態不怎麼好，但畢竟有經驗，應對也算冷靜。

拿刀的小子在被踹了一腳之後，就意識到還有人在周圍，再加上現在這情況顯然他已經沒什麼機會了，便拿著刀跑開。

見攻擊者已經離開，被攻擊的那人站在原地，靠著牆壁警戒的注意著周圍。他看了看，發現附近沒人，拿刀的攻擊者已經逃離。

剛才是誰幫了自己？

幹他們這行雖說來錢快，但也是冒著風險的，被襲擊已經不是一、兩次了，受傷更是常事。不過，他本以為這次接的案子是個比較簡單的，沒想到越查下去越不對勁，今天跟雇主談了談加價，現在看來，加的那點價錢還是太便宜了。

鄭歎藏在不遠處一棟小樓的二樓陽臺，看著那個人一手捂著側腰，一手從口袋裡拿出手機。

「喂，六八，我金龜啊，你在楚華市沒……是，我這邊是出了點問題，如果你有空的話，能幫個忙嗎？」那人說道。

——這傢伙就是「金龜」？

鄭歎驚訝。

——這人不是幫楊波查事情嗎？怎麼會在這裡被人捅？

想到在凱旋的時候，楊波接到那通電話後的臉色，鄭歎猜測事情大概發生了變故，應該是更艱難了，看看金龜現在就知道。

「誰指使的我倒能猜到，可是那個動手的傢伙我也要將他揪出來！」金龜看了看捂著側腰上的帶血的手，罵了聲：「馬的！」

掛掉電話之後，金龜還往攻擊他的人逃跑的方向走了走，但在看到那麼多岔道，再加上剛被人傷了一刀，他也沒那心思繼續追了，很快便離開這裡。

金龜當時並沒有看清楚攻擊他的人，而且當時路燈的燈光也不怎麼明亮，對方戴著連帽，臉上是一大片陰影，看得不清楚，只知道是個年輕人，卻無法將對方的年紀精確定位。他只能根據對方大致的身形和身上濃重的酒味、菸味來進一步推測，可是這也有限。

雖然亞洲人沒歐美人那麼顯老，國內的國中生跟國外的國中生相比就有明顯的區別。不過，那也只是大部分例子，其中也有例外。

那個被鄭歎列在黑名單內的小子就是，雖然論起來這也是個國三的學生，只是如今被學校勸說退學了。那少年看上去就算有些稚嫩，但要說這是個十八、九歲的人也沒人懷疑，金龜很難想到攻擊他的會是一個國三的「孩子」。

鄭歎瞧著金龜還算鎮定，大概沒有致命傷，傷也不算重，等金龜離開後，鄭歎便往剛才那小子離開的方向繼續過去。

前面有好幾條岔口，金龜或許不知道攻擊他的人到底是從哪條路離開的，但鄭歎可以。空氣中殘留的一些氣味金龜聞不出來，鄭歎卻能輕而易舉的聞出。

沿著氣味追過去，鄭歎在一個轉彎的地方停了停，仔細嗅了嗅，然後走過去。

那邊是一個垃圾堆，各種臭味混雜在一起，但鄭歎還是從這其中分辨出一絲新鮮的血腥味。

金龜雖然傷得不算重，但也流了血，刀上沾著血液。

鄭歎走了過去，看到垃圾堆裡扔著一件連帽厚T，除了那件厚T之外，鄭歎找到了那把沾血的折疊刀，以及那小子戴過的手錶。手錶的錶帶上也有一點血跡，估計那小子看到後覺得礙眼，直接將錶也扔了。

看了看周圍，沒人，鄭歎用那件厚T將刀和手錶裹起來，然後將那件厚T藏在一處附近居民自建的堆雜物的棚子裡，那裡看起來好久沒人進去了，暫時放那裡也沒人會發現。

鄭歎不知道金龜要花多久才能查到那個攻擊者的身分，他先將這些證物藏著，每天都有垃圾車開過，這些證物若扔垃圾堆裡的話，明早就不見了。

由於在垃圾堆裡翻找過，鄭歎回家的時候還能嗅到身上一股垃圾味，四肢上黏著一些垃圾堆的不明液體，他怕就這樣回去焦媽又會嘮叨。前兩天焦媽還說誰誰家的貓喜歡跟野貓搶垃圾桶翻，讓鄭歎別跟著學。

路過社區的時候，鄭歎藉著社區的室外水管隨便洗了洗。微涼的水再加上夜間的風，讓鄭歎抖了抖。還是趕緊回去洗熱水澡，不然估計得感冒。

接下來的幾天，鄭歎去了凱旋幾次，他發現楊波幾乎天天晚上都過去喝悶酒，有時候拉著人過去，有時候自己一個。鄭歎厚著臉皮擠進去過，楊波看著鄭歎也沒說什麼，甚至還將鄭歎當作唯一最適合的傾聽者，對著鄭歎大罵他老子以及某些人。

有次鄭歎趁著楊波上廁所的時候，翻了翻楊波的手機通訊錄，將金龜的電話號碼記下來。金龜他們這類人的電話號碼基本上是不固定的，所謂打一槍換個地方，他們是幹一票換個手機號碼，就像六八那樣，手機不固定，只靠電子信箱說話。

◆◇◆◇◆◇◆◇◆

那邊，金龜正跟好不容易拉過來商議幫忙的六八在談話，手機震了震，掏出來一看，臉上的笑淡了。

「怎麼了？」六八問。

金龜將手機遞過去，「看看。」

六八接過手機，他第一眼沒有去注意簡訊內容，而是盯著那個四個6的號碼看了看，笑意漸深，「這單我幹了。」

金龜知道，六八這人不缺錢，缺的是興趣和樂子，現在接案子只接感興趣的。這次他遇到麻煩險些丟命，將正在外頭遊山玩水的六八求過來幫忙，六八沒說答應也沒說不答應，僅看在和金龜的交情上過來看看金龜的傷勢，然後順便瞭解一下金龜所接下的這個案子。

不過，聽完這案子所涉及到的事情之後，六八興致缺缺，他遇到的這種事情多得去了，二奶、三奶甚至N奶之間的鬥爭，以及各私生子、私生女之間的鬥法他都碰到過，一次、兩次還覺得挺有意思，就好像參與了一部宮鬥宅鬥的大型連續劇，而他自己則是控制劇情的一個重要因素，甚至能起到轉折作用，這更能提起六八的興趣，體會一下那種既刺激又新奇的心情，甚至還能作為一個旁觀者去看那些主角和配角們在人前人後的醜態。

只是，這種事情接觸得多，就乏味了。

所以，在與六八這幾天的接觸下，金龜已經看出六八很明顯的拒絕意思了，如果感興趣的話，六八怎麼會成天懶洋洋的？可現在，這封簡訊竟然能夠挑起六八這人的興趣。

想了一下剛才那封簡訊的內容，那上面告訴金龜那天晚上拿刀攻擊他的人所留下的證據如今所在的地方，這確實是金龜需要的資訊。

這幾天靠著養傷的藉口，金龜回絕了雇主一些不怎麼合理的要求。他們是私人偵探，但不是自殺偵探，既然發現這其中牽扯的人不是那麼簡單，就需要調查更多甚至重新理清思路，搞清楚哪些事情能查、哪些事情得避開。

至於剛才發簡訊的號碼，金龜只隨意瞟了一眼，是個沒見過的號碼。金龜只覺得大概是某個認識他的人在向他賣個人情，或者對方陣營內亂而發過來的，但顯然，事情與他想像的不同，看六八的反應就知道這個號碼有異。

「你認識？」金龜問道。

六八搖搖頭，「不認識，不過前不久聽人說過。」

雖然那時候六八並不在楚華市，甚至是在遙遠的外地，但他喜歡關注一些有意思的事情，而其中一件就是關於這個四個6號碼的。他總覺得，這個手機號碼後面藏著一個很有意思的祕密，他本打算等下次這個號碼再掀起一些風波的時候出現的，沒想到現在竟然遇到了。

「不介意我用一下你的手機吧？」六八拿著金龜的手機對金龜搖了搖。

金龜擺手，不在意的說：「用吧。」

六八看了看那個號碼，然後撥了過去。與他意料的一樣，對方已經關機。

是謹慎使然，還是因為其他原因？

由於六八自己當初也涉及到了那件問題奶茶粉、問題糖果的案子，所以也有後續關注，不然也不會發現這麼一件有意思的事情。之前就連警方那邊都有關注過這個號碼，只是一直沒查出什麼有用的資訊。

結束撥打，六八將手機還給金龜，「簡訊裡提到的那些東西，我到時候跟你一塊過去拿吧……順便去個地方。」

金龜沒意見。

那天鄭歎發簡訊的時候，只是因為某天偶然聽焦遠他們提到了那個問題小子，雖然那小子大概是做了虧心事的原因這幾天變低調很多，也沒有找焦遠幾人的麻煩，但也沒聽說出什麼事情，焦遠還從一個國三學長那裡聽到那小子最近過得還不錯。

知道金龜沒有找到人，為了斷絕隱患，防止那人繼續找焦遠幾人的麻煩，鄭歎才在翻到金龜的號碼之後立刻給了線索。

簡訊發出去之後，鄭歎就沒理會了，一樣直接關機，出去閒晃，他不相信金龜那些人根據線索還查不到人。

◆◇◆◇◆◇◆◇◆

這天，鄭歎在二毛家聽二毛和衛稜聊天。

今天週末，二毛的女朋友這兩天有事，去了外地；衛稜晚上要去丈母娘家接老婆，至於這之前的時間，就留在二毛這裡胡侃聊天了。

「天殺的這兩天那毛小子又在周圍閒晃！」二毛氣憤的說道。

二毛所說的「毛小子」是指花生糖，最近黑米總趴在自家陽臺上，而花生糖閒晃到東教職員社區之後就嚎幾聲，有次還跟撒哈拉打了一架，打完之後，下次繼續過來嚎幾聲。

「你攔著幹嘛？就讓牠們兩隻再交流一下感情，然後繼續生嘛。」衛稜說道。

「你說得倒輕鬆！」二毛哼道，「總之我看那毛小子不順眼。衛師兄你不懂，你沒體會過這種感覺。」

「啥感覺？說來聽聽。」

「嫁女兒的感覺。」

衛稜呵呵笑了聲，「說得像你嫁過女兒似的。你說說到底啥感覺？」

「就是那種……老子好不容易養大的好白菜他媽的結果被一隻蠢豬拱了！」

衛稜、鄭歎：「……」這話甚是熟悉，只是說話者所在的角度不同而已。

正說著，下方一聲貓嚎。

二毛將啤酒罐捏得喀喀響，「又來了！」

鄭歎看著二毛這樣子，知道今天花生糖要是再繼續撩撥的話，二毛估計會跑下去動手了。

跳下沙發，鄭歎出了公寓樓，朝蹲院子裡水泥空地那裡的花生糖輕輕拍了巴掌。

花生糖在見到鄭歎的時候就不那樣嚎了，喵嗚了兩聲，聽著還挺委屈。看了看站在三樓陽臺上揮拖把示威的二毛，花生糖齜了齜牙，然後轉身離開了。

鄭歎覺得，二毛和花生糖之間的矛盾似乎越來越大了，就是不知道哪方會先妥協。

既然下來，鄭歎就沒打算再上樓去了，走出社區大門，打算出去閒晃一圈，正好翻翻手機，看有沒有簡訊。

正走著，鄭歎突然感受到一股視線注意著他這邊。抬眼看過去，一個穿著和學校裡其他學生差不多的人站在那裡，只是後腦上紮了根很短的小尾巴。

紮了尾巴鄭歎也能一眼看出這人是誰。

鄭歎往那人身上看了看，沒有挎包，也沒有帶任何大點的包類，甚至對方在見到鄭歎之後，還將口袋翻過來給鄭歎看了看，表示他這次沒帶噴水槍。

來人正是六八。

就算這人瞧著沒帶什麼危險物品，鄭歎也警戒的看著他。

相比起鄭歎的警戒，六八在見到鄭歎之後嚼著嘴裡的口香糖，吹了個泡泡，然後才笑著朝鄭歎道：「喲，好久不見。」

鄭歎依舊警戒的看著對方。

六八抬了抬雙手，朝鄭歎示意他手裡也沒有拿什麼東西，然後朝鄭歎這邊走過來，在離鄭歎四、五公尺的時候拐了個彎，朝附近的一座運動場那邊走去。

鄭歎想了想，跟了上去，但是離前面那傢伙有個十來公尺，不然鄭歎不放心。到現在鄭歎還不知道那傢伙的真實底細，警醒些好。

六八並沒有走多遠，就在離社區最近的那座運動場邊找了個地方坐下——並沒有坐在看臺那裡，而是坐在運動場旁邊的草地上。

「當貓真好啊！悠悠哉哉，想怎麼玩就怎麼玩，沒生活的壓力。」六八感慨道。

鄭歎在不遠處的一棵樹上聽到這話心裡嗤了一聲，不是每隻貓都沒有生活壓力的，甚至有些貓還有心理疾病，只是很難看出來而已。

不過，對其他的鄭歎不在意，他現在就在想，六八怎麼會出現在這裡？那天金龜就是向這人求救的吧？

正當鄭歎想著的時候，一個過來撿球的學生將球踢回場子之後，原地坐下擦了擦汗，喘著氣打算休息下，看到坐在那裡的六八，笑著道：「嘿，兄弟，你哪個系的？有興趣踢兩腳嗎？我們那邊沒多少人，而且還有美女觀看喔。」說著還朝六八擠擠眼，又揚起下巴指了指一個方向，「那是我們院的『蜂后』。」

鄭歎往那邊看了看，隔得有些遠，但還是能看到足球場邊上站著幾個女生，這個距離瞧著，那邊幾個都不錯，就是不知道「蜂后」指的是哪位。

「蜂后？」六八疑惑道，眼裡帶著些意味深長。

那學生沒注意六八的怪異表情，而是很自豪的說：「那是我們學院公認的院花，因為名字裡面有個『豐』字，後來被大家戲稱為『蜂后』，人長得漂亮，成績又好，人緣也好，平時在學院裡她什麼都不用做，自然有人幫忙，甭管是我們學院的人還是別學院的男生，都得拜倒在我們『蜂后』的石榴裙下。」

「那你們一定很辛苦。」六八說道。

鄭歎總感覺六八這話裡有話。

那學生神經大條些，聽到六八的話還挺開心的，「那自然，那些重活累活都是我們包了，買東西也有人搶著跑腿，怎麼能讓我們的『蜂后』累著！」

鄭歎盯著六八，他覺得這人的表情不怎麼對勁。

果然，在頓了幾秒之後，六八幽幽道：「兄弟，你知道蜜蜂這種社會性昆蟲裡，蜂后的婚飛的問題嗎？」

鄭歎：「……」有種不好的預感。

那學生茫然的搖搖頭，他們又不是學生物的，哪知道那些東西。

「新的蜂后在天氣不錯的時候會飛出去，同時釋放一些資訊素招引雄蜂，追得上的證明體力好、夠強壯，蜂后就會與之ＸＸＯＯ，盡情放縱完事之後呢，那隻雄蜂大概會精盡人亡吧，總之活不成。然後，蜂后會繼續飛，與另一隻夠強壯的雄蜂再次ＸＸＯＯ，雄蜂下場同上。再然後呢，繼續同上……直到她覺得『嗯，小蝌蚪夠多了』才停止——這就是蜂中的『婚飛』。」六八緩緩的說道。

鄭歎和那個已經傻了的學生皆嚥了嚥唾沫，似乎聽到了一個驚悚的故事。

鄭歎一直覺得只有搞學術的人才會用嚴肅的學術性話語，講出那些在其他人說起來明顯耍流氓的東西，但卻並不讓聽者感覺到這人在耍流氓，反而還會覺得「哎呀，這人知識面真廣」。

這些人總能將一件本來挺好、挺正常的事情，說得嚴重扭曲變味，明明是青春浪漫的東西，較起真來卻有點驚悚的意味。現在看來，不只有那些搞學術的人會這招，其他人也行，比如六八這類。

這不得不讓鄭歎懷疑，六八這人跟將軍一樣，出來就是報復社會的，沒看旁邊那個學生都聽傻了嗎？

那個學生在回過神之後乾笑了兩聲，說道：「咳，其實我一直認為蜜蜂是一種充滿了正能量的昆蟲，畢竟牠們都總是以一種正面的形象在公眾眼前出現。」

「這個的確是如此，一些啟蒙書上都將蜜蜂這種昆蟲塑造成一種勤勞的形象。但是，自然界的一些事實你不得不承認。」六八一臉的高深莫測，搖了搖手指，繼續說道：「我一直認為蜂是一種很神奇的昆蟲，因為牠們群體裡面的雄蜂是沒有爹的，而且牠們生來就是為了找蜂后XXO，不提那些完事後就死翹翹的，那些沒競爭到機會的雄蜂，牠們能隨意進入任何其他蜂巢，長得又壯又『帥』，吃得多，不勞動，但當季節交替、食物緊缺的時候，牠們會被工蜂趕出蜂巢，然後曝屍荒野，成為螞蟻等其他昆蟲的食物。因此，雄蜂曾經被人們取過一個很有趣的名字。」

「……啥名？」那學生無意識的撓了撓胳膊，似乎在撓雞皮疙瘩。

鄭歎有種不好的預感。

「悲情的花花公子。」六八說道，「所以我個人一直在想，『花花公子』這個詞是不是來自於雄蜂。」

鄭歎：「……」他再也不能正視花花公子這個詞了！想當年他還被人稱為「花花公子」過！凡事還是不能較真，較真你就輸了。

那學生呵呵了兩聲，然後起身拍了拍褲子，「那個……他們叫我，我先過去了！」說完就跑了，也沒再說讓六八過去加入他們。

看著跑遠的人，六八「唉」了一聲，「這就嚇跑了。」

掃了一圈，周圍沒什麼人，運動場那邊踢足球的喝彩聲不斷，也沒誰會注意到這邊。六八將視線放在正趴在樹上打哈欠的鄭歎身上，這讓哈欠剛打了一半的鄭歎一個激靈，硬生生將哈欠止住了。

「黑碳吶……」六八看著鄭歎道，「來繼續聊剛才我們沒聊完的話題。」

鄭歎：「……」

估計六八現在心情不好，將軍就是在心情不好的時候拉著人聊天或者直接出去拉仇恨值。這傢伙剛才的話已經讓鄭歎和那個跑掉的學生對某些詞有了那麼點心理陰影，所以鄭歎一點都沒有要繼續聽下去的意思。

沒理會六八繼續在那裡嘟囔啥，鄭歎跳下樹，走了。他可不想繼續在這裡聽六八報復社會。

鄭歎跑到小樹林那邊打開手機看看有沒有新資訊，果然，一開機就看到好幾封簡訊，大部分是金龜的，有一封是個陌生的號碼，剩下的兩封是來電提示簡訊，在開機之前這個陌生的號碼打來了兩次，可惜鄭歎這邊手機一直關機。

看了看那個號碼，鄭歎發現這個陌生的手機號碼裡面有四個8，而且那四個連著的數字8在手機號碼中的位置，跟鄭歎的四個6所在的位置是一模一樣的。

鄭歎最先想到的是張東，第二個想到的是與金龜相關的人。

翻開簡訊將簡訊挨個看完，鄭歎知道金龜已經將那些證物線索找到了，至於金龜詢問鄭歎是什麼人之類的，鄭歎看了一眼就過了，懶得回覆。那個四個8的手機號碼並沒有詢問鄭歎的真實身分，而是問道：「有興趣多個夥伴嗎？」

乍一看還以為是群發約炮的簡訊，所謂廣撒網、釣大魚，以前鄭歎也幹過這類事情。

但是仔細琢磨，鄭歎又覺得不對，簡訊裡說的是「多」個夥伴，並且在發簡訊之後還連著打了兩通電話，如果不是這個人在釣魚或者有其他特殊嗜好，那就是這人知道鄭歎之前用這個號碼做過的事情。

——回不回覆？

鄭歎放在回覆按鍵上的手並沒有按下去，想了想，他還是沒管了，也沒玩遊戲，直接關機走人。他知道之前那件案子有警方的人關注過自己，但這個人如果不是警方的，那會是誰？一般來說，用四個8的人大多是土豪或者某些成功人士，不過鄭歎卻直覺對方並不是那類人。

◆◇◆◇◆◇◆◇◆

沒幾天，鄭歎在焦遠他們幾個聊天的時候聽到，那個涉案問題奶茶粉的小子得罪人了，至於下場如何，焦遠他們幾個各種猜測，至於真實情況怎樣，那就不得而知了。總之，那小子再也沒出現過。

既然那個問題小子已經栽了，就不會再對焦遠他們產生威脅，鄭歎頓時放心多了。

這日，鄭歎將充好電的電池安裝好，打開手機沒多久，還沒來得及看那幾封金龜發過來的簡訊，就有通電話打了過來。

看看螢幕上顯示那四個8的號碼，正準備按下拒接鍵的鄭歎停住了動作。他不知道這時候是該接聽呢，還是掛斷？他有太多的猜測，既想透過這個電話知道對方的身分，又不知道接通後怎麼對話，難道要嚎叫嗎？

被鄭歎調整成靜音的手機，螢幕一直亮著，第一通電話不接，剛停下來，下一通電話就又打來了，有點鍥而不捨的意思。

鄭歎在那個號碼撥第五次的時候按下接聽鍵，他還是想知道對方的身分。而就算對方追查到電話的所在地，鄭歎也不怕，他現在是隻貓嘛，沒人會相信在背後掌控這個號碼的會是一隻貓。

電話接聽之後，雙方都沒有出聲，而是仔細聽著手機裡對方那邊傳過來的背景音。

雙方所在的地方都比較安靜。鄭歎這邊偶爾能聽到不遠處傳來的鳥叫聲，而對方那邊似乎有電腦裡的風扇聲響。

雙方在沉默了大概半分鐘後，在鄭歎準備掛斷電話的時候，對方出聲了。

「有興趣多個夥伴嗎？」

這聲音鄭歎熟。

「我叫六八，行業很多，在類似於私人偵探圈子裡稍微有那麼點名氣，我想，憑你的手段應該可以查到。」

這是先將自己的身分爆出來，以表示他有誠意。

見鄭歎這邊沒出聲，那邊六八又繼續說道：「我知道你的事蹟，如果你下次有什麼好玩的事情，又不好搞定的話，可以考慮一下拉我加入，人品保證，絕對的業內良心，不信你可以問客戶。第一單免費，對胃口的話價錢好商量。其實我這人不相信手機簡訊，要麼電話，要麼電子信箱。當然，如果你還是習慣用簡訊也無所謂。」

那邊劈里啪啦一堆話之後，六八最後問道：「敢問兄臺怎麼稱呼？」

鄭歎眼睛上面那幾根毛鬚抖了抖，直接按下了掛斷鍵。

——稱呼你大爺！

那邊被鄭歎果斷掛了電話的六八聽著電話裡的忙音，無奈的笑了聲，對旁邊一直沒出聲的金龜道：「這號碼後面的人肯定是個臭脾氣。」

六八壓根不知道，是他自己在鄭歎這邊幾次見面留下的印象太差，鄭歎也懶得去聽六八廢話，以前還想向六八請教一下經驗，現在想想還是算了，說不定啥時候六八心情不好對鄭歎講個動物故事那就坑爹了。

至於電子信箱，鄭歎還沒有電子信箱。就算有，鄭歎也不會用電子信箱發郵件給六八，雖然鄭歎自己的電腦技術只停留在一些基礎的網路操作上，但鄭歎知道網路是一個不怎麼安全的隱藏地，也許今天一封郵件發過去，明天估計六八就上門了。

找他幫忙？

鄭歎不覺得現在有什麼需要六八他們幫忙的，有啥事能用上六八和金龜那種私人偵探？豪門恩怨？家庭狗血劇？鄭歎覺得那離焦家太遠。

將手機關機，鄭歎簡單整理了一下樹洞，將一袋乾燥劑與手機都放進一個包裡。他不知道這樣有沒有用，只是試一試。

第七章

小柚子的媽媽來了

從樹洞裡出來，鄭歎伸了個懶腰，在樹林間跳躍著跑了一會兒，舒展筋骨，然後趴在離這邊側門不遠的一棵樹旁休息，看著一個大門警衛跟他的狗玩接飛盤遊戲。

正看著，突然鄭歎眼神一凝，瞪圓了眼。

他看到有一男一女從門外走進來，男的是焦爸，女的卻不是焦媽。

如果是同事的話，也能說得過去，但鄭歎經常跑生科院也沒見過這個女人，而且生科院很少有女老師穿著這種職業套裝，長得還不錯，至少妝畫得不錯。看兩人那樣子，像是熟人。

剛才還覺得不會上演家庭狗血劇的鄭歎，現在緊張了。好在他很快發現焦狐狸的臉色不怎麼好，對那女的有些疏離和嚴重的不滿。

鄭歎跳下樹悄悄往路邊靠近，藉著樹來隱藏自己，然後支著耳朵聽那兩人在談什麼。

剛聽到「柚子」這個對鄭歎來說相當敏感的詞，他緊盯著那女人瞧的時候突然聽到一聲喊。

「黑碳！」

鄭歎看向焦爸，發現焦爸正看著自己。

焦教授本來對旁邊的人很不滿，一個正臉都不想給，對著這人他還不如看旁邊的樹，沒想到一瞧就發現自家貓兒子一副作賊似的躲在樹後面，躲也就算了，那貓尾巴都不知道藏起來。

既然暴露，鄭歎索性不打算隱藏了，他就跟在這兩人旁邊，光明正大的聽！

鄭歎對於小柚子她媽的印象停留在他來這裡的第一個年頭。那時候鄭歎覺得，小柚子她爸媽跟自己的爸媽都是同一類型的自私貨。

大概是小柚子在焦家的時間太久，跟焦家相處太和諧、太過自然的緣故，鄭歎都幾乎忘了小柚子還是有媽的，只是這位媽一年到頭難得會打通電話給小柚子，就連過年、過暑假去焦媽老家的時候，顧老爹和老太太都不怎麼提小柚子她媽，可見兩老對小柚子她媽有多不滿。

但是，再怎麼不滿、再怎麼錯、再看不順眼，她畢竟是小柚子血緣上的親生母親。

三年沒過來看一次女兒，也沒說過要將小柚子接過去玩玩，現在這個女人出現在這裡又是為了什麼？

鄭歎心情很不好，他已經開始腦補了各種可能。如果這個女人要將小柚子帶出國跟她一起生活，焦家的人也沒有資格阻止。

越想越煩躁，鄭歎跟在焦爸旁邊，耐著性子聽他們談話。雖然氣氛不太好，但總不能一直冷場，冷場鄭歎就打聽不到消息了。

聽著聽著鄭歎發現一件事，小柚子有個同母異父的妹妹！也就是說，這位母親在將小柚子送回國不久，自己在國外就邂逅了第二春，然後有了現在的小女兒，是個已經一歲多的混血小孩。

而讓鄭歎氣憤的不是柚子她媽將柚子甩國內、自己在國外過自己的小日子，而是這位母親在說起自己的小女兒時，從表情到語氣都讓鄭歎氣得想磨爪子。

鄭歎有些擔心，文藝點說，當柚子她媽胸口原本的那一顆朱砂痣變成了刺眼的辣椒醬，那她是擦還是不擦呢？

她閃亮著眼睛說著自己小女兒的事情之後，或許發現這並不是一個好話題，看焦爸難得的黑臉就知道了。

柚子她媽尷尬的咳了一聲，將話題拉回。

「柚子今年四年級了吧，成績怎麼樣？跟不跟得上？國內的教育我其實不太看好。」柚子她媽說道。

焦爸淡淡的看了她一眼，「柚子送回國的時候就讀二年級了。」

小柚子被送回國是在二〇〇三年，而現在已經二〇〇六下半年了。

柚子她媽臉上一僵，算了算年份，「這麼說，已經讀五年級了啊？真快。」

焦爸又瞟了她一眼，「今年九月升上六年級，明年就上國中了，我記得在她跳級的時候有跟妳說過了。」

柚子她媽：「……」

好吧，又冷場了。

焦爸平時說話還算委婉，這種直白的打臉的話是極少會說的，聽焦爸現在的語氣，鄭歎就知道他此刻心情的確不怎麼平靜。

鄭歎看著柚子她媽那表情就知道，這位女士實在不知道說什麼了，連乾笑都笑不出來。不管怎樣，說起自己的大女兒，她更多的是心虛。

柚子她媽本來打算過來看一眼就走，她是因為有個業務需要過來談談，正好那邊有個經常合作的教授來楚華大學醫學院做報告，知道柚子她媽和焦爸的關係後，還透過柚子她媽找焦爸談過，為的就是去生科院那邊多觀察觀察那隻紅化巢鼠，最好能得到點樣本什麼的，畢竟焦爸作為紅化巢鼠的發現者，也有那麼一點兒話語權。

小鼠在哺乳動物的胚胎學、發育生物學等方面是模式生物，不管是生科院還是醫學院那邊，相關的一些研究是離不開小鼠的，而紅化巢鼠更特殊，隨著楚華大學這邊一篇篇具有影響力的論文發表出來，在國際上相關的研究領域內也引起了不小的震動，所以只要有機會就得抓住，那位教授很顯然懂得這方面的技巧。

而這樣一來，柚子她媽難免要直接對上焦爸，想躲也躲避不掉，明知道會被罵，柚子她媽也得受著。

「既然來了就去家裡坐坐吧，妳姐昨天知道妳回國還說呢，好久沒見過妳了，妳們姐妹兩個說說話。而且，妳不想看看柚子？」

「……好吧，那就打擾你們了。」柚子她媽知道自己這次躲不過，只能硬著頭皮上。

焦媽今天回來得很快，還買了很多菜，就算覺得自己這個妹妹有很多不對的地方，但畢竟是親妹妹，三年不見，難得過來了，總得好好招待。

焦遠顯然提前得到了消息，對柚子她媽沒多少熱情，喊了一聲之後就跑回房間寫作業了。

鄭歎在房間裡看著小柚子拿著筆在草稿紙上瞎畫，畫幾筆之後就摳著指甲發呆，顯然也沒心思做作業。

鄭歎就趴在旁邊，正打算來個擁抱安撫的時候，就聽到隔壁焦遠在鬼吼鬼叫：「黑碳——快點過來！有好大一隻老鼠！」

鄭歎：「……」這種藉口也有臉拿出來用？

客廳裡，正跟柚子她媽聊著的焦爸看了一眼從小柚子房間翻窗戶出來，又翻窗戶跳進焦遠房間的鄭歎，不吱聲。

「你家這貓還真特別。」聽到翻窗戶聲音看過去的柚子她媽說道。

焦爸不否認：「嗯，這貓精力旺盛且不同流俗。」

柚子她媽：「……」不就是土貓嗎？還不同流俗呢。

又冷場了。

而翻進焦遠房間的鄭歎，看著焦遠焦急的繞著床走。

「黑碳，你說，阿姨是不是來帶柚子回去的？要是柚子真的跟去了怎麼辦？聽說阿姨現在在國外發展，她對柚子又不上心，柚子出去若被人欺負了也沒人罩著。也不知道柚子到底是什麼想法……不行，我得先提醒提醒柚子。」

焦遠立刻坐下，翻開一張空白作業本，捋袖執筆，刷刷刷的在紙上寫著什麼，這比他寫作文還要快得多。

鄭歎跳上書桌看了看，首行九個大字——細數國外十八條「罪狀」。

下面列出的是國外各種不好，而字裡行間都表示著焦遠不希望小柚子離開，在最後還用紅色的簽字筆寫著明顯大一號的字「慎思且慎行！」。

鄭歎難得沒嫌棄這紙髒，叼著折好的紙翻出窗去，又翻回小柚子房間，將紙給她。

看了看紙上的字之後，小柚子臉上的茫然之色少了些，嘴角還微微翹了翹，在下面回覆了一個「好」。

焦爸看著鄭歎在兩個房間之間翻來翻去，雖然翻窗戶的動靜大了些，但是他啥也不說，也不阻止。

一頓飯吃下來，雖然飯菜可口的，可是誰都沒那個心情。飯桌上氣氛詭異，就只有焦媽的話稍微多一些。這兩個姐妹站一起，乍一看去，也不會立刻想到兩人是姐妹關係，或許有氣質和打扮的因素在內，不過，仔細看的話，兩人還是有些相像的。

柚子她媽在焦媽眼前，底氣不那麼足，就算她現在事業上能比過焦媽，而且平時在別人面前也端著架子，但是在這裡就算裝模作樣也帶著僵硬和刻意。

至於平時能站在專用椅子上扒桌沿吃飯的鄭歎，現在被安置在旁邊的小凳子上，看著一碗飯菜食不下嚥。

或許是見到小柚子之後激起了母性，柚子她媽說她還要在楚華市待幾天，正好後天就週末了，她想帶小柚子出去玩玩。

這讓鄭歎更警惕了，交流感情交流交流著估計就能將小柚子騙走，柚子她媽都有小女兒了，現在柚子過去肯定不會開心，何況那邊還有個沒見過面的繼父。

不過，焦爸和焦媽都沒在小柚子眼前提過，估計是怕小柚子想多。

「讓她們母女兩個談談也好，柚子早熟，不是不懂事的孩子。」晚上焦爸說道。

焦媽有些擔心，「要是柚子選擇跟著過去呢？我覺得這並不是個好主意，這孩子過去，未必會開心。要不這週六我陪著她們吧？」想了想，焦媽又嘆道：「算了，既然她說要跟柚子單獨相處，就沒想著讓我插手。哎，要是有誰在旁邊提醒一下小柚子就好了。」

焦媽對自己這個妹妹還是比較瞭解的，今天她的話能說得漂漂亮亮，明天就能讓你想撞牆。

「也不是沒辦法。」焦爸說道。

「什麼辦法？」

「黑碳。」

確實，柚子她媽是說了要跟柚子單獨相處，但這個「單獨」肯定是指人，而不包括鄭歎。

鄭歎也不放心讓小柚子一個人去面對她那個人品不怎麼樣的母親，要是小柚子被坑了怎麼辦？柚子她媽捨得，鄭歎還捨不得呢！

◆◇◆◇◆◇◆◇◆

週六，小柚子揹著背包下樓，焦爸開車將她送到約好的地方。

約的地點是間餐廳，有點高級，但對小孩子來說有些約束，放不開。

透過落地窗看著小柚子走進餐廳，見到她媽並坐下，焦爸才開著車離開。

小柚子繃著一張嚴肅的小臉，這讓母女間本來就不怎麼好的氣氛更生硬了。

沒了焦爸焦媽督陣，就算心裡有些心虛，但是柚子她媽言行也順暢一些了。點了杯果汁和小甜點給柚子，自己喝著咖啡，笑著看了看女兒小心抱在懷裡的背包。

「包裡鼓囊囊的，是什麼？帶給 mommy 的禮物嗎？」柚子她媽盡量讓自己的笑親和些。

小柚子看了看母親，咬咬嘴唇，然後從外套口袋裡掏出一個小禮盒，遞給她媽。

柚子她媽看了看那個鼓囊囊的包，再看看小柚子手上的禮盒，接過來打開一看，是一個小巧的娃娃，看料子不是很新，做工相比起那些商店裡的商品也粗糙得很。

「是柚子親手做的嗎？」柚子她媽笑問道。

小柚子微垂著的頭點了點。

「很好看，mommy 很喜歡！」

窩在包裡的鄭歎心裡嗤了聲，真假？！這語氣聽起來也太刻意了！那個娃娃是小柚子用美勞課省下來的材料和一些日用品親手縫製，而娃娃的裝扮，則是照著一張相片上柚子她媽的打扮做出來的。

不知道是心裡太氣的原因還是什麼，鄭歎覺得包裡有些悶，包上的氣孔進來的空氣不夠，鄭歎撥開背包靠裡座的那條拉鍊，伸出頭使勁呼吸。

柚子她媽剛收好禮物，調整好心態和表情，正準備說話的時候，一眼看到從背包裡露出來的黑色貓頭，臉上的笑就直接僵在那裡，正待出口的話也卡住了。

柚子她媽反應過來的時候快速看了看周圍，見沒人發現這邊的動靜，這才看向小柚子，眼神帶著責備，「妳不該帶著貓來，這裡可不是寵物餐廳！」

小柚子抿了抿嘴，抬頭看向母親，「但是這裡也沒有掛牌明說不准帶寵物進店。」

「那也不行，吃飯的地方帶寵物進來像什麼話。」說著，柚子她媽見那隻黑貓眼神詭異的看著自己這邊，雖然不太明白那眼神到底是什麼意思，但她總覺得心裡怪怪的，不怎麼舒坦。

見小柚子臉上的表情也不太好，想到難得單獨相處，柚子她媽也沒再責怪她，而是道：「用這個擋一下吧，被人看見不好。」說著，她遞過去一個印著品牌圖示還繫著粉色蝴蝶結的購物紙袋，上面是某兒童名牌服飾的商標，「這袋子裡面是mommy買給妳的禮物，看看喜不喜歡，到時候穿出去讓社區的孩子們羨慕羨慕。」

鄭歎在小柚子拿衣服的時候伸脖子瞧了瞧，牌子上標著一千兩百塊錢，還是連衣裙。柚子她媽不說後面那句話，鄭歎還不會那麼鄙視她，但加上後面那句，鄭歎就感覺變味了。

這人還真當社區裡住的都是窮苦人民？還羨慕羨慕？這點錢很多家庭壓根看不上，尤其是那些老教授們，像住樓下的蘭老頭他們手裡的錢絕對不少於千萬，只是平日裡不誇耀了，大早上還跑去學校餐廳吃包子、喝稀飯。

後面柚子她媽又問了平時穿什麼衣服之類的，看她這樣子，是覺得焦家條件不怎麼好，沒幫小柚子買太好的衣服，至於這個「好衣服」的標準，就是觀念的不同了。

社區的很多孩子平時並不會穿太貴的名牌服裝，畢竟成長期長太快，買那麼貴完全沒必要，不管是現在的焦家還是社區的其他家庭都是經濟上比較充裕的，但也沒看誰往自己孩子身上套那件昂貴的名牌衣服，除非是生日宴或者一些比較重要的有意義的場合。平日裡焦遠他們比較皮，穿的衣服最多也就百來塊，破了不會太在意。

而且現在都十月份了，過不了多久就十一月，天氣轉涼，誰閒著沒事去穿裙子？何況還是小孩子，真要是現在穿出去，羨慕不會有，反而還會被人嘲諷。

又問了幾句之後，柚子她媽看出小柚子不想再繼續這個話題，又看了看盯著自己的那隻黑貓，她眉頭一蹙，然後對小柚子道：「mommy 在國外也見過不少人養貓，那邊的鄰居家裡就有一隻很漂亮的布偶貓，mommy 還拍過照，給妳看。」突然想起手機上並沒有保存那隻貓的照片，她將掏出來的手機又放回包裡，「咳，照片都存在電腦裡了，沒帶著，有機會 mommy 給妳看，比這隻黑貓漂亮多了，還聽話。」

鄭歎眼裡的神情更不好了。這位是在嫌棄自己長得醜還壞脾氣？！

「黑碳也很乖。」小柚子攏了攏背包，辯解道。

柚子她媽明顯不信，她昨天看這貓翻窗戶那麼順溜，就知道這隻貓絕對不是個安分的。

經過一連串沒啥營養的對話之後，鄭歎都昏昏欲睡了，這母女兩人的談話真是僵硬又尷尬，沒有共同話題，越說越讓鄭歎感覺這其中沒有多少強烈的情感。

「柚子，妳想不想住大房子？」柚子她媽說道，「mommy 在國外又買了個大房子，有很大的院子，妳可以種花、養喜歡的小動物，到時候還有小妹妹陪妳玩喔。」頓了頓，她接著說：「柚子多了個小妹妹，開不開心？只是現在妹妹還很小。」

鄭歎眼睛眯了眯，這人知不知道自己在說什麼？還開不開心？能開心那才有鬼了呢！多個妹妹就證明多了個繼父，人品還不知道怎麼樣呢，小柚子沒事跑過去確定不會被嫌嗎？

小柚子攪動奶油的動作一滯，從鄭歎的角度只能看到她緊抿的嘴唇。鄭歎也不怕被人發現，大半個身體從背包裡出來，蹭了蹭小柚子。

他再想想柚子她媽前半句話，這是在嫌棄焦家的房子小？

以前在國外住過一段時間，小柚子不會沒印象，就算是以前她們在國外那間不算大的房子，也比焦家這裡要大得多，若真要在意這個，小柚子就不會在被問想不想住別墅的時候搖頭了。很顯然，這位母親連自己女兒想要什麼都不知道。

「不回去。」小柚子將鄭歎往背包裡推了推，低聲道。

「什麼？」剛才沒聽清楚，柚子她媽又問。

「我不回去了。」小柚子抬起頭說道，語氣肯定。

對面沉默了幾秒，「mommy 尊重妳的選擇。」

鄭歎不知道是不是自己聽錯了，他覺得這語氣透著一股釋懷的意味。鄭歎抬了抬身體看向坐在對面座位上的女人，沒看出有多少傷心和遺憾，反倒是在對小柚子笑的時候那笑容還大了那麼一點點，也不如之前那麼僵硬了。

從餐廳裡出來，柚子她媽打算帶著小柚子到處走走逛逛，問小柚子想去哪裡玩，說了幾個地方小柚子都搖頭，柚子她媽便直接帶著人去附近一個商場為小柚子買東西了。那個商場裡面大部分都是高級貨，所以手裡沒幾個錢的都敬而遠之。

那商場離餐廳不太遠，母女兩人就直接走過去，在到商場之前，鄭歎就跟在旁邊走。今天為了跟出來，鄭歎將貓牌也戴上了，這樣方便，降低路人的嫌棄度，畢竟不是誰都能容忍路上有一隻不明身分的貓亂跑。

柚子她媽正有一搭沒一搭的問著話，一輛熟悉的四個圈的車從旁邊靠近，開到停車區域緩緩停下來。

「黑碳！柚子！」

鄭歎聞聲看過去，是好久沒見的方邵康，這位大忙人難得今天有空自己開車出來玩，估計是找哪個老朋友聊天去了。

方邵康從車裡出來就大步朝這邊走，這傢伙還戴著一副墨鏡，不過臉上的笑是遮不住的。他也沒想到會在這裡碰到鄭歎和小柚子。

和以前一樣，方邵康用手托著小柚子胳肢窩，將小柚子像抱小孩似的抱起來。

小柚子本來嚴肅著一張小臉，現在也多了絲笑意。

「方叔叔！」

「柚子哎，最近是不是瘦了？」方邵康托著秤了秤，才將小柚子放下。

平時方邵康跟自己女兒就是這樣互動的，所以也養成了這種習慣，甭管是以前不丁點大的時候，還是現在已經過了十歲的小姑娘。

「前幾天萌萌還問到妳，她說要跟妳再交流一下經驗。」方邵康說道。

至於什麼經驗，那肯定是養貓的經驗。

因為鄭歎的原因，方萌萌託她爸要了小柚子的聊天軟體帳碼，加好友後兩人時不時交流平時的養貓經驗。

「這位是？」柚子她媽插話進來，要不是看到那輛車，她早就不客氣的斥責了。她不認識方邵康，但看起來方邵康和自己女兒好像很熟悉，而且對方顯然也是有一定身分的人。

「這是方叔叔。」小柚子介紹道，然後對著方邵康指了指自己的母親，「這是我 mommy。」

「您好。」柚子她媽介紹了一下自己，在表明自己是小柚子母親的同時，還說了下自己另外一些身分頭銜。

從公司名到職位，一句話裡面好幾個英文字，鄭歎一時還沒反應過來。

方邵康「哦」了一聲，「世界五百強企業，幸會幸會。」

柚子她媽從皮包裡拿出一張製作精美的名片遞過去，方邵康接過來，然後從自己口袋裡摸出一張同樣精美的名片遞過去。

這張名片可不是方邵康私人的，那上面的電話號碼打過去絕對是方邵康他的某位助理或者祕書，給出這張名片證明方邵康並不怎麼在乎柚子她媽，熟悉的人或者方邵康看得順眼的，拿的是另一種看起來要低調很多的名片，鄭歎的抽屜裡就有，上面的號碼才是方邵康的私人電話。

看著手上的名片，柚子她媽瞳孔一縮，再對著方邵康的時候就客氣多了。

方邵康還有事，很快就離開。

「柚子，妳怎麼認識這位方……叔叔的？」柚子她媽問道。

「他是黑碳的朋友。」

柚子她媽顯然不會相信，猜測著估計是焦教授那邊的原因。

逛了商場、買了東西之後，柚子她媽就招了計程車一起回焦家那邊。

在車上的時候，柚子她媽又問了小柚子想不想跟著回去的問題，小柚子一直搖頭。

「那 mommy 也不勉強妳了，mommy 給了妳 aunty 他們一些錢讓他們照顧妳，所以，有什麼需要的、有什麼喜歡的，就跟妳 aunty 說。」

「嗯，我知道。」

「放假的話可以打電話給 mommy，mommy 接妳過去玩。」

這話鄭歎又不樂意了，放假打電話，不放假就不能打？

鄭歎立起來蹭了蹭小柚子的下巴。

——不傷心，我們不稀罕！

同樣一個事物，對一些人看來無關緊要，但對另一些人看來卻是珍寶。柚子她媽不多在意小柚子，但鄭歎在意，焦家人在意。

回到學校，碰上從外面回來的蘭老頭，這老頭還抓了一把山楂給小柚子，這是別人送給他的。

東教職員社區的草坪邊上，警長側躺在比草坪高一點點的花壇邊沿，伸爪子撩撥趴草坪上正蹭著後背的阿黃，撩著撩著這兩隻就開始肉搏了。

大胖趴在離牠們不遠的地方，半瞇著眼睛像是在醞釀睡意。

草坪邊的石子路上，一個人拿著手機打電話，與電話裡的人開玩笑大罵道：「放你的狗屁！」

十來公尺遠處，被牽出來散步的牛壯壯邁著王八步、拉著套繩帶動牠的飼主往前走，聽到剛才那人一聲大喝之後耳朵一動看過去，小三角眼裡泛著凶光。

打電話的人臉上抽了抽，趕緊加快步子跑了。

「媽，柚子和黑碳回來了！」站在五樓陽臺上看著的焦遠朝屋裡喊道。

至於除了鄭歎和小柚子之外的另一人，焦遠直接忽略了。

◆◇◆◇◆◇◆◇◆

鄭歎一直覺得，人生兩大挫事莫過於裝踐反被踩，炫富反被炫。在不久之前他還在凱旋那邊鄙視了楊波，沒想到，今天又有比楊波更值得鄙視的人。

吃完晚飯，柚子她媽和焦媽出門在社區裡散步聊天，鄭歎為了打探「敵情」緊跟著。

柚子她媽大多在說這幾年在國外努力的成果，現在也當上一個部門經理，手頭富裕很多，說話的時候帶著點炫耀的意思，還勸著焦媽趕緊買大點的房，抱怨社區這邊的房子又老又小，還拿自己在國外新買的房比較。

焦媽顯然知道自己的妹妹是個什麼德行，也沒那個精力去生氣。

兩人沒走多久就碰到帶著大胖出來閒晃散步的老太太。老太太正在社區健身器材上踩步，大胖就蹲在旁邊的單槓上。那根單槓直徑也就五到六公分粗，也不知道大胖這胖子是怎麼跳上去蹲那裡的，一眼看去，圓滾滾的一坨，怎麼看怎麼不協調，但偏偏這傢伙蹲得穩妥妥的。鄭歎只能感慨不愧是受過軍訓的貓，跟蹲速食麵一樣穩。

「喲，黑碳吶，出來散步呢。顧老師。」老太太笑著對鄭歎和焦媽打招呼。

焦媽向老太太介紹了一下自己的妹妹，聊了幾句才離開。

走出一點距離之後，柚子她媽還嗤笑大胖，說這樣的胖貓肯定會得ＸＸＸ之類的疾病；再知道老太太自己一個住，她又道：「就老太太一個，沒顧個保姆啥的？」

「別瞎說，大胖的身體好著呢，定期還送去寵物中心檢查，老太太將牠當寶。至於老太太，她兒子倒是想請保姆，甚至還說將老太太接過去，但老太太一直不同意，說習慣了這邊的環境和氛圍，社區大家也都是幾十年的老鄰居，不寂寞，以後的事情等以後腿腳不方便了再考慮。」

「人老了就是脾氣倔，死要強，她兒子也是……」柚子她媽不贊同的說著。

焦媽怕妹妹說出什麼不適宜的話，趕緊止住她的話頭。大胖牠貓爹的身分敏感些，大胖家的老太太也沒有張揚的意思，所以焦媽只是小聲在妹妹耳朵邊簡單說了一下大胖牠家那位貓爹的身分，然後柚子她媽沉默了，不再去說大胖，也不說老太太了，人家那條件若真的想請保姆，十個八個都捨得。

沒走兩分鐘，又碰到撒哈拉那笨蛋，正撒歡在草地上到處蹭，伸著舌頭甩來甩去，一點形象都沒有。當然，在社區裡，牠早就沒啥形象了。

「這狗也太瘋了，看樣子是個混種的吧？以後要養狗，還是養條純種的，性子溫和點的。」

焦媽看過去，笑了笑，「哦，妳說撒哈拉啊？聽說是三種血統的狗，阮院士家的，雖然平日裡很歡脫，但也沒傷過社區的孩子們，阮院士稀罕著呢。」

一槍直中紅心！

柚子她媽又不吱聲了。

在商場上跑動得多了，很多時候會從利益上多考慮一些，捧高踩低也是常事。所謂打狗也得看主人，同理，罵狗也得考慮一下狗主人的身分和脾氣，什麼話該說、什麼話不該說，自己心裡要有個譜。

都說大人物脾氣大，柚子她媽一直覺得，越是上位者，其脾氣越不好掌握，所以自己的一言一行都得謹慎。對上那些大人物，就算是背後說人壞話，也得找個沒人的地方，在公共場所說不定啥時候就漏出去了。雖然她不認識那位阮院士，但一聽「院士」這頭銜，一肚子的話就直接憋裡頭了。

鄭歎心裡好笑，今天下午之前這女人還覺得社區裡都是一些「窮苦人民」呢，現在才發現事有出入。

經過長椅區的時候，鄭歎看到社區那幾個老頭又聚在一起胡侃。

社區裡一到晚上幾個老頭就聚一起開始打嘴炮，指責一下某間學校的某高層，評價一下新推出的某政策，批鬥批鬥某些對社會有不良影響但民眾又不敢亂說的人……一些有名的、在電視上出鏡率高的專家教授在他們嘴裡就跟討論娃娃似的，一點都不忌諱，也不怕被人聽到，就算那些人站在他們眼前，他們也照樣說。

鄭歎看過去的時候，蘭老頭正在跟人吹噓今天被人買走的一盆蘭花。

聽了兩句，柚子她媽不以為然，一盆蘭花也值得這樣吹噓嗎？

「蘭花能賣多少錢？」

焦媽想了想，說道：「今天蘭教授說的那盆不清楚，不過去年蘭教授有兩盆蘭花賣了六十多萬，找蘭教授的人挺多。今年炒蘭花炒得熱，找蘭教授的人更多了，買主們直接在社區裡堵人，就為了買蘭教授的一盆蘭花。這樣算來，估計今天這價格肯定比去年多。」

柚子她媽一臉的難以置信。

鄭歎倒是知道，前兩天蘭老頭就在小花圃那邊被人堵上了，一百萬買三株叫啥兔的蘭花，蘭老頭都沒鬆口。

蘭老頭不缺錢，人到這年紀了，就講個臉面，時不時跟一些老朋友炫耀炫耀自己培育的或者在外面新發現的新品蘭花，至於那幾十萬塊錢，對蘭老頭來說還真的不會多在乎。到了他們這程度，名利雙收，現在就依著喜好去做事情，雖不能說「錢就是個數字」這種裝酷的話，但也差不了多少。同意賣給人，只是因為蘭老頭不耐煩那些人總過來煩他，而且他都有留種，所以就算賣出去之後，手上還是有一、兩株苗的。

蘭老頭正在跟人說現在市場上炒蘭花炒得太過了，雖然現在看起來很有錢途，不少人開始往這領域闖，再加上不知誰說了一句「上午端出去一盆蘭花，下午開著一輛ＢＭＷ回來」的話，炒得就更熱了，但估計也就一年左右的熱度，以後會冷卻，腦子發熱太衝動的話，到時候可能會碰個頭破血流。

這類事鄭歎倒是知道，他以前一個朋友在蘭花價錢正熱的時候花了五十多萬買的一株蘭花，五年後一百塊也沒多少人買。

看到鄭歎，蘭老頭嘿嘿一笑，今天心情不錯，再拿鄭歎打趣。他指了指鄭歎的方向，跟他的老朋友們糊弄道：「那小傢伙上次跑我花圃裡去啃了一朵蘭花，哎喲把我心疼的啊！」

——放屁！那明明是警長咬的！

鄭歎這個氣啊！蘭老頭故意將這罪名戴在他頭上，而且那盆蘭花也只是相對比較普通的素心蘭，那些更寶貝的蘭花都被護得好好的，哪會給警長去咬的機會？

焦媽看那邊幾位老教授都是帶著善意的笑，有的還朝鄭歎豎拇指說「幹得好」，也知道他們只是開玩笑，沒真生氣，便笑著向幾位老人打了招呼才離開。

走出有點遠了，周圍二十多公尺都沒什麼人，焦媽才低聲對身旁的人說道：「妳別看這裡都是不起眼的老人，很多人雖然瞧著沒什麼特別的，但外面很多大公司的老闆、還有一些政府機關的人都會過來請教他們，這其中一些人，是能影響某些政策的。」

柚子她媽在沉默了一會兒之後，笑道：「柚子在這樣的環境下成長挺好。」她昨天可是看到小柚子跟一些老人打招呼，熟悉得很。

鄭歎在心裡撇嘴，這女人變得真快。

因為有了前面幾個例子，在碰到更傻的連走路都能從臺階上滾下去的阿黃之後，柚子她媽也沒出言諷刺，她怕開口又涉及到什麼大人物，那樣就更尷尬了。

柚子她媽搭機飛回大洋彼岸的那天，並不是週末，她也沒讓焦爸焦媽去送，直接和公司的一些人一起離開，只是她在上飛機前打了通電話說：「柚子就拜託你們了。」

焦爸回答：「我一直拿她當女兒養。」

◆◇◆◇◆◇◆◇◆

既然柚子她媽飛出國了，柚子依然留下來，鄭歎便安心了許多，走路的時候都帶飄。

鄭歎跑回社區邊沿樹林那邊開手機，準備趁著心情不錯，再刷一遍遊戲記錄。結果一開機，發現數十封簡訊以及近三位數的來電提醒，手機一直閃啊閃啊，簡訊飛過來的畫面持續了好久，看得鄭歎都呆了。

——臥槽！

——這是中毒了嗎？！

但是等停下來再看，發現並不是。

數十封來自同一個電話號碼的簡訊，未接來電提示簡訊也多是說同一個號碼。

——馬的！六八那個傻蛋竟然做這種缺德事，這是要爆電話的節奏嗎？

不得不說，六八還真和這號碼槓上了。

既然說理不成、自我推薦不成，對這個神祕號碼背後人的身分又十分感興趣，六八在思索了兩天之後，決定轉換戰術——騷擾戰術！夠無賴、夠無恥、夠無理取鬧！

六八不知道這個號碼背後的人是男是女、是老是少，但人都有一個忍耐極限，而六八現在就是要挑戰對方的忍耐極限，即便對方關機的時間比開機的時間要多得多，但六八有的是時間。金龜那邊的案子解決得差不多了，現在手頭也空閒很多，一些不感興趣的案子他也拒絕掉了，於是他專門騷擾這個號碼，只要這手機一開機，電話就會立刻打過去。

「這位高人，在下實在很想交你這個朋友，認識一下吧……」

「連個簡訊都捨不得施捨嗎？」

「好吧，我們不用簡訊，換其他方式，要不我們說說話吧？」

「就說兩句也行啊！不然一句，一句就夠，高人你說一句話我就不打擾你了……」

……

鄭歎正翻著簡訊，一封封刪去，立刻一通電話又過來了，鄭歎按下拒接，沒兩秒，又一通電話，摁斷，再來，再摁斷，再再來……

鄭歎現在就算想從設定裡看看有沒有黑名單功能也不方便看，不停的被電話簡訊輪番轟炸。

終於，鄭歎按了接聽。

這次六八沒出聲，聽著電話那邊的動靜，等著那邊開罵。

電話那邊傳來一陣輕微的窸窸窣窣的聲音過後，便是滴答滴答的聲響。

六八皺了皺眉，推開想要過來偷聽的金龜，拿過桌子上的紙筆，根據裡頭的聲音寫下幾個英文字母。

金龜湊過去一看，白色的紙上，黑色的簽字筆清楚寫下了幾個字母——

「F-U-C-K Y-O-U!」

六八聽電話那頭的滴答聲停下之後，還打算用同樣的方法回覆一句，但沒等他敲，那邊就把電話掐斷了。

聽著電話裡的嘟嘟聲，六八嘿嘿一笑，對金龜道：「這位神祕高人還真的有點能耐，連這個都懂。」

其實這只是鄭歎一時興起想起來用一用這招，畢竟他現在也不能說話，至於在這之前，不論是小白老師還是那位丟狗的人，鄭歎用這種方式的話，對方只會認為鄭歎在逗他們玩，聽不懂的可能性比較高，而六八這人業務廣、藏得深、懂的不少，鄭歎才打算試一試的，剛才他在敲擊撿來的金屬片時對方並沒有打斷，這說明對方極有可能聽懂了。

既然聽懂了，鄭歎也不打算多說，掛了電話就關機離開，他決定這幾天都不開機了，六八想繼續使用騷擾戰術就由他去！

——惹不起我還躲不起嗎？

眼不見、心不煩，好不容易因為柚子她媽離開而心情好點，鄭歎不打算因為六八這神經病而讓心情鬱悶。

在周圍閒晃了一圈，扔飛盤逗了逗側門大門警衛養的那隻狼犬，鄭歎便往回走。他並沒有直接往社區回去，而是沿路繞著曲線閒晃。

溜達到蘭老頭的小花圃的時候，鄭歎跳到圍牆上往裡面看了看，一眼就瞧見警長蹲在一盆蘭花旁邊正在專心致志啃花。

一開始鄭歎發現牠啃花的時候，還擔心這傢伙啃蘭花啃多了會出事，結果只是偶爾看到這傢伙吐了一次，吐出一些毛團，還在小花圃一個沒種花、只放著些土的大花盆裡面拉屎，其他時候都活蹦亂跳的屁事沒有，鄭歎也就不去管牠了。

前幾天這盆蘭花開的三朵花，現在已經一個不剩了，周圍的一些綠葉子也被啃了些，好多上面都有啃咬的痕跡。至於那天蘭老頭當著他的老朋友們說的啃花，就是鄭歎替警長這傢伙頂罪，而蘭老頭也總是鍥而不捨的往鄭歎頭上扣屎盆子。

要說警長牠家裡也不是沒種過東西，還專門用一個花盆種了貓草，可這傢伙不給面子，每次應付似的啃兩口就不感興趣了。鄭歎聽警長牠主人跟焦媽聊的時候抱怨過好幾次，也不知道是貓草的問題還是警長這傢伙自身的問題，不過鄭歎覺得，多半是後者。

鄭歎以前覺得警長這傢伙有一顆狗似的內心，會狗叫，好鬥，跟社區的小京巴、吉娃娃們打架，除了牛壯壯之外，社區的其他狗都跟這傢伙「有一腿」，現在還總被鄭歎逮到這傢伙啃花，看那傢伙啃蘭花葉子啃得跟兔子似的。

其實，很多貓都是「花痴」，比如警長。

曾經有人說過，如果世界上真有什麼動物覺得花很美、很香、很想撲倒之後吃乾抹淨的話，那就必定是貓了。

上週鄭歎還聽焦媽說過她一個同事家裡也養了貓，她同事的老公在結婚紀念日那天送了她同事一束花，她同事家的貓就巴巴跑過去將半個腦袋埋進那束花裡面舔，攔都攔不住。

不養貓的人基本上不會去注意貓對花的執著，而養貓的人也未必會注意到他們的貓是不是愛吃花。貓是肉食主義者，這個毫無疑問，但也有時候能看到牠們在外閒晃的時候在草叢裡啃草，人們將這歸結為貓的自救——催吐。

除鄭歎這個特例以及某些特殊種類和個體之外，絕大多數的貓每天花大量的時間舔毛，胃裡會結毛球，而一些無毒的、富含纖維的植物會刺激牠們的腸胃使牠們吐毛球。但有些時候人們也會忽略掉一些事情，比如吃某些植物會使牠們生病。

很多植物對貓都是有毒的，如：蓖痲子、杜鵑、鈴蘭、菊花、夾竹桃、繡球花等等，只是毒性輕重程度不一，不同的貓或許喜好不同，承受度也不同。

一些對此方面有研究的貓友們，對百合科的植物比較忌憚。或許對人來說，百合科的植物並不算什麼，但百合科植物卻能讓貓病得很重。據獸醫和毒理學家們的說法，百合科植物可能是引起貓急性腎功能衰竭的一個主要原因。

這些是鄭歎在聽社區的一些老頭們聊天時聽到的。

而蘭老頭也注意過小花圃那些放在室外沒有做圍欄防護的花，發現警長這傢伙只啃其中的某幾種，蘭花尤甚，而這幾種花草並未被列入對貓的危險物種之列，後來蘭老頭就不再去管了。

貓這種動物，本來就很難去約束牠們，尤其是警長這種放養幾年的。

警長成天在外面跑，依照這傢伙的表現來看，估計平日裡在校園裡閒逛時啃的花也不少，但也沒見牠啥時候因啃花而生過病，說明這傢伙平日裡並沒有去啃那些對牠來說危險的花種。至於蘭花，看這傢伙啃了這麼多，應該……沒事吧？

不過，貓畢竟是食肉動物，啃多了也未必是好事，任何事都得有個度。

貓是最愛找死的動物之一，總是對世界充滿好奇，總是不長記性的到處找死，就算是大眾廣泛認為的雪橇三傻相較之也望塵莫及。許多花草，貓吃了可能會嘔吐、抽搐、肝功能衰竭，甚至死亡，但這些犯「花痴」的傢伙就是不肯多長些記性，哪怕一再中招，一而再、再而三的被虐，好多貓還是會反覆去吃那些讓牠們進醫院的花草。

有人說，貓喜歡花是因為喜歡花的甜味。但另一些人會嗤之以鼻，因為大量的研究和報導都表明，貓在進化中喪失了消化碳水化合物的能力，無法嚐出甜味。至於牠們為什麼總愛犯「花痴」，這個眾說紛紜。

鄭歎曾經聞過蘭老頭的很多種蘭花，蘭老頭家裡就有不少。對鄭歎來說，他並不能感覺到這些花對自己有多強的吸引力，所以也只能說，他和警長喜好不同了。

鄭歎再看過去的時候，警長已經沒再啃花了，跑到牠經常拉便便的那個大花盆上開始拉屎。

鄭歎從小花圃的圍牆上跳下來立刻離開，他可不想再幫警長揹黑鍋，就算蘭老頭心裡明白他是無辜的，但小花圃還有其他人，他們未必會這麼想，拉屎啃花這種事還是讓警長自己去承擔吧。

第八章

傻蛋猴子歡樂多

回到家，鄭歎看著主臥室床頭櫃上放著的那張照片，心情格外好。

鄭歎剛來那時候，主臥室床頭櫃那裡放著的照片只有三個人，焦爸、焦媽和焦遠，現在早換成了四人加一貓，多了小柚子和鄭歎。五口之家。

焦家這幾天的氣氛都不錯，危機解除，確定小柚子不會跟著她媽離開，焦遠最近又開始得意了，一點都沒有國三學生的緊張感。不過也沒必要太緊張，不說焦遠成績本來就不錯，就是成績不太理想，他們幾個也肯定可以去楚華大學附屬高中就讀的，畢竟楚華大學老師的子女都會有一些優待。

晚上焦爸吃完晚飯就跑學校忙活去了，焦媽在打掃屋子，焦遠依舊沒有去上晚自習，在家翻焦爸訂閱的一些雜誌，鄭歎在沙發上陪小柚子看電視。

「哎，柚子啊，這篇文章上面說，配戴金屬邊框眼鏡會導致手機天線對人體輻射的比吸收率明顯增加，對人眼的比吸收率增幅還達到一倍以上……妳覺得，這是真是假？」焦遠問道。

小柚子想了想，搖搖頭，「對這個不瞭解。」

「嗯，到時候跟蘇安他們討論討論，再不行就去請教一下物理學院的老頭子們。」反正社區裡也有不少物理學院的退休教授，焦遠能逮到哪個就問哪個。

正說著，主臥室裡的電話響了，焦遠頭也沒抬，說道：「黑碳，估計是找你去腐敗的。」

對於鄭歎經常去娛樂場所「腐敗」這事，焦遠一直羨慕嫉妒恨。

鄭歎瞥了焦遠一眼，這傢伙其實就是懶得起來去接電話。

在小柚子準備起來去接電話的時候，鄭歎先動身了，跑到主臥室裡跳上擱電話的桌子，按了免持鍵，這樣客廳的焦遠和小柚子都能聽到。

小柚子也將電視的聲音調低，而焦遠雖然沒抬起頭，但耳朵支著注意電話的動靜。

鄭歎覺得來電顯示上面的那個電話號碼有些熟悉，可卻不太記得到底是誰的。他按下免持鍵之後，就聽到揚聲器傳來尖銳的「唧唧」聲。

鄭歎：「……」

而坐在客廳的焦遠和小柚子這時候也想起來了。

「齊大大！」兩人同時道。

電話那頭頓了一下，然後就是更大的「唧唧」聲，顯然對這邊有人能叫出牠的名字很高興。

焦媽這時候也過來了，擋開跑來打算拿聽筒的焦遠，接起電話。

鄭歎在旁邊聽著，聽筒裡傳來的已經不再是齊大大的「唧唧」聲了，是牠飼主裴亮的聲音。齊大大剛拍完一部電視劇裡的客串鏡頭，因為一些事情裴亮打算先帶著齊大大回家去，路過楚華市，打算過來拜訪，過來的時候正好週末，焦媽連連說好，她也挺喜歡那隻猴子的。

那隻傻蛋猴子要過來，鄭歎檢查了一下自己藏東西的櫃子，確定鎖好了，省得那隻傻蛋猴子跑來翻，那猴子可沒啥節操。

裴亮本來沒打算打電話給焦家，他來楚華市主要就是找衛稜和二毛還有何濤聚聚，一轉身就發現齊大大翻了自己的名片盒打電話給焦家。既然電話都打了，他索性就先跟焦家說聲到時候過去拜訪。

打完電話，裴亮看向旁邊滿眼期待的齊大大，「你是不是想邀請那個小夥伴去家裡玩？」

齊大大咧嘴咧得老大。

裴亮摸摸下巴，「為什麼我總覺得你在琢磨別的什麼呢？」

齊大大使勁搖頭。

很多人說貓這種動物比較記仇，而事實上，記仇的動物又何止貓？比如，齊大大這隻小心眼的猴子。

大概是記得以前跟鄭歎鬧過不愉快，又或者是不惹鄭歎一下，齊大大心裡不舒服，裴亮帶著牠來焦家拜訪的時候，這傢伙穿著新一套的「齊天大聖」服、拿著牠的「金箍棒」耍戲給焦家人看，然後一個「手滑」，一棍子將擱在不遠處椅子上鄭歎專用的喝水碗敲到地上去了。

焦家的客廳不大，原本焦媽就因為要看齊大大耍棍而將鄭歎那張常用的椅子挪邊上去省得被砸，沒想到還是中招了。

這傻猴子還一副犯了錯很不安的樣子躲在裴亮身後，焦媽連連安慰：「沒事，不用在意。」

鄭歎在沙發上盯著齊大大，那傢伙剛才在裴亮背後還朝他咧嘴，這一幕焦家的幾人也察覺到了，不過他們覺得這壓根不算什麼，笑一笑就過了。

鄭歎倒是沒什麼表示，讓齊大大得意了一會兒，但是在這傢伙跑去小柚子房間裡玩貓跳臺，還想著打開找到的隱藏抽屜的時候，鄭歎將房門一關，揍得這傢伙直「唧唧」。

還是焦媽在外面怕出啥事叫了鄭歎幾聲，鄭歎才打開房門。

齊大大等門一開就又跑到裴亮身邊去窩著，朝鄭歎齜牙示威。

這就是個記吃不記打的貨。

都說猴子的智商與七、八歲的小孩差不多，鄭歎想了想七、八歲的熊孩子們，心裡感慨這猴子在牠幾十年的生命裡面估計會一直熊孩子下去。

——真是他媽的欠揍啊！

根據裴亮的說法，他們國慶假期的時候因為是旅遊高峰期，一直待在老家，畢竟家鄉那邊一年到頭也就那麼幾次生意火爆的時候，那時候進帳多，再加上齊大大聲名在外，過去的遊客們很多都是奔著牠去的，所以那時候齊大大一直待在家裡。等國慶假期一過，旅遊高峰期過去，裴亮才在一個劇組導演的催促下帶著齊大大出來繼續賺錢。

這次是家裡孩子過生日，嚷嚷著叫齊大大回去陪著一起過，劇組那邊也暫時告一段落，所以裴亮才決定帶齊大大回家去，順便休息一段時間。不然齊大大這傢伙會不配合，在接了家裡的電話之後總惦記著回去，在劇組的最後兩天也心不在焉，要不是裴亮監督著，牠早丟了牠的人造虎皮裙不幹了。

裴亮沒留在焦家吃飯，他們師兄弟幾個還有安排，晚上去衛稜家裡聚聚，鄭歎也受邀跟著他們一起過去。

衛稜、二毛、何濤以及裴亮三人喝得有些多，晚上就留在衛稜他家的客房睡覺，鄭歎也留在那裡，他聽二毛跟裴亮聊天的時候，知道二毛想跟著過去裴亮家那邊玩玩，反正他平日裡沒多少事情，女朋友也恰好有時間，現在也避過了旅遊高峰期，不用擔心交通堵塞、人潮洶湧，旅遊正稱心。

裴亮自然沒意見，不過，兩人還想著要不要把鄭歎一同帶過去。

裴亮知道齊大大一直想讓鄭歎過去，他不知道自家猴子到底在打什麼主意，但是覺得有可能的話，一起帶過去也不錯，反正他們回去的時間也不會太久，十一月還有個劇組邀請他們，到時候要去東部一個沿海城市，如果那隻黑貓真像大家說的那麼懂事的話，帶著也不是不行。

二毛倒是挺贊成的，他帶著鄭歎出去過幾次，雖然這其中有幾次確實有必要帶著他，但從那幾次事件來看，帶出去完全沒問題。再說，這次他還打算將黑米也一同帶走，把黑米留在寵物中心他不放心，前兩天又看到那隻叫花生糖的混球貓了，還是將黑米帶在身邊安全。黑煤炭要是跟著，還能跟黑米作伴，只有黑米一隻貓的話，黑米估計會焦躁不安。而且，二毛覺得，黑煤炭對自家黑米不會產生任何威脅。

鄭歎能不能跟著二毛他們出去，需要焦家人同意，當二毛和裴亮將這事跟焦爸焦媽說的時候，焦媽果然反對，跑那麼遠，自家又沒人跟著，她不放心。至於焦爸，他問了鄭歎的意思。

鄭歎確實挺想出去遠行一下，最近小柚子學業負擔增加，除了平時的一些作業和考試之外，週六、週日還有另外的競賽培訓。焦媽焦爸其實並沒有給她多大壓力，競賽之類的東西焦爸覺得無所謂，完全憑興趣，參加競賽培訓這些是小柚子自己的意思，他們班玩得好的幾個同學一起報名參加培訓，多跟同學處處也不錯。

但是鄭歎這邊，本來獨自在家裡的時間就偏多，現在週六、週日更經常不見家裡有人，鄭歎無聊了。

齊大大還拿著一張邀請函放在鄭歎眼前，挺有那麼回事，看得焦家人都不知道該說什麼。

知道二毛也跟著一起，他能帶著鄭歎一塊兒過去，玩幾天之後再帶著鄭歎一起回來，畢竟是熟人，焦爸焦媽也稍微放點心。

最後是焦爸拍板，同意鄭歎跟著一起去，但條件是鄭歎得戴著牠的另一塊貓牌，這是焦爸重新做的一個。在鄭歎出遠門的時候戴著這個裝有定位裝置的貓牌，大家都放心，畢竟大家都怕貓一放出去，野起來沒邊，有這個的話，出現危機情況也好及時找到。

裴亮讓焦家人到時候有假期一起過去他家玩，這次就當鄭歎先過去踩點了。

焦媽為鄭歎準備了很多東西，一個大包裝著日常的用品。鄭歎把那個小背包也放進去了，裡面有不少鈔票，以備不時之需。

◆◇◆◇◆◇◆◇◆

裴亮自己開車載著齊大大，而二毛也是開著自己新買的一輛越野車，載著女朋友和兩隻貓，跟在裴亮後方。

黑米一開始在車裡不怎麼安靜，顯得有些焦躁，要不是車裡有熟悉的氣息，牠早就開始發狂了。不過漸漸的，大概是被鄭歎的淡定感染，再加上龔沁的安撫，牠才平靜了下來。

鄭歎決定出來逛逛，一個是最近待家裡確實無聊了些，又懶得去周圍閒晃，再加上六八那神經病的原因，鄭歎也沒有玩手機的興致，索性出來玩玩。

上午從楚華市出發，中途休息過幾次，畢竟不是太趕時間，他們也需要休息一下以免疲勞駕駛，第三天中午才到裴亮他們家所在的縣。

鄭歎不需要怎麼照顧，至於黑米，有龔沁在，這位專業級人士將黑米照顧得好好的，這一路黑米也沒再焦躁不安。

大概是知道快到家了，齊大大開始不安分了，高興得唧唧地叫。甭管在外混得多好，回到自己地盤上總是高興的。

鄭歎看著外面，他以前從沒來過這裡，只在一些旅遊雜誌上看過這地方的宣傳，而親眼見過之後，心裡也感慨不愧是人氣頗高的旅遊景點，風景確實很好，那空氣品質是楚華市拍馬也比不上的。

不知道是不是為了旅遊業，這一帶很多村民們將自家的房子都建得風格統一且有地方特色，沿路過去，鄭歎已經見到不少小攤販在售賣紀念品了。

龔沁以前也沒來過這裡，同省的另一個旅遊景點倒是去過，但畢竟每個景點有每個景點的特色，紀念品也是，看到之後她想去買一些。

「這些不用太稀罕，而且這裡的也不怎麼正宗，都是坑那些什麼都不懂的外地遊客。」他們車裡安裝了無線對講機，沿途過來的時候裴亮也跟他們介紹這裡的情況，現在聽到龔沁說想去買那些小攤上的紀念品，笑著對龔沁解釋一些內幕。

「哎，我說的這些你們可別洩露出去，不然村裡人要拿我開刀了。」裴亮開玩笑道。

「知道知道。」二毛應著，也看著這一路的風景。

「國慶連假那時候，這片地方可全都是人，現在都空了。」裴亮說道。

鄭歎看過去，一些小攤販看起來精神不怎麼好，現在旅遊高峰期過了，出來擺攤的人也萎靡了些，彼此聊著天，還有的直接趴在那裡打盹。

「唧唧唧唧——」齊大大那邊又不安分了。

不過，聽著聲音，不像全是齊大大的。鄭歎從打開了三分之一的車窗往外看，果然路邊一個攤子那裡有一隻跟齊大大差不多的猴子，正在那個攤上跳著，還朝裴亮那輛車大叫。

聽著這兩隻猴子的叫聲，也不像是特別友好的樣子，更像是冤家路窄。

「村裡現在養猴的人家也不少，雖然上面有政策，但下面也有對策，誰讓這附近山上猴子多呢！以前偷獵的不少，不是有個名菜是用猴腦做的嘛？後來上面專門派了人過來監督著，好了很多，猴子數量又起來了。其實主要是我們村裡人好，護著猴子們，如果村裡人不配合，那些不法商販還是有機會的。」

這個確實，有些自然保護區的野生動物被偷獵，當地人在其中起了重要作用。而保護方面，當地人也立了不少功。二毛在私下裡說過，別看裴亮他們這裡的人看起來很熱情好客、很和善，論戰鬥力都是一等一的，甭管大人還是小孩。或許，也正因為當地人的有意保護，這地方的猴子才會比很多地方的猴子要活得自在些。

正想著，鄭歎看到那個攤上的猴子從旁邊的玻璃水缸裡面撈出個什麼東西，朝裴亮的車扔了過去。

原本鄭歎以為那隻猴子扔的是一條魚之類的，因為那個攤上也賣一些水棲動物，但是聽裴亮的說法，剛才那隻猴子扔的是一團水藻——因為扔魚牠們是要挨罵的。

被扔東西，車裡的齊大大不幹了，大叫著要衝出去ＰＫ。

「這要是平時，這兩隻估計又對著扔東西了。」裴亮呵斥了齊大大後，對二毛他們解釋道。

「牠們平日裡都扔啥？」二毛好奇。

「多著呢！扔水藻、泥巴那還是好的，家裡的鍋碗瓢盆都被牠們扔過。」

「這兩隻感情真好。」二毛在這邊樂呵。

「這算啥？這兩隻當年還對著扔過屎呢！」裴亮滿不在意的說道。

鄭歎、二毛、龔沁：「……」

裴亮他們這裡的人生活條件都不錯，甭管是物質上還是精神上的，套用一句很俗套的疑問句，如果你問這裡的人：「你們幸福嗎？」

大概，多數人還是會說幸福的，尤其是那些童年中伴隨著無數猴子的熊孩子們。

沿路鄭歎看到了一些放養的小孩子們的所作所為，那絕對是熊孩子中的戰鬥機，能想像裴亮當時抱怨自家孩子小時候跟齊大大一起折騰的時候是個什麼心情。

所以鄭歎在來到這裡之後，替自己列了兩個「遠離」——

第一、遠離熊孩子。

第二、遠離猴子。

他可不想在逛山坡的時候被熊孩子盯上，或者被一坨屎砸中。

裴亮家的人早已接到裴亮的電話在家門口等著了，車一到，車門一開，人未動，猴子先行，那一排迎接隊伍首先喊的絕對不是裴亮。

「齊大大回來了！」

「哎喲齊大大唉，奶奶想死你了！」

「來，齊大大，爺爺抱抱！」

看著家裡人都圍在齊大大旁邊，裴亮數了數，國慶連假高峰期過後才離開家出去，到現在也才一個月，這就是所謂的「好久」？

裴亮家裡的小孩在和齊大大擁抱之後，視線看向從另一輛車裡出來的那隻黑貓。

「快看，是那隻叫……叫什麼的貓！」裴亮的小兒子指著鄭歎大叫道。

鄭歎看了那小屁孩一眼，聽裴亮說過，他之前拍的齊大大、鄭歎和黑金的合照，家裡人都看過，所以家裡人對鄭歎有印象，只是現在鄭歎的名字明顯被人忘了，用「叫什麼」來代替。

在和齊大大玩耍之後，裴家的人這時候終於真正熱情好客起來，帶著二毛他們進屋。客房早就安排好了，現在已經不是旅遊高峰期，客房空出來一些，不擔心沒地方住，床單什麼的都是新洗晾曬的，並不是以前在客房用過好多次的舊床單。

從很多細節處能看出，裴家的人確實用心安置了，連鄭歎都有一個小房間。

裴家人剛開始聽到說要給一隻貓單獨安排個房間的時候還挺納悶，不過既然裴亮都這麼說了，多安置一間也沒關係。

「這貓看起來不錯。」裴亮家裡一個長輩看著鄭歎點頭道。

「別小看那貓，要不是牠家裡人一直讓牠低調點，人氣不一定比齊大大弱。」裴亮對家裡人說道。這也是為了讓自家人別太忽視鄭歎。

「看得出來。」一個老頭摸了摸鬍子，「有靈性的貓，確實要好好對待。」

老人們比較相信那些玄而又玄的東西。所以，相比起裴家的年輕人們，裴家的老人們對鄭歎要和顏悅色很多。

出乎鄭歎的意料，齊大大在自家地盤上並沒有再來惹他，在那些老人們眼前，齊大大還是很乖巧的，鄭歎無限鄙視之，真他媽會裝！不過，這也是好事，齊大大不來招惹他，他也能好好休息一下。

來到裴家的第一天，他們並沒有上山，裴亮和二毛他們都需要好好休息一下，這一路開車也夠累的。

黑米與二毛兩口子在一個房間，二毛他們正在忙著安撫黑米適應陌生環境。相比之下，鄭歎是最清閒的一個。

鄭歎的房間這邊沒有陽臺，他也不需要陽臺，直接蹲在窗臺上看著遠處的山和四周的風景。能被列入旅遊景點，風景顯然是不錯的，但鄭歎更在意的並不是那些風景，而是山上的猴子，如果山上很多猴子的話，他去山上閒晃會不會被圍堵？

只是從這裡看過去，並不能看出山上有多少猴子，倒是周圍時不時會因為哪隻猴子或者誰家的熊孩子鬧出點動靜來。

首日，一夜安好。

第二天，二毛精神抖擻的揹著個大背包，帶著龔沁跟著裴亮上山去玩。鄭歎並沒有揹背包，揹著活動不方便，在山上密林的地方還是「裸奔」來得暢快。

往山上走的時候，鄭歎並沒有看到其他猴子，周圍只有齊大大在樹林間活躍著。

「不是說你們這裡猴子很多嗎？也沒見幾隻啊！」二毛說道。

「還沒到地方呢。」裴亮指了指前面，「再走走就能看到了。」

和裴亮說的一樣，又走了十來分鐘，鄭歎聽到一些聲音了。

一條溪流從山上往下淌，溪流旁邊的大石塊上，有幾隻猴子坐在那裡，是三隻母猴各帶著小猴子。一隻小猴子窩在母猴懷裡吃奶，看都沒看鄭歎他們，另外兩隻小猴子倒是好奇的看著鄭歎幾人。

鄭歎很想跟那幾位說一聲：露點了啊，諸位。

二毛和龔沁都拍了幾張照片，那些猴子們也不怎麼怕人，除了眼裡帶著些警惕之外，也沒有因為拍照的聲音而跑掉，估計平日裡碰到這種情況多了。

保持著距離，沒去打擾那幾隻猴子的安逸生活，裴亮繼續帶著二毛他們往前走。

「咦，那裡是什麼地方？」二毛指了指斜前方一處占地面積還挺大的建築，「山上旅館？」

「不是，那裡是幾個大學的研究基地，他們有提供一些檢查，平日村裡人家中有猴子的會定期來這邊，為猴子做個身體檢查，齊大大就是，有這些人開的健康證明和檢查記錄，在外更好混一些。像齊大大這種經常要在全國各地到處跑的，身體檢查也比較嚴。」

「打個比方，別看那些劇組的人跟你聊的時候有多親切，你手上沒個健康證明，或者有段時間沒有體檢記錄的話，那些人都防備著，好幾次我就聽到過劇組有人編排齊大大這種野生動物攜帶什麼病毒疾病之類的話。動物，畢竟和人是不同的，想在人類社會混出一席之地，齊大大仍須努力。」

不知道是不是聽懂了裴亮的話，齊大大在旁邊應景的唧唧了兩聲。

裴亮帶著二毛他們經過的時候，那個基地外面有幾個人在踢足球玩，周圍還有幾隻猴子在圍觀，也不知道牠們看不看得懂規則。

「喲，裴哥，不是帶著齊大明星到處跑劇組嗎？」一個二十歲左右的年輕人對裴亮說道。

聽他們的語氣再看齊大大的反應，裴亮跟這些人還比較熟。

「回來幫孩子過生日，過幾天再出去。」裴亮在旁邊的木凳上坐下，接過一個學生遞來的果盤給二毛他們。

「最近又做啥研究呢？」裴亮問那幾個學生。

跟裴亮很熟的那個年輕人擦了擦汗，坐下來道：「他們做了這地方的獼猴種群掌面的膚紋三角分布特徵、山上和山下獼猴腸道寄生蟲感染情況等等。至於我，只是根據以前為山裡和村裡的猴子的檢查記錄整理了一些資料，做了個血液學和心肺功能等生理指標的總結，包括血常規、血液生化、凝血功能、血壓、心電圖、呼吸等方面，發現雌獼猴和雄獼猴在紅細胞血紅蛋白濃度、白蛋白、血糖、血鈣、甘油三酯等方面存在差異。哎，其實說起來就那麼回事。」

鄭歎在焦家生活的時間長，有些詞彙還聽過幾次，不至於完全聽不懂，而二毛則對於腸道寄生蟲感染情況更感興趣，他曾看到一本書上說過貓也會有腸道寄生蟲感染情況，便問道：「那個腸道寄生蟲感染是怎麼檢驗的？」

「採集糞便檢測啊。」幾個學生一副理所當然的語氣說道，還很熱心的對二毛詳細講了講。

二毛：「……」竟然要撿屎啊！聽他們那話還最好是新拉的、熱乎的、新鮮的，要做上百個樣本就得面對上百坨。這些學生真是不容易啊！

基地並不准其他無關人士進入，裴亮打算明天再單獨帶齊大大過來檢查，那傢伙最近吃的東西比較雜，裴亮怕齊大大的腸胃出毛病。

沒有在基地這裡久待，這裡原本也不屬於旅遊的範圍，之前鄭歎還看到幾個警告牌，平時旅行團上山都直接避開的。

山上確實有旅館，旅館老闆和裴亮關係還不錯，尤其是見到齊大大的時候，那臉上都快笑出花來，看那樣子齊大大沒少幫他們撈錢，這裡的人也將齊大大像供祖宗似的供著。

裴亮和二毛還好，但龔沁體力不行，他們決定在山上的旅館休息一會兒，睡個午覺。

鄭歎睡不著，他也不覺得有多累，與其在這個滿是陌生人和打量目光的旅館裡面待著，還不如出去走走。

「別跑太遠，過一、兩個小時就趕緊回來，走丟了我沒法跟你貓爹貓媽交代！」二毛對著窗戶外面那道黑色的身影吼道。

鄭歎回頭看了一眼，示意自己知道。

在鄭歎離開山上旅館五分鐘之後，齊大大找了個空也翻窗戶跑出去了。裴亮還沒來得及開口說啥，那傢伙就已經翻出去跑好遠，叫都叫不住。一回到這片熟悉的山林裡，齊大大性子就野起來，不像在外面的時候對裴亮那麼依賴。

「嗨，你擔心啥？齊大大從小在這山裡長大的，玩一會兒就會回來了。」旅館老闆說道。

「我不是擔心牠走丟，是擔心這傢伙又在打什麼歪主意。」裴亮讓二毛注意點那隻黑貓，跟蹤設備帶著，盯梢著點。

「放心，我知道的。不過，裴師兄，我先給你打個預防針，你別小看那隻黑煤炭，齊大大就算打歪主意，那也說不定吃虧的是誰。」

◆◇◆◇◆◇◆◇◆

鄭歎一邊走著，一邊注意著周圍的動靜，山上總得多警醒些才不會吃虧。

山上有很多動物的氣味，或許平日裡人們根本見不著牠們，尤其是愛撒尿圈地的某些動物。至於這周圍氣味最明顯的，當然是猴子。

正走著，鄭歎耳朵動了動，往身後看去。

一道身影從樹林間飛快過來，幾個呼吸就已經在離鄭歎三公尺遠處的那棵樹上站定。

齊大大居高臨下盯著鄭歎看了看，然後發出一陣叫聲。

找幫手？鄭歎瞇了瞇眼。

一對一，齊大大顯然知道自己不是對手，如鄭歎想的一樣，這傢伙就是在找幫手。來到這裡安分了一天之後，這傢伙也終於忍不住了。

在齊大大出現的時候，鄭歎心裡就有準備了，而聽到周圍開始有一些由遠及近的動靜時，鄭歎也沒在原地跟齊大大乾瞪眼。

寡不敵眾，不跑是傻子。

齊大大原本打算再來一個更風騷的 pose，一眨眼，就見那隻黑貓撒腿跑了。

在齊大大印象中，鄭歎很凶，很難相處，脾氣很臭，動不動就開揍，所以齊大大一直以為鄭歎會英勇的與自己召喚來的小夥伴們來場一對一群的戰鬥。

可是，眼下的情況讓齊大大愣了。

兩秒後，齊大大回過神來，趕緊追了過去，雖然牠的小夥伴們都還沒趕到，但好不容易那隻貓到了自己真正的地盤上，不報復一下牠不爽快。追！

鄭歎跑得很快，同時也會注意一下周圍的地形地勢，省得瞎跑忘了路。他現在不能往回跑，那些猴子都在那邊，所以他一直往前跑。

山上大片地方都是茂密的樹林，下方還有各種灌木叢。

鄭歎在地面跑著，將後方的那些聲音越甩越遠，只有齊大大離得近一些。不過齊大大在追的時候也沒閒著，嘴裡發出一連串的聲音，估計是在繼續召喚小夥伴。

二毛之前還說上山沒見到幾隻猴子，可現在鄭歎充分意識到這地方——山裡的猴子果然多！後方的追兵雖然沒追上來，但鄭歎聽到前方也有動靜了。

周圍能聽到齊大大聲音的猴子們都朝這邊聚集過來，鄭歎心中一凜，聽聲音就能知道猴子數量不少，估計有二、三十隻，甚至更多。

若是兩、三隻猴子，鄭歎還能應付，太多了就沒把握了，何況這裡還是猴子們的主場。

側面已經有一些猴子接近了。

「啪！」

一個松果似的東西砸在鄭歎腳邊，鄭歎只是用餘光瞟了一眼，沒多注意，繼續跑。

「啪啪！」

接連一些不知道是什麼的東西被扔過來，大概平日裡這些猴子們扔東西扔多了，準頭還不錯，如果鄭歎沒跑而是待在原地的話，猴子們估計有百分之九十以上的命中率。

鄭歎身上被砸中了幾次，不算疼，但是很煩，再加上後面齊大大那種聽起來像是幸災樂禍的叫聲，都讓鄭歎很火大。

在前有堵截、後有追兵、側面還有攻擊的情況下，鄭歎猛地躍起，跳上旁邊的一棵大樹，他並沒有再往前跑，而是借力折返，從樹上跑過去。

側面撿了東西正準備朝鄭歎扔的幾隻猴子見到這情形，太過驚訝，一時沒反應過來到底該怎麼辦，保持著扔東西的姿勢，視線卻跟著鄭歎的身影移動。

緊追著的齊大大一見到正前方從樹上衝過來的身影，發出口的叫聲戛然而止，抓住一根樹枝讓自己停住，牠很驚訝為什麼那隻貓能跟牠們猴子一樣在樹上如此靈活的跳躍，而且看到正衝過來的身影，齊大大莫名的膽怯了。不過，看看周圍還有幾隻自己的小夥伴，齊大大剛縮回去的小膽又膨脹了起來，朝鄭歎大叫著。

不管牠是在示威還是在飆髒話，反正鄭歎表示完全聽不懂。付磊以前打架的時候都是瞅準自己最恨的一個傢伙狠揍，鄭歎也打算這麼幹，現在既然避免不了與那群猴子遇上，也大概免不了一場群戰，那麼他只想將最欠揍的齊大大揍一頓。

齊大大躲過了鄭歎踹過來的腳，卻沒躲過鄭歎的一巴掌，於是，這傢伙直接被扁下樹了。畢竟是猴子，在自家地盤上也有優勢，齊大大抓住一根樹枝穩穩落在地上，退開，摸著剛才被搧了一巴掌的肩膀，朝三、四公尺遠處落地的鄭歎大叫，然後隨手撿起剛才被其他猴子扔過的一顆松果朝鄭歎扔。

鄭歎在齊大大眼睛往旁邊地上瞟的時候就知道牠要幹什麼了，本來還打算躲開的，但是在看到腳邊有一根直徑三公分左右、長度約莫半公尺的樹枝，便直接抓了起來，兩爪抱緊樹枝，看準扔過來的松果，揮動。

「啪！」

松果被樹枝打回去，並且擊中了齊大大的額頭。

鄭歎剛才握緊樹枝的時候還沒進入狀態，揮棒力道沒把握好，松果打回去的時候偏高了些，能打中齊大大的額頭是因為牠在看著松果被高高打出，又從高處落下來時估計看得太入迷而忘了反應，直接被掉落下來的松果砸中了額頭。

周圍幾隻蹲在樹上的猴子看到這情形，大叫起來，有幾隻像是高興的蹦踏，其中一隻甚至還在拍手。

鄭歎：「……」齊大大挨打，這些猴子們興奮什麼勁？

齊大大現在也傻了，雖然牠的小夥伴們沒知識、沒文化、沒常識，但齊大大自認為是猴子中見過世面的高級知識分子，況且牠見過不少貓，卻沒有一隻四肢健全的貓用兩條腿這樣走路，而眼前那隻黑貓還抱著那～麼粗的一根樹枝，貓有這麼大的力氣嗎？！

齊大大突然有種不妙的感覺。

這片山林地帶有幾個觀察站，為的是應付一些突發狀況，如果有旅客在這裡遇到意外受傷或者其他問題，也能夠及時得到救助。這些觀察站除了幫助那些旅客們之外，還會防備偷獵者，以及乾燥季節防止森林火災。當然，他們也會注意著山上的那些猴子。

此刻，附近一處觀察站的一個值班人員看到螢幕上顯示的某處地區的聲音波形圖驚訝了一下，他們在這裡已經工作幾年了，對於那些猴子發出的聲音與牠們所表達的感情能聯繫起來分析，研究基地的一些人還對他們做過輔導。

看到那些波形圖，那個值班人員趕緊推了推正在睡午覺的另一個同事。

「有異常！」

剛醒過來的人打了個哈欠，但也沒磨蹭，他們擔心又有人過來打那些猴子的主意了。

他們並不能從設備傳過來的有些失真並伴隨著一些雜音的音訊中，準確分辨出猴子們正發出的是哪種叫聲，畢竟就算是驚叫也有好幾種。

一般來說，如果有偷獵者或者遇到某些大型猛獸等能對猴子們造成嚴重危機的情況下，猴子們會發出帶著恐懼和警惕的驚叫聲。他們手上的資料中就列舉出了獼猴在衝突激烈時發出的一種驚叫聲，發出這種聲音的時候，猴子們會伴隨著對峙、退卻、發抖、驚恐四顧隨時準備逃跑等行為。如果是遇到這種聲音波形圖的話，肯定是出什麼事情了，值班人員會立刻趕過去。

而現在……

「那些猴子在興奮？」

這些聲音和波形圖令他們很疑惑。

為了能準確一點判斷，值班人員拿出以前一個研究本地野生獼猴的教授給他們的一份波形圖資料，上面顯示了什麼樣的波形圖對應猴子們怎樣的情緒，就算不能百分百準確，但這幾年來一直都是對的居多，具有很重要的參考價值。

「是的，那些猴子確實在興奮。」

「要不要過去看看？」

「不用去，那些猴子估計又找到什麼樂子了。」

「我去看看吧，保險一點。」那位值班人員列印了一份儀器上顯示的波形圖作為記錄。

「算了，我也一起過去吧，若真的遇到什麼事情還能幫個忙。唉，伺候猴子也不是件容易的事情。」

鄭歎並不知道有人注意到了這邊，他剛才又將齊大大扔過來的不知道什麼果子敲回去了。這幾次沒打中齊大大，主要是那傢伙有防備了，閃得快，而且鄭歎也不是很能控制住敲擊的方位，頂多只能將東西往前面的方向敲，卻並不一定有第一次的運氣和準頭。

當然，對周圍圍觀的那些猴子來說，準頭什麼的並不重要，重要的是鄭歎將東西敲出去了。

鄭歎現在終於明白這些猴子在高興什麼了。他發現了幾隻眼熟的猴子，或許對人來說猴子長得都一樣，但鄭歎還是能辨認出一些差別來，而那幾隻眼熟的猴子就是他跟著二毛他們上山時在基地那裡見過的幾隻，當時那幾隻猴子正在圍觀基地的學生們踢球。

聽說平時學生們打羽毛球、玩健身球時，也有不少猴子圍觀，有時候還會喝彩，就像剛才鄭歎將齊大大扔過來的松果敲回去時，那幾隻猴子高興的大叫那樣。

這讓鄭歎很無語，他還做好了一場硬仗的準備，沒想到會是這樣一個狀況。

也是，鄭歎將這些猴子想像得太危險了，畢竟這裡是旅遊區，這些猴子雖然是野生狀態，但平日裡與人類接觸得多了，性子也溫和一些，就算調皮偶爾惡作劇一下，也不會去攻擊人和其他動物，村裡有不少人養貓，猴子們與貓的相處也大概是這樣。

猴子們雖然應齊大大的召喚而來，卻沒有對鄭歎產生多大的敵意，再加上現在鄭歎揮樹枝揮得挺棒的，和那些基地的學生們打羽毛球有異曲同工之妙，於是這群猴子瞬間從鬥士變傻蛋了。

該怎麼說？能怎麼說？

看看齊大大，再看看周圍那些猴子。

唉！

文藝點，那叫近墨者黑。直白點，那叫物以類聚，要不然怎麼說傻蛋猴子的小夥伴們都是傻蛋呢？

傻蛋猴子歡樂多。

突然，一隻猴子發現了不遠處的動靜，叫了幾聲，其他猴子也朝那個方向看過去。是那兩個值班人員。

鄭歎也意識到有人過來了，扔了手裡的樹枝就閃身開溜。

在鄭歎離開之後，有一隻經常跑基地圍觀的成年猴子從樹上下來撿起了那根樹枝，旁邊立刻有個小夥伴扔了顆松果。

拿著木棍的猴子嘴一努，揮棒！

「啪！」

雖然有些費力，揮棒的方向也沒朝著齊大大，但很神奇的，那顆松果被擊中了，並且直飛向齊大大那邊，砸中了沒有準備的齊大大的腿。

周圍的猴子們又是拍樹枝又是拍腿的上竄下跳大叫著樂呵。

齊大大：「……」好想哭。

那邊，開溜的鄭歎本打算直接回去，但他嗅到了一種氣味，那氣味有點熟悉，卻又不是完全熟悉。

抬起的腳變了個方向，鄭歎往那邊過去。

鄭歎之所以覺得那氣味熟悉，是因為他在東教職員社區聞得多了，前幾天他還聞到過。

順著氣味尋過去，鄭歎很快就走到了一塊陡坡處。平時這裡就算有旅行團的人經過，也不會靠近這邊，或者靠近也只是為了遠眺、拍兩張耍酷的照片而已，並不會下去，這裡對人來說太危險，一個不察就會滾下去，不死也重傷。

不過，對鄭歎來說，這並不算什麼，當貓這幾年連牆都爬過，還怕這種陡坡？

站在上面，鄭歎先往下瞧了瞧，能看到那一叢叢的草葉子，長得有些密集，乍一看去不懂的人還以為是雜草呢。鄭歎若不是聞到花香，也不至於能尋過來；沒花香，就算看到了，他也未必會聯想到蘭老頭最喜歡的花。

只是，為什麼仔細嗅之後，卻又覺得與蘭老頭那邊的花有點區別？

疑惑著，鄭歎從上面下去。坡雖陡，還有很多岩石，鄭歎卻很輕易的就能爬下去。

蘭老頭喜歡蘭花，也因為培育出一些名貴品種的蘭花而出名，但瞭解蘭老頭的人都知道，這老頭最喜歡的並不是那些十萬、百萬級別的貴死人的花種，老頭最喜歡的是價格比較低廉的、很多養蘭的人都養過的鐵骨素心蘭。就如蘭老頭的名字。

在社區裡大家都知道養花很厲害的蘭教授，但現在很多人都忘了蘭教授的名字——蘭鐵素。

或許是名字的原因，也或許是其他緣由，蘭老頭偏愛鐵骨素心蘭。

除了南方一些適宜蘭花生長的地區外，國內很多地方養蘭的人都有這樣一個感覺，鐵骨素心蘭勤草懶花，葉子噌噌地長，花卻難得開，有些人養幾年都沒見過開花的。不過，蘭老頭養蘭確實是一把好手，鄭歎每年都能聞到鐵骨素心蘭的蘭花香，或許這些並不是同一株、同一花盆裡開的，但並不影響鄭歎對這種氣味的熟悉。

坡下的那叢草中，鄭歎看了看，找到了花香的來源。草叢中某處，直立的花葶開著五朵素白的花，看花的樣子，與蘭老頭那邊養的差不多，除了顏色上有那麼點點差異；除此之外，這五朵素白的花還有一種如玉般晶瑩的質感，比蘭老頭那裡的花長得好，香味也與蘭老頭那邊的有異，聞著挺舒服。

鄭歎對蘭花不瞭解，就算平時見得多，卻也沒花心思去注意，他覺得蘭花的葉子都差不多，所以他只能憑眼前的花來判定這花跟蘭老頭那裡養的應該是同一類型。如果是蘭老頭在這裡，他就能根據葉型、葉庫和葉質來看它的品種，推測判斷會開出什麼樣的花等。

可惜，鄭歎啥都不懂。

不瞭解，也不多在意，他曾經還心裡鄙視蘭老頭對蘭花的痴迷，不就是花嘛，何至如此？現在，鄭歎盯著眼前的花，研究這花到底哪裡吸引人。

一分鐘過去……

五分鐘過去……

半小時過去……

又是一陣山風吹過，陡坡上方掉落下一些細碎的石粒，落在鄭歎頭上、腳邊。

鄭歎一個激靈回過神，不知不覺，他竟然盯著眼前的蘭花發了好久的呆。

這不正常！

鄭歎平時對花確實沒啥興趣，就算是蘭老頭賣高價的那幾盆，鄭歎也去看過，但是從來沒發生過這種看花看到發呆的事情。

往後退了兩步，鄭歎再次看向眼前的花，這次沒再仔細盯著看，視線挪到花旁邊的草葉子上，鄭歎走上去嗅了嗅，又將鼻子壓在葉面上仔細嗅了嗅，雖然葉子看起來一樣，但葉子的氣味好像和蘭老頭那邊的也有一點點的差別。

鄭歎在楚華大學見到警長啃蘭花、啃葉子的時候，也仔細嗅過那些花和葉子，所以記得葉子的氣味。

嗅過之後，鄭歎蹲原地思索。

——總覺得這花有古怪，難道是新品種？

——或者是我沒見過、沒聞過的花種？

——要不然，挖一點回去給蘭老頭研究一下？

但是想到蘭老頭說過這種花喜群居，根系發達，要是下面的根全連在一起怎麼辦？鄭歎也沒那個精力一點點挖出來看。看開花的那裡，周圍草太多，估計很難挖。鄭歎嫌麻煩。

不能挖大的，挖點小的、零散點的也行啊！

鄭歎圍著這一大叢走了一圈，走到一處湊上去用鼻子壓在葉面上嗅嗅，還真讓他發現了不少問題。這裡的草葉子氣味並不完全相同，有些與蘭老頭那裡的葉子氣味相似，有些與剛才那花旁邊的葉子一樣。

所以，如果他想挖點回去給蘭老頭研究的話，得找與剛才那花一樣的。

看了看周圍，鄭歎找到了一把生鏽的鐵叉，周圍還有一些扔在這裡的泡麵盒和其他垃圾，估計是國慶連假那時候遊客扔在這裡的。

鄭歎也沒心思去鄙視那些亂扔垃圾的傢伙，他開始挖苗了。

對於鄭歎這種平時不關注花草、不懂花草的人來說，挖草就是折騰，要是被蘭老頭看到鄭歎是怎麼動作粗魯的挖草，肯定會豎著眉毛吼：「簡直胡鬧！」

在鄭歎努力折騰花苗的時候，那邊去找猴子的值班觀察站的兩人正跟人通電話。

「我就說了不用擔心嘛，過來一看，那些猴子又在自己找樂子，真沒啥事……齊大大？齊大大在這裡啊！跟其他猴子們玩得挺歡樂的。」

齊大大看向那個打電話的人，眼神帶著控訴。哪隻眼睛看到牠玩得歡樂了？！可惜，打電話的人壓根理解不了齊大大的眼神，依舊跟電話裡的人聊著。

「貓？沒看到黑貓啊……行，我會注意點，看到了通知你們。」

山上的旅館那裡，旅館老闆掛斷電話，跟裴亮說了剛才從電話裡聽到的消息。

「齊大大沒去惹事？還真意外。」裴亮對自家猴子還是很瞭解的，可是現在那邊又說沒看到貓，這就奇怪了。

「估計沒追上，那隻黑煤炭很滑頭的。」二毛也不怎麼擔心了。

「過去瞧瞧吧。」裴亮還是決定親自過去看看。

「行，反正也休息夠了。」二毛也起身。

從旅館離開，裴亮帶著二毛和龔沁朝齊大大那邊走去。

鄭歎看著挖好的兩株連在一起的苗，這還是他從那一大堆裡面拆下來的，葉子也就五片，再加上下邊兩片新葉，勉強算七片葉子吧，兩苗下面的根都斷了些，看著那可憐的模樣，不知道這兩株苗會不會掛掉。

挖都挖出來了，扔這裡也可惜。

找了條藤蔓，將苗往背上一揹，鄭歎從山坡下面竄上去。

爬到坡上的時候，有一片葉子折了，沒辦法，葉子太長，三、四十公分長的葉子，鄭歎爬坡的時候也沒留心，只折了這麼一片已經夠幸運的了。

上去之後，鄭歎回身看了看坡下方，因為角度的關係，看不到下方開著的花，只能從山風偶爾的變動中嗅到從下方傳來的香氣。

山裡的方向變化，再加上鄭歎的貓鼻子比人的嗅覺要靈敏，這才找到了這裡，除此之外，這裡的花開得也不勤，所以就算平日裡有人知道那裡有蘭花，沒見著開花，認為是與那種價錢不高的、村裡很多人養的蘭花一樣，覺得犯不著去冒險爬坡挖，反正不是什麼值錢貨。

鄭歎也覺得不是什麼值錢貨，再加上他對花真的沒啥欣賞力，將花苗折騰成這樣也不心虛，揹著就離開。

辨認著方向，聽聽那些猴子們傳來的動靜，鄭歎往那邊過去。

在鄭歎快回到猴子們正玩「棒球」的地方時，他也聽到了人聲，其中有二毛嚷嚷的聲音。

鄭歎將背上的苗拆下來，放旁邊，藤蔓甩掉，就在那裡等。

二毛他們找到齊大大之後，也很快找到了鄭歎。

「咦，黑煤炭，你從哪裡拔的草？」二毛湊上來翻動著那兩株被折騰過的草。

「走吧，時間不早了，下山回去。」裴亮安撫了下齊大大，知道這傢伙估計受什麼委屈了，好在身上也沒看到什麼傷。

「好。」二毛應了聲，起身準備離開，然後發現褲腿被鉤住了，還被鉤了個洞。低頭看了看鉤破自己褲子的貓爪子，回身，二毛看向鄭歎，「你又怎麼了？」

鄭歎看向那兩株苗。

「帶著？」二毛將那兩株苗拾起來，「這活不了吧？」

不管怎麼樣，帶著兩株苗也不費事，龔沁還找了個袋子將苗的根部包了包，甭管有沒有用，這樣看起來也好些，帶著也方便，省得一個不小心將根毀了。

下山之後，裴亮家的一個老人將鄭歎的這兩株苗處理了一下，他以為這是二毛從山上找的，還專門用了個不錯的小花盆。

「這能活嗎？」二毛安置好黑米之後，下樓時問那個幫忙處理的老人。

「應該能，這玩意兒好養。」老人不怎麼在意。

「您看這草是不是有什麼特別的？」

「沒啥特別，就是比較常見的蘭花嘛，這裡很多人種的，咱們院子裡就有不少。」老人道。他們這裡是旅遊區，常有人走動，也有不少人上山，往更深處走的人都有，也從沒聽說發現什麼珍奇品種的蘭花。

二毛順著老人指的地方看了看，還真的挺多的，看起來也差不多，想不明白為什麼那隻貓會將這草帶回來，難道是為了吃？

在裴亮家這裡留了四天，在這期間鄭歎每天都去看一下被裴家老人照顧的蘭花，看起來應該是活了，不枉他辛苦挖出。

回到楚華市後，二毛搬著那盆長相不怎麼好的蘭花和洗出來的照片帶上樓給焦家，焦家人也只是驚訝了一下，便將花放在陽臺上養著。

◆◇◆◇◆◇◆◇◆

鄭歎回來之後，很快就將陽臺上的蘭花忘了，一開始是沒想好怎麼把蘭花給蘭老頭，擱著擱著，就直接拋腦後，平日裡也只有焦媽替那小盆蘭花澆水養著，直到某天蘭老頭上門來追問。

蘭老頭在飯後散步的時候碰到了龔沁，聊得興起，龔沁將前段日子出去旅遊時碰到的事情說了一下，對她來說，一隻貓拔了蘭花還讓人帶回來是件挺有趣的事情，只是在二毛的囑咐下，她在外面也沒提過，在蘭老頭眼前提起來還是因為兩人聊花草聊到那上面，一不小心說漏了嘴。於是，蘭老頭好奇之下，直接殺上了五樓。

焦家此刻只有焦媽在家，小柚子被她的同學叫過去幫忙輔導競賽題，焦遠跟他的小夥伴們去打球了，焦爸依舊在生科院忙活。

焦媽見到喘氣喘得厲害的蘭教授，趕緊倒上一杯水，生怕這老頭出了什麼事。

「怎麼了蘭教授？」熟悉了之後，焦媽也沒以前那麼怕蘭教授了，言語之間隨意了許多，但見到蘭教授這樣子，她還是忍不住擔心，首先想到的就是：自家貓是不是惹禍了？難道啃了人家什麼名貴花種？

如果鄭歎知道焦媽心裡所想，估計會憋屈死。都是警長那傢伙害的！

一口氣爬上五樓，還是急趕急爬的，以蘭老頭這身子骨免不了累得喘氣，嗓子疼，喝了水之後好了很多，也沒歇息，他直接問道：「黑碳前幾天帶回來一盆蘭花？」

沒想到是這事，焦媽立刻放心多了，帶著蘭老頭過去陽臺上看那盆蘭花。

「就是這盆。」焦媽指給蘭老頭看。

鄭歎陪小柚子出門，然後在外面溜達了一圈回來，剛進門就聽到蘭老頭在那裡暴躁，突然記起來陽臺上那盆蘭花的慘樣，以他對蘭老頭的瞭解，那臭老頭絕對會發飆。所以，鄭歎猶豫著是不是退出門再去外邊溜達一圈，但想到家裡就焦媽一個，不知道能不能扛得住蘭老頭那臭脾氣。

算了，總是要面對的。

鄭歎硬著頭皮走進門，湊到茶几腳邊探頭看了一眼，正好被轉身的蘭老頭逮到。

「黑碳！你給我過來！」蘭老頭吼道。

焦媽這心又懸起來了，忍不住擔憂。

鄭歎磨磨蹭蹭走到陽臺。

「這葉子是不是你啃的？！不對，沒有啃咬的痕跡……這葉子難道是你折斷的？！哎呀，怎麼能這麼種！這樣下去不行啊……」說到後面的時候也不知道是在批鄭歎，還是在批種花的人。

焦媽一臉尷尬的在旁邊站著，其實她很想說不就是一盆普通的蘭花嘛，有必要這樣大驚小怪？但想到蘭老頭的脾性，她還是忍住了。

鄭歎感覺蘭老頭瞬間狂躁症附體，說話都沒邏輯了，就圍著那盆被折騰得慘兮兮的蘭花轉，言行中透露著對這盆花的心疼啊，好像挖了他一塊肉似的。

鄭歎心裡嗤了聲，警長啃的那盆蘭花蘭老頭雖然心疼，但也沒見他心疼成這樣，可見鐵骨素心蘭這個品種在蘭老頭心裡的分量。

等蘭老頭的「狂躁症狀」衰減時，這老頭似乎下了什麼決定。

「這盆花，我幫你們養段時間再拿過來。」蘭老頭對焦媽說道，說完之後還看了看鄭歎。

焦媽也看了看鄭歎，然後對蘭老頭道：「沒問題，您拿去吧……我幫您搬下去。」

「沒事，就這麼小盆蘭花我還搬得動。」擋開焦媽要過來幫忙的手，蘭老頭自己將花盆搬了起來，走的時候還朝鄭歎「哼」了一聲。

晚上焦爸回來知道這事之後，對蘭老頭將花搬走也沒什麼意見，反正他也不是會養花的人。養花也是門學問，焦教授對這門學問不怎麼精通。

「我就是擔心黑碳鬧情緒，樓下二毛不是說這花是黑碳找到帶回來的嗎？」焦媽說道。

「不用擔心，黑碳不會鬧情緒的。妳知道的，貓真想護食的話，別人也不能輕易從牠嘴下搶東西。同理，真在意那盆花並想把花擱家裡的話，黑碳肯定會護得滴水不漏，就像牠的私房錢。」

顯然，焦爸對鄭歎更為瞭解。

◆◇◆◇◆◇◆◇◆

蘭老頭將花搬下去之後，鄭歎接連幾天很少見到蘭老頭了，平日裡飯後出門散步的時間也沒見蘭老頭下樓與他的老朋友們吹牛胡侃。鄭歎偶然聽到那幾個老教授談起蘭老頭的時候說，蘭老頭最近魔障了，就為了一盆市價才幾十塊甚至更便宜的破花。

閒晃回來上樓的時候，鄭歎見三樓蘭老頭他家的門開著，便走了進去。

屋裡，翟老太太正在掃地，一見到鄭歎，臉上立刻露出笑來，她朝鄭歎招招手，示意鄭歎進來玩。

有翟老太太在，蘭老頭不會狂躁起來，所以鄭歎不用擔心戳中蘭老頭的狂躁點後，那老頭朝自己發飆。

書房裡，蘭老頭戴著老花鏡正在翻書，同時還在一本本子上記錄著什麼，嘴裡低聲念念叨叨的，不知道在說什麼，鄭歎沒聽清楚，聽清楚的幾個詞也不懂是什麼意思。

翟老太太掃完地，坐在沙發上歇息，看到站在書房門口探頭往裡瞧的鄭歎，低聲叫了鄭歎一下，讓鄭歎不要去打擾蘭老頭，然後拍了拍旁邊的沙發。

鄭歎跳上沙發在翟老太太旁邊坐下，聽老太太低聲嘮叨。

「哎，黑碳吶，你說你帶回來的到底是什麼蘭花啊？老頭子研究了幾天了，最近睡覺做夢都說這方面的夢話，成天待書房裡翻資料。連吃飯都忘了，每次都得喊他，還得強拉過來吃飯，睡覺也得催。」

翟老太太並不是在責怪鄭歎什麼，她只是發表一下感慨，反正以前類似的情況也發生過不少，幾十年老夫老妻的，翟老太太對蘭老頭那是相當瞭解。

鄭歎心裡一動，聽翟老太太這話，看來那蘭花還真與眾不同。

鄭歎能發現不同，那是因為看到了花、嗅到了氣味，葉子上的氣味也是辨認方法之一，但人能憑嗅覺就分辨並判定葉子之間的區別嗎？以鄭歎對這些理工類老教授們的瞭解，他們應該會尋找更多更直接的證據，所以最大的可能就是，蘭老頭從那幾片草葉子上看出了不同，或者在換花盆的時候看出了根的不同？

反正鄭歎沒那個能力，就連裴亮他家那邊的幾個老人也沒發現。只能說，蘭老頭這才是真正的專家。

鄭歎正聽翟老太太說著話，就見門口進來了三個老頭。是同住在社區裡的，經常與蘭老頭一起胡侃聊天的幾個老教授。

「老蘭啊，研究出什麼沒啊？」一個大嗓門的老頭朝書房叫道。

「嚷什麼嚷！」蘭老頭取下眼鏡，揉了揉眼睛，站起身往客廳走，見到沙發上趴著的鄭歎後挑了挑眉，也不說什麼，直接問進來的幾個老頭：「有事說事，沒事就趕緊走了，別打擾我。」

三個老頭早適應了蘭老頭的說話方式，也不生氣，還笑著朝鄭歎道：「黑碳，趕緊過去把老蘭那盆蘭花啃了，啃一片葉子我給你一碗小黃魚。」

另外兩個老頭也不落下。

「我給兩碗。」

「再加上我，啃一片葉子我也給兩碗，這樣能湊個五碗了。黑碳，上！」

鄭歎：「……」上你大爺！

一個老頭閒晃著走了一圈，去看了一眼那盆蘭花，再看看其他幾盆鐵骨素心蘭，繞回來後搖搖頭，「真不知道你在糾結什麼，不都一個樣嘛！」

「反正我瞧著都長一個樣。」另一個老頭也說道。

「哎，它明年能開花嗎？這樣就能看出差別了。」第三個老頭問。

蘭老頭斜了他們一眼，「明年？哼，想得美！就這盆花，少說也得養個三、四年才能開花，或許更久。」

聞言，鄭歎瞬間蔫了。枉費他還滿懷期待，早知道這樣，還不如將開花的那株挖過來呢！就為了圖一時省力，得多等好久，這個時間還沒有確切的數字，說不定等個十年八年都不開，那時候鬼才記得有這盆蘭花！

不過，鄭歎的失望來得快，去得也快，反正他對這個也不是特別感興趣，就是好奇那花，總覺得那花有點不同尋常的感覺。

——管他呢，讓蘭老頭繼續頭疼去！

不管那幾位在自己專業一把好手、在蘭花方面基本文盲的老教授們是如何損蘭老頭的，蘭老頭只是臭著臉，也不跟這幾個「文盲」真去計較什麼，那是自找沒趣。

蘭老頭也不可能去問鄭歎什麼，他知道不能從一隻貓那裡問出話，所以他曾去對門找過幾次二毛，詢問一下這花生長的環境等細節，只可惜二毛啥都不知道。在家翻了幾天資料，蘭老頭也沒找到多少有用的資訊，現在他就指望著將這兩株苗養好，能開花就能更接近真相了。

發現蘭花葉子上的疑點之後，蘭老頭決定將這兩株苗多養幾年直至開花，昨天還特意去跟焦教授商量了一下，焦教授爽快的一揮手說：「您老就不要有心理負擔的繼續養吧，我們擱家裡也是浪費。」

鄭歎不再待沙發上聽這幾個老頭胡扯了，出門準備下樓溜達。

第九章

禽獸兄的溫柔一針

離開之後，鄭歎沒走幾步，就聽到一樓電子鎖那裡「喀」的一聲響，然後兩個人走上來。一個是二毛，另一個聽聲音也很熟悉。

很快，鄭歎就跟上樓的人打照面了。

喲呵，這不是那位「禽獸」兄嗎？「禽獸」兄從明珠市跑來楚華市幹嘛？

不過「禽獸」兄看起來狀態不怎麼好。

在鄭歎看著秦濤的時候，秦濤也見到鄭歎了。

「貓兄弟哎，好久不見，想死你了！」

秦濤每次都是跟家裡人吵架才跑出來，上次鬧情緒被踢到楚華市，這次是秦濤自己跑來的，為此氣得他爸媽摔壞了好幾個手機。

現在秦濤換了手機號碼，就是為了避免被人追責。至於來楚華市，一個是為了看看二毛的女朋友，另一個就是過來散散心，用秦濤自己的話來說，心裡不爽快，過來找兄弟聊天。

來到楚華市，秦濤就直接找二毛了，連他舅舅那邊都沒過去。親戚有相處融洽的，也有見面就相互噁心的，為了省事，秦濤索性一個都不見。

見到鄭歎，秦濤心裡很高興，上樓時還叫鄭歎過去一起吃飯，他來的時候在外面買了不少吃的帶過來。

現在二毛那屋子裡的書房也清理出來了，放了張單人床，秦濤看到時還朝二毛擠擠眼：臥槽，小倆口還分房睡！

二毛朝他豎了根中指，「給黑米睡的。」

「信你才怪。」

「要我收留你嗎？我讓黑米給你騰床出來。」

「不用，老子在楚華市有房，而且晚上也有人陪。想陪我的小妖精多的是！」

秦濤不怎麼想聊家裡的事情，二毛問他碰到什麼麻煩事，秦濤也不想提，所以二毛只是說了一下前陣子出去旅遊的樂事，調節氣氛。

鄭歎在旁邊閒著無聊，跑去看黑米玩玩具。黑米發福之後圓潤了不少，那肚子要是擱以前的黑米身上，絕對會被懷疑又有貓崽了。

說到貓崽，前陣子二毛把黑米帶去寵物中心那邊做定期檢查的時候，還有人勸他將黑米做絕育，結果二毛不幹。生貓崽是兩隻貓的事情，既然不想讓黑米做絕育，二毛就將主意打到花生糖身上，可惜最後不但沒能將花生糖逮去切ＪＪ，反而還被撓了一爪子，於是這一人一貓的矛盾又升級了，見面就不對盤。

「啪！」

打火機被摔地上發出的聲響將黑米嚇得從沙發上跳起來，跑房間裡躲到龔沁旁邊，然後警惕地看向客廳的人。

鄭歎看過去。

被摔地上的打火機是秦濤的，這傢伙剛才想抽菸，結果打火機打了好幾下一直打不著，一怒之下直接摔了，不過打火機的品質不錯，摔這麼用力也沒見掉零件。估計打不著是因為沒油了。

但是，就算是沒油打不著，秦濤也不至於憤怒到摔打火機吧？看二毛臉上那吃驚的樣子，顯然也沒料到秦濤會有這樣的反應。

這傢伙得狂躁症了？

今天見到禽獸兄的第一眼，鄭歎就覺得這傢伙不對勁，他能感覺到這人周身的氣場不那麼讓人舒服。

禽獸兄給鄭歎的印象一直都是不務正業，不過至少不會狂躁，就像當初鄭歎第一次見到禽獸兄的時候，因為禽獸兄蠢到爆的跟蹤技巧，他便坑了他一身鳥屎，但也沒見他發怒；還有那次去師範大學那邊時，禽獸兄被揍得跟豬頭似的，也沒狂躁成這樣。

有些人生氣的時候就像火山噴發，外顯於行，而有些人生氣的時候卻看上去很平靜。鄭歎記得當初禽獸兄被人騙過去揍一頓後，開著被砸得亂糟糟的車離開時，臉上也是比較平靜的，這種人就算不怎麼聰明，但很懂得收斂，不像是那種太容易衝動的人。

所以，乍一看到禽獸兄因為打火機沒油而暴怒的樣子，很是詫異。

這傢伙是更年期提前到了，還是每個月總有這麼幾天？

二毛和秦濤是一起長大的，彼此都很瞭解，他可從來不知道秦濤是個因為屁大點事情就暴怒的人。正因為身世背景不同於一般人，他們這樣的人更懂得收斂，尤其是在長輩面前，畢竟他們的前途與長輩們對他們的印象緊密相關。而且，走得越高，越要懂得怎麼去收斂、去偽裝。

二毛朝龔沁擺了擺手，示意她不用擔心，然後對秦濤道：「我說禽獸啊，你到底怎麼了？」

「沒事，最近心情不太好。」秦濤煩躁的抓了抓頭，大概是覺得自己這樣子不太好，轉頭看向房間裡正在安撫黑米的龔沁，扯出個笑容說：「不好意思啊，沒控制好情緒。」

「你真的沒事？」二毛問。

「沒事。」

見秦濤實在不想說，二毛也不追問了，雖然現在沒怎麼關注秦濤那邊，但依據以前的瞭解，應該是秦濤家裡的事情影響了心情，壓抑太久，情緒才會這樣不穩定。秦濤家裡可有不少看不慣他的人，尤其是秦濤這種在很多人看來一無是處的紈褲子弟。

「你不想說就算啦！晚上兄弟帶你去放鬆心情。」說著，二毛又看向鄭歎，「黑碳，晚上一起出去玩吧。」

鄭歎正在研究黑米的那個玩具老鼠，那毛老鼠上個發條就一直賤兮兮地滾啊滾，看得鄭歎手癢，恨不得一巴掌打過去，或者在頸椎那裡摁一下，也難得黑米能玩得那麼歡。聽到二毛的話，鄭歎往他那邊瞟了一眼，晚上出去玩，八成是去凱旋。

反正晚上閒著也是閒著，去玩玩也無所謂。

龔沁這次沒跟著一起，她待在家跟黑米玩，讓那兩個兄弟好好去談心。

◆◇◆◇◆◇◆◇◆

等焦家吃過晚飯後，二毛上樓來找鄭歎。聽說是去凱旋，焦媽也沒說什麼，這種事情已經見怪不怪了。

於是，三個爺們兒晃晃悠悠往凱旋走去，也沒開車，反正沒多遠，而且到時候肯定會喝酒，喝酒就不好開車了。

聽說鄭歎在凱旋也有專屬包廂，秦濤表示今天就到鄭歎那邊玩，體會一下貓房的樂趣。

不過，秦濤的好心情在到達恆舞廣場的時候沒了。

「我說是誰呢，原來是堂哥啊！」一個穿得人模人樣的「青年才俊」摟著個美人走過來。

秦濤的這位堂弟與秦濤的關係一直都不怎麼好，平時互相冷嘲熱諷的時候多了。他今天帶著附近一所大學的女學生過來這邊買東西，沒想到會碰到秦濤，那陰陽怪氣的話立刻就脫口而出。

這要是以前的秦濤，估計會依舊笑著臉諷刺回去，可現在的秦濤情緒不太對勁，原本帶著點笑的臉立刻陰沉了下來。

看到秦濤這樣，這位「青年才俊」依舊沒打算放過，繼續說道：「我說堂哥啊，在明珠市混不下去，又跑這裡來幹嘛？哦，對了，忘了你在反省期。勸你還是去醫院看看腦子，精神病不是小病，別熬成神經病了，到時候去爺爺生日宴賀壽的大人物多，你可別像在二叔那裡的時候那樣出醜。你丟臉是小，別讓大家跟著一起丟臉！」

「你他媽說什麼！找死是不是！」秦濤捋袖子要上去揍人，被二毛拉住了。

二毛知道秦濤他堂弟的智商不高，玩心眼也不一定能玩過其他人，只是嘴欠抽，不過這樣的人才更好對付，不像那些什麼都藏得深的人。所以，這種人沒必要去較真，不過是嘴皮子上的功夫而已，罵回去就好，何必動手，動手就理弱了，那樣的話，更給了一些人批鬥秦濤的藉口。

「怎麼，我難道說錯了嗎？自己出醜還不想承認？你腦子壞掉了？病情加深了？今天的藥按時吃了？」秦濤堂弟又嘴賤的加了一句。不過，他見秦濤的表情不對勁，心裡還是擔心對方神經病再次附體。他臉上依舊是一副很不屑的樣子，然後一揚下巴，摟著美女準備離開，誰知道腳下不知道踩到什麼，一滑，臉朝地面摔了下去。

秦濤他堂弟並不是矮個子，也不算瘦，他摔倒的時候，懷裡的美女倒是想拉他一把，可惜身嬌體弱、能力有限，再加上將近十公分的高跟鞋支撐力不足，兩人一起摔向地面，相當狼狽。周圍一些群眾都見著了，大人們還好，小孩子們可不知道得罪人什麼的，直接大聲笑了出來。

原本被二毛拉著像噴火龍一樣暴躁、恨不得直接衝出去幹架的秦濤見狀，怒氣瞬間沒了，哈哈哈的笑了起來，笑得臉上都有些扭曲了。

鄭歎在旁邊一副事外人的樣子，其實他剛才只不過見到一個小孩抱著一盒玻璃彈珠跑過，盒子沒蓋緊掉了一顆出來，玻璃珠滾到他的腳下，鄭歎就順手往秦濤堂弟腳下輕輕撥了撥，只是試一試而已。結果表明，鄭歎運氣不錯，又或者說，秦濤堂弟的運氣太差，中招了，可憐了他懷裡的那個妹子，被秦濤牽連，人家還穿著超短裙呢！

相比起卓小貓坑人的結果，秦濤堂弟這還算是幸運的，就算摔傷也只是一點擦傷，不礙事，不像當初張東被卓小貓坑得骨頭都疼。

等那兩人起身離開之後，秦濤還蹲在那裡笑得眼淚都快出來了。

見到這樣的秦濤，鄭歎鬍子抖了抖，這人還真像個神經病，沒見旁邊那小孩子像見到哥斯拉似的退開嗎？

看著笑得蹲在地上喘不過氣來的傢伙，二毛眼裡露出擔憂。

「禽獸，你很不對勁。」二毛嚴肅的說道。

「啥不對勁？我就是看著那傢伙的樣子想笑，那傢伙就是欠揍！要不是為了我爺爺的生日，不想惹事，我早就將他揍成豬頭了。」

「但是你剛才差點動手。」二毛看向秦濤，「兄弟，你到底怎麼了？算了，這裡也不是說事的場所，咱們先去凱旋。」

這次，二毛真打算跟秦濤好好聊聊了。

推著正糾結的秦濤往凱旋走，二毛朝鄭歎豎了個拇指。顯然，剛才鄭歎的小動作都被二毛看在眼裡。

看著走在前面的秦濤的背影，鄭歎心想，這傢伙該不會真的精神有問題吧？以前見這傢伙還挺正常的啊，雖然白目了一點、蠢了一點，但不至於性情變化這麼大，也沒聽二毛說秦濤身上發生了什麼大事刺激他，難道真是長久的壓力太大，性格發生了嚴重的畸形扭曲，造成現在易喜易怒的樣子？

又是一個被生活壓迫得性情殘化的可憐傢伙。

鄭歎的專屬包廂不怎麼使用，卻每天都有人去打掃，有時還會發現一些新裝飾的小玩意兒。鄭歎對那些小玩意兒沒興趣，也沒怎麼在意，反倒是二毛捏捏這個、捏捏那個，嘴裡還嘟囔著有時間去寵物中心看看有沒有類似的玩具買給黑米。

轉了一圈後，秦濤道：「來這裡玩樂也別有一番情趣。可惜這房裡只有兩個爺們兒……哦，三個爺們兒，黑碳也算一個。」

「可惜貓的領地意識很強，不會隨便准許陌生人進入。」二毛一副養貓專家的語氣說道。鄭歎心裡吐槽。他真的一點都不在意叫個美妞過來活躍氣氛，真的！

點了些吃食之後，二毛也不拐彎抹角了，他現在必須弄清楚秦濤身上到底發生了什麼事。

「你知道，就算你現在不說，我想查很快就能查到。」二毛道。

為了能讓秦濤清醒鎮定一點，二毛難得的沒有點酒，茶几上都是一些茶和冰水。

灌下一杯冰水，秦濤捏了捏眉心，長嘆一口氣，簡單說了一下自己的情況。

徵兆是在兩個月前開始的，或許時間更久，只是秦濤意識到不對勁的時候是在大約兩個月前。他知道自己的性情在改變，易喜易怒，容易衝動，有時候會因為屁大點的事情發老大的火，因為難以控制情緒，跟人打架的次數越來越多，很多時候腦子還沒反應過來的時候拳頭就已經揮出去了，說出來的話事後再回想，總覺得當時一定是腦子當機了。

正因為秦濤的表現，家裡人對他越來越失望，原本秦濤給很多人的印象本來就不怎麼樂觀，現在再加上這種更為消極的一面，就過得更艱難了。

秦濤堂弟所說的「反省期」，起因於秦濤的一位長輩家裡辦晚宴，邀請了一些業內的好友和知名人物，還有一些帶著自家未婚子女過去遛一圈，看能不能看對眼。原本也有一些人是奔著秦濤去的，只可惜在晚宴上秦濤與一個人發生了點爭執，秦濤將對方揍進了醫院，要不是當時有人拉架，對方估計會更慘，甚至有生命危險。

這讓秦濤家裡人更失望了，很多帶著自家女兒過去的人都將秦濤劃入了黑名單，這樣一個看起來脾氣暴躁還動手的人，實在太危險。

晚宴上有不少有點名氣的人物看著，而因為秦濤的事情，讓那位長輩失了面子，事後發了很大的火，連帶著秦濤的父母也挨了頓批，於是秦濤被勒令好好反省。

有段時間，一些看秦濤不順眼的人還散布謠言說秦濤嗑藥，即便後來這些消息被秦濤父親處理了，但在一些人心裡，還是覺得秦濤這人不是精神有問題就是嗑藥了。秦濤父親還找人為秦濤做了藥檢，檢測結果呈陰性。雖然還了秦濤一個清白，可秦濤覺得自尊心受辱，長這麼大居然被強制做藥檢，氣得他砸了屋裡所有能砸的東西。

秦濤父親還打算把秦濤關起來好好檢查一下，秦濤得到消息後逃了，一轉身，「反省」回了楚華市。

秦濤也不是沒懷疑過有人在害自己，只是一直沒找到證據。

大概是一杯冰水讓腦子冷靜了些，再加上這裡也就二毛和鄭歎，秦濤心裡沒繃那麼緊，心情也就放鬆了些。不過，說起那些事情的時候，鄭歎還是能夠聽出來秦濤話裡壓抑的情緒。

「當時做藥檢的時候，沒查出來其他東西？」二毛問。

秦濤搖搖頭，「我自己也抽血送去給人檢查過，說是身體機能有些紊亂，但這種也可能是情緒導致的。」

「但你還是懷疑有人陰你。」二毛道。說的是肯定句，並不是詢問。

「確實，我那麼樂觀、沒心沒肺的一個人，怎麼會無緣無故性格大變？雖然我愛玩，也玩得瘋，但並不是沒有警惕心。」說到這裡秦濤頓了頓，往旁邊看了一眼。

鄭歎靜靜看著他，對秦濤剛才那句「不是沒有警惕心」報以沉默的諷刺。當初在師範大學那邊的時候，是誰因為一通電話被騙過去，還被揍得跟豬頭似的？

「咳，大多數時候警惕心還是很強的。」秦濤顯然也想起來了那次的事情，有些心虛，改了句子，繼續道：「一開始我感覺自己心態和情緒不對的時候，就注意了平時的吃食，但一直都沒發現什麼，我吃了的東西，別人同樣吃。」

「他們還讓我去看心理醫生，但我知道自己沒那個病，所有的茶水、吃食，我全部都找人看過，沒有任何問題。」

秦濤除了二毛之外，還有其他朋友幫忙查過，那些人是絕對靠得住的，不會背叛秦濤。連在明珠市和秦濤滾床單的女友使用的茶杯、吃食也都查過，一切都沒發現異常。

「有時候我都覺得自己心理有問題。」秦濤使勁搓了搓臉，自嘲道。

如果確定了秦濤的精神有問題，那以後秦濤可能會比較難混，畢竟除了爸媽之外，家裡那些長輩不會給一個精神有問題的人多少幫助，頂多看你可憐給你點錢。有前途的才花大力支持，就算之前秦濤一副紈褲子弟的樣子，也頂多只是挨幾頓罵，但精神有問題是會被直接「打入冷宮」的，還會被重點監護起來。

本來沒病的人像被對待精神病患一般對待，不說前途，秦濤的自尊心也接受不了。

至於個人保護，在秦濤的某幾位長輩看來，一個連自己都保護不了的人，即便推上去了，也會被人拉扯下來。所以，就算是懷疑秦濤被人陰了，他們也不會多插手。錢他們可以給，人也可以提供，有錢有人有條件你卻不會用，也查不出東西來，這不是窩囊廢是什麼？

「如果在爺爺生日之前查不出來，我就要慘了。」秦濤氣惱道。

鄭歎覺得秦濤這人挺悲哀的，混的地方沒幾個信得過且腦子好的死黨，至於二毛他們這些信得過、智商不錯的好友，卻又不在同一個地方。雖然偶爾也通個電話聊個天，但是二毛他哥忙得很，二毛這兩個月忙著談情說愛，而且秦濤打電話的時候也沒提過，二毛他們都不知道。

「禽獸啊……」二毛看向秦濤。

「什麼？」

「脫衣服！」

鄭歎、秦濤：「……」

「你們兩個什麼眼神？我就想看看你身上到底有沒有什麼可疑的痕跡。」二毛都氣笑了。

「沒針眼。」秦濤知道二毛要找什麼。

「知道你恐針，只是以防萬一。」

吃食飲用方面既然沒有查出什麼來，那麼注射呢？

不過，秦濤這人其實很討厭針，很少有人知道這個。從小到大，秦濤去醫院都是由於打架打傷而過去，尋常感冒之類的是能不打針就不打針，這傢伙睡著時就算你打針再小心，他也能立刻醒過來先揍你一拳，可若是換其他的東西如棍棒之類的來敲打，這傢伙是能不睜眼就不睜眼。

自認為高大威猛的男人恐針這點說不出口，以前上學統一注射疫苗的時候，秦濤都是憋著一口氣，還假裝跟人談笑以分散注意力，絕對不會去看注射器那冰冷細長的針。每次打過針之後，秦濤就會鬱悶好久。不過現在很多人都不知道了，就算是跟秦濤不對盤的那位堂弟也不知道秦濤討厭針，不然又有一件能諷刺秦濤的事。

「不可能是注射，不然我肯定有感覺，就算一次忽略了，後面也不會次次都忽略。」秦濤肯定道。

如果不是那些變態級別的高手，注射的話針頭難以避免會穿透血管或神經。秦濤對針頭很敏感，這事二毛曾經還嘲笑過秦濤。以前他們一起去某間俱樂部針灸的時候，那裡的師傅連連保證絕對不疼，可還沒扎兩針秦濤就蹦起來尿遁了。

而且秦濤也說了，這個徵兆已經出現了很久，這是一段長期的過程，也就是說，如果真的有人要用這種方法害他的話，不可能只是一針、兩針那麼簡單。

「所以我惱啊！現在已經漸漸控制不住情緒了，剛開始的時候還能自我暗示壓下情緒，現在完全壓制不住，一點火就能暴躁起來。」秦濤又灌了一杯冰水。

秦濤這人智商不算高，雖然當年與二毛一樣都是班裡吊車尾的，但二毛是鬼點子多，秦濤這人卻是個不折不扣的紈褲。也難為他能憋到現在才跟二毛說。

「算了，暫時想不出來就先別想，我到時候找人再查一查。」二毛說道。

◆◇◆◇◆◇◆◇◆

秦濤就直接在二毛的包廂過夜，沒去飯店了。第二天鄭歎經過三樓的時候，門是關著的，二毛估計出去查秦濤的事情了。

鄭歎雖然想幫忙，但他現在這樣子也幫不了什麼。

白天家裡沒人的時候，鄭歎不想出去閒晃的話就在家裡偷偷上網，或者去翻看一下焦遠藏著的某些有色雜誌。

這日，鄭歎翻看完焦遠藏起來的雜誌，瞥到桌子旁邊擱著的一疊其他雜誌，這些是焦爸訂閱的，平時焦遠和小柚子也會翻看。

鄭歎一時興起，將最上面一本撥過來翻了翻。翻著翻著，鄭歎爪子一頓。

那是一篇專家與專家的論戰。所謂論戰，就是雙方有理有據的專業化、文明化吵架。

《皮下注射領域這場革命是否會最終走向勝利？》

無針注射，又稱射流注射，是指利用機械裝置產生的瞬間高壓推動藥劑形成高壓射流，高速穿過皮膚直接瀰散到皮下或肌肉組織中。這種射流的速度極高，有些甚至能超過音速，因為太快，所以人們不會感覺疼痛，注射時間僅需0.3秒甚至更少，且進入肌體的深度有限，不會出現傳統針頭難以避免的穿透血管或神經的現象，對神經末梢的刺激很小。

醫用注射技術的一次次革命，讓這種無針注射器從「大哥大型」進化成了一枝普通鋼筆的大小，只是價錢並不能被大眾所接受，國內就更少了。

鄭歎看著雜誌上的那些備註，瞇了瞇眼。

鄭歎並沒有因為這個就斷定這種無針注射器與秦濤中的招有關，他又翻看了下那些專家們的吵架，反對方有些人拿出了各種負面的證據來。

無針注射器是透過壓力注射的，沒有普通注射器那種細長的針頭，但被注射的人也不全是沒有感覺的，注射感覺因人而異，有人沒有感覺，也有使用者反應說像被人用手彈了一下。注射效果也不盡相同，三成的人注射完畢沒有留下任何痕跡，五成的人注射完後體表有紅點，還有兩成的人注射後有出血現象。

或許這些資料並不那麼準確，但至少也說明了其中可能會存在一些聯繫，如果秦濤曾經發現自己身上有類似的痕跡，再配合這些介紹，那可能性就大了。

鄭歎這一整天都在家裡研究放在焦遠這裡的雜誌。翻了好幾本，也只有兩本提到了無針注射，鄭歎認真的看了看，用自己不算高的智商推測了一些，確實有可能。如果那些疑問能夠從秦濤那裡確定就好了。

科學雜誌確實是個好東西。或許上面大部分的內容在很多人看來華而不實，或者相關知識冷僻了些，但鄭歎已經從這些雜誌上學到了很多，有些是自己看的，但大部分都是透過平日裡焦遠和小柚子的口中知道。

想遠了，鄭歎將思緒拉回，琢磨著怎麼將這個尚待印證的線索送過去給二毛和秦濤。

其實鄭歎很想踐踐的直接將雜誌甩在秦濤和二毛眼前，大聲說一句「看，老子找到了疑似線索」。可惜，鄭歎不能。

想了想，鄭歎將焦遠這裡的雜誌收好，出門往社區邊沿的小樹林那邊跑過去，開手機。

秦濤的手機號碼鄭歎聽他報過，因為來楚華市之後秦濤又換了號碼，在凱旋的時候跟人打電話，對方看不到來電顯示，秦濤便報過號碼。鄭歎不知道自己記得對不對，打算試一試。

手機開機後和往常一樣，照樣是來自六八的騷擾簡訊和未接來電提示的業務簡訊，不過相比起之前已經好很多了。鄭歎等手機上的各種提示停下來之後，輸入了自己記的號碼。

其中一個數字鄭歎記錯了，原本鄭歎還打算要是秦濤的號碼一直試不正確的話，就將簡訊的收件者改為二毛，沒想到還真成功了，試了五次之後，那邊接電話的人終於是秦濤，秦濤喊「喂」的時候顯得有些不耐煩和藏不住的暴躁，鄭歎確定之後便直接掛斷了，也沒管那邊秦濤會是個什麼反應，直接開始編輯簡訊。

爪子放在按鍵上，鄭歎又停住了。

怎麼寫？

鄭歎探頭往樹洞外瞧，掃了眼周圍看能不能找到一些廣告詞等，這條路上偶爾也有人過來發健身俱樂部或者眼鏡店等的廣告，鄭歎打算借鑑一下，沒想到視線這一掃，就讓鄭歎看到一棵樹上貼著的廣告，看上去像是新貼的，這幾天鄭歎沒怎麼過來，所以不知道。

仔細瞧了瞧上面的廣告語，「XX醫院，三分鐘夢幻無痛人流術，給您最安全的保障……」看了一眼之後，鄭歎縮回頭在樹洞裡面動爪子編輯簡訊。

和二毛正在一處密談分析調查結果的秦濤察覺到手機響了一下，這種鈴音是簡訊提示音。掏出手機，秦濤見是個陌生號碼，就是剛才那個打電話沒出聲的號碼。皺著眉頭，秦濤點開簡訊。

「第三代SB無針注射器，絕對原裝進口！0.3秒夢幻無痛注射，給您最安全的保障……」

秦濤：「……」

——這話怎麼看起來那麼熟悉？剛過來時走街上被塞的一張傳單好像就有類似的詞。

——等等！無針注射？！

二毛見秦濤接收了封簡訊之後，臉色就開始變化，從一臉古怪到嚴肅再到滿臉煞氣，便問道：「禽獸，怎麼了？」

秦濤將手機遞給二毛。

看到上面的簡訊內容之後，二毛又掃了一眼那個電話號碼，挑挑眉。四個6？

「無針注射啊！這個我還真知道一點。」二毛拍了拍額頭，要不是看到這封簡訊，他還差點忘了這個東西。

「我以前偶然聽過一次，只是那時候因為一些事情沒多關注。這玩意兒出現得還挺早，聽說在千禧年的時候，國外某些軍隊的士兵身上就攜帶著這類無針注射器，他們藥包中的安瓿裡裝著防神經毒氣、生化武器等相關的藥物，以便應對戰場上的一些違紀情況。不過這種注射器就算降低了不少成本，新型號也是比較昂貴的，尤其是那些品質更好的無針注射器，一個普通人不可能用得著，普及很困難，國內使用的人也很少。在國外，像患有糖尿病等疾病的病人，需要經常用它來自行注射胰島素、干擾素之類的藥物，所以他們使用的比較多。」

二毛說了說自己知道的內容，又查了一下手邊的電腦，然後指給秦濤看。

「高壓無針注射和專業消毒用具更大程度保證無菌操作，如果操作不當，可能會造成皮膚感染受損，注射處可能被感染？」秦濤想了想，他曾經照鏡子時在背上發現過一點跡象，當時他沒放在心上，只認為是被什麼昆蟲咬過，後來那裡的跡象消失，也沒再見到過了。現在想來，那種痕跡確實有些像感染。

二毛點點頭，接著說：「這種東西體積小，攜帶方便，就算是視力有缺陷的患者也能使用，不需要有多少扎針技術。」

鄭歎將簡訊發了之後，怕那邊打電話過來「訂購」，直接將手機關了，然後回社區去。

晚上看二毛家有人的時候，鄭歎過去遛了遛，只有秦濤和二毛兩人，他們正商量著事情。

二毛調查的速度很快，秦濤那邊也沒閒著，而鄭歎從他們話裡的隻字片語猜到這兩人應該是有很大的收穫，在背後陰秦濤的嫌疑人也被圈出來了。

滾床單的女友，自認為信得過的護士，還有與秦濤有利益衝突的某些人。前面兩者要是沒有人授意，秦濤絕對不信，至於誰授的意，秦濤心裡大致有一些懷疑對象。

「那幾個賤人！」秦濤控制著自己的情緒，但還是忍不住額頭青筋直跳。

相比起狂躁時的秦濤，現在這傢伙已經算是冷靜的了，不然早就開始掀桌子。

看了看手上的資料，秦濤自嘲一笑：「冰凍三尺非一日之寒。」

鄭歎仔細琢磨了一下這句話，這是不是從側面說明了，秦濤意識到自己的蠢也不是一天、兩天了？不然怎麼會被身邊的人下陰手而一直沒察覺呢？那些人這麼做，直接就是想將秦濤整廢，等能支持他的人都失望了，秦濤依舊找死的話，他這前途將一片陰霾，再不見晴天。

不知道經過這次的事情，秦濤會不會改變？

鄭歎不可能每天都盯著二毛和秦濤看調查進展，他只能透過偶爾見到的二毛或者秦濤臉上的表情和周身的氣場，來推測事情進展到什麼樣子。而看最近這兩人的表現，進展應該是順利的。

◆◇◆◇◆◇◆◇◆

這日，鄭歎跑去幼稚園那邊看卓小貓他們班的小屁孩們「炫技」。

才藝展示課上，一些三歲甚至不到三歲的小孩子們挨個站到教室前面去表現自己，就這麼大點的孩子，背誦三字經和古詩的人還挺多，看到那些小屁孩們用不怎麼清楚的發音背誦著古詩和三字經，鄭歎不知道是現在的孩子本就早慧還是教育的原因，比他當年強多了。他雖然記不清自己小時候是個什麼樣子，但曾聽人說過自己那模樣，他確實比不上這裡的小屁孩們。

至於卓小貓，這小傢伙似乎對於炫技一點都不感興趣，鄭歎沒來的時候他就托著下巴發呆，鄭歎走近之後他就走到鄭歎所在的窗戶旁邊，有時候還會小聲的跟鄭歎說說話。

才藝展示課結束之後是自由活動時間，小屁孩們多是去溜滑梯等地方，卓小貓則跟著鄭歎，在一旁說話。他滔滔不絕的說，鄭歎只負責聽。

一人一貓挨牆角站著，突然聽到一個聲音。

「嘿喲，黑碳！這誰家小孩啊？你們兩個很熟？」

秦濤現在的心情也好了一些，找人分享了，也查到了一些事情，憋心裡那麼久的疑問和煩躁現在有了個宣洩口，也不用擔心憋成神經病了，現在看到鄭歎還有心思開玩笑。

秦濤走過來坐在圍欄旁的花壇邊沿上，看著站在鄭歎旁邊的小孩。見那小孩並不害怕自己，秦濤難得有了些逗弄的心思，他知道自己自從中招之後性情大變難以控制，很多小孩和動物對他周身那種莫名的暴躁氣場比較敏感，都是能避則避，不能避也會有些怯意，可眼前這小孩不是。

「小傢伙，你叫什麼？」秦濤問道。

「小貓。」

「呵，這名字好，不過還是沒有哥哥我的名字好聽。」

鄭歎斜眼看了看秦濤，這人都快三十了，卻讓不到三歲的卓小貓叫他哥哥，平時這些小孩子們見到二毛都是直接叫叔叔的。

秦濤蹺著腿等著卓小貓主動問自己的名字，可惜，卓小貓一點興趣都沒表示出來。

「你不怕我？」秦濤又問。

卓小貓搖頭。

「為什麼？」

「你是黑哥的朋友，我不怕。」卓小貓道。

聽了半天總算弄懂卓小貓這句話的意思後，秦濤更好奇了，不過也沒再問。

「哥哥被人欺負了，你幫哥哥一起罵壞人好不好？罵一句哥哥就買一袋棒棒糖給你。」秦濤說著，從口袋裡掏出一根棒棒糖，還搖了搖。

卓小貓輕輕的咬了咬手指，「罵什麼？」

秦濤：「來，深呼吸，跟我唸——都是一群王八蛋！」

卓小貓看著秦濤，提氣：「王八蛋！」

秦濤罵的時候雖然語句裡面所包含的感情強烈，但聲音並不大，而卓小貓喊出聲的時候雖然沒包含啥感情，但他是放開嗓門喊的，正因為這樣，其他小孩子和幾個老師都聽到了。

秦濤正在想著這小孩剛才喊的那句話怎麼聽著有點奇怪，抬頭就見三名年輕女教師過來了。這要放在某些時候，秦濤還是很樂意見到的，幼稚園老師什麼的太有愛了，值得「深入交流」一下；可是現在情況不對，秦濤不至於腦殘到分不清形勢，看看那三名滿臉怒氣的女老師，再想想剛才那小屁孩的話，一股不好的預感升起。

小白老師原本見卓小貓跟往常一樣在邊上跟他的「黑哥」說話，也就沒過去干涉，這種情況她們早就見怪不怪了，孩子的監護人也是默許態度。秦濤的出現讓幾位老師警惕了一下，見卓小貓和旁邊的黑貓都沒有什麼動作，她們也就先觀望觀望，但沒想到會聽到卓小貓喊出這麼一句。她們認為，憑卓小貓的乖巧，絕對不會知道這種髒話，多半是那個陌生男人教的，於是怒氣衝衝就往這邊跑過來了。

小白老師也沒在事情不清楚的時候就冤枉人，她還問了卓小貓剛才發生的事，卓小貓同學很誠實、很詳細的將秦濤剛才的話重複了一遍。

聽完，三個老師就怒了。

這怎麼得了？！

怎麼能在孩子眼前說這種話呢？！

負責看著孩子的三名女教師跟護崽的母雞似的，一副要讓秦濤好看的樣子。

秦濤見勢不妙立刻開溜。在秦濤跑了之後，三位老師還向大門警衛說了一聲，若是監視器裡見到那個男人靠近幼稚園就立即驅逐。這種危險人物還是別讓他接近孩子們的好，要是學到什麼不好的習慣用語就麻煩了，這個年紀的小孩子充滿好奇心而且模仿學習能力極強，家長們是信任她們才將孩子送進這裡，她們得負起責任來，因此不得不防著。

看著秦濤開溜的背影，鄭歎抖了抖鬍子。甭管中沒中陰招，秦濤他的確就是個笨蛋。

卓小貓被三名老師拉過去勸說要忘掉剛才的話，遠離此類危險人物。鄭歎沒跟過去，也沒在幼稚園待下去了，他準備找個地方睡一覺。

◆◇◆◇◆◇◆◇◆

鄭歎最喜歡的，還是離東教職員社區不遠的一個地方，那地方位於通往東社區的小路旁，離主幹道也不遠，站在高處能看到校園主幹道那邊的車輛和行人，也能看到東社區的建築。

選了那棵適合睡覺的梧桐樹爬上去，鄭歎趴在樹枝上小睡了一會兒，醒來時聞到一股菸味，低頭往下瞧，見下方花壇邊沿坐著個人，一個中年男人，看起來還有點來頭，身上那套裝酷的西裝更是價值不菲，瞧著也像個身居高位的人物。

鄭歎在觀察下方的人的時候，下方那人也若有所感的抬頭朝鄭歎看過去，見到樹上趴著的那隻黑貓正盯著他，也沒多想，瞧了一眼就又垂頭繼續抽菸，皺著眉思索事情。可沒兩分鐘，他再次抬頭，發現那隻黑貓一邊打哈欠、一邊繼續盯著他看。

那中年人抹了抹臉，沒感覺臉上有啥啊，那隻黑貓幹嘛一直盯著自己瞧？他倒是想忽視，但這視線存在感太強烈，總覺得有點怪怪的，他本來就滿腹心事、比較煩悶，現在就更靜不下心來想事情了。

鄭歎一直盯著那人，主要是覺得這人看起來很眼熟，所以又仔細瞧了瞧，等對方抬頭的時候，鄭歎想起來這人像誰了。那皺著眉頭的樣子，和秦濤相當之像！

難道是秦濤他爹？或者是秦濤的親戚？

有錢、長得像、還在秦濤遇到麻煩的這個時候出現，鄭歎不得不懷疑這人與秦濤的關係，正因為這樣，他才一直盯著這人瞧，想多確定確定。

就在那中年人被盯得莫名其妙的時候，一輛車從旁邊的小路上經過，緩緩停了下來。車窗打開，露出方邵康的臉。

「咦，秦三哥，你不是在明珠市嗎？怎麼來楚華了？」方邵康問。他剛才就覺得路邊那人有些像某人，靠近了看，還真的是。

兩人在家裡這輩都排行老三，家裡人也有些交情，只是方邵康的年紀比較小，所以方邵康一直叫這人秦三哥。

秦？難道還真是？鄭歎心想。

「喔，方三啊。」

那人看到方邵康並不很詫異，他知道方邵康在楚華市這邊也有一部分資產。

「那混小子躲楚華來了，我過來把他綁回去。」那人說道。

方邵康心裡了然，雖然沒主動去調查那些事情，但也有所耳聞，知道秦三家的小子惹了點麻煩。沒再追問到底什麼事情，他只是道：「對孩子溫和一點，別總是揍來揍去的。」

秦濤他爹以前當兵的時候是個能人，後來靠著家裡關係經商也混得風生水起，可惜在教育孩子方面實在是有心無力，每次想起秦濤從小到大的那些屁事，秦爹就腦仁疼。

「小子跟丫頭是不一樣的，不揍他就不聽話。」秦爹說道。

「那你揍他揍了這麼多年，他聽話了嗎？」方邵康問。

秦爹不吱聲了，一個勁的抽菸。

緩了一會兒之後，不想再繼續這個怎麼教育孩子的話題，秦爹問方邵康：「你來這裡幹什麼？找人？請專家嗎？」

方邵康搖搖頭，「家裡孩子的事情，有個東西去找人修理一下。」

方邵康對這個也不想多說，想起來滿滿都是淚。

當初因為方萌萌的要求，方邵康讓程仲替大米也做了輛貓車，雖然大米相比起其他貓來說是聰明很多，但畢竟不像鄭歎這種特殊情況，智力差距還是存在的，所以後來大米的貓車改成了兒童車那種——貓蹲車上，遙控器在人手裡，人操控遙控器，讓車載著貓跑。

一開始方邵康看方萌萌和大米都玩得那麼開心，還覺得自己為女兒找了個好玩具，頗為自得，可後來看到大米在車裡一副「主子」似的坐得安穩，自己的寶貝女兒跟在貓車屁股後面跑得哼哧哼哧，立刻不開心了。他心疼啊，可惜怎麼勸方萌萌也不幹，小丫頭覺得這樣挺好玩的，還能跑步鍛鍊一下。

方邵康後悔將貓車弄來了，偏偏當初還千叮萬囑讓程仲將大米的貓車造得品質那個好啊，跑進池子裡幾次都沒見壞。

於是，方邵康趁方萌萌不注意，鬆了一顆比較關鍵的螺絲釘，在下一次大米那輛貓車開始跑之後沒兩分鐘就不動了，就算事後方邵康將螺絲釘重新安回去也無濟於事。本來方邵康心裡還挺高興，貓車壞了，女兒也不用成天跟在貓車屁股後面跑，但接連幾天方萌萌都纏著他要修理，方邵康說行，有空就拿去修——這很明顯的只是敷衍而已。

但是方邵康沒想到，除了來自女兒的壓力外，還有來自大米的怨念。

大米依然很乖，不吵不鬧也不撓人，卻總是悄然無聲的出現在方邵康身邊，然後靜靜看著他。吃飯的時候，不挑食的大米吃完之後就安靜的蹲旁邊盯著方邵康，盯得方邵康胃口都小了；午夜方邵康起來上廁所，出房門就見這傢伙蹲房門前看著他，貓眼的反光看起來像黑夜中的兩個燈泡，乍一見到驚得方邵康睡意都散去好多，上完廁所一出來就發現這傢伙蹲廁所門口守著，依然那樣看著他；週末大早上方邵康難得睡個懶覺賴在床上，老婆早起出去買菜，房門沒關，他察覺到周圍不對勁，眼睛睜開一條縫，就發現大米蹲在床頭，靜靜看著他……

這日子沒法過了！

方邵康難得有空回家陪老婆孩子幾天卻碰到這種事情，他感覺被那眼神瞧著很讓人心慌。真不知道大米跟誰學的這種手段！最後，方邵康在女兒和大米的雙重壓力下，帶著壞掉的貓車來了楚華市，處理這邊事務的同時，也將貓車拿過來修一下。

現在，方邵康就是帶著那輛壞掉的貓車去找程仲，等修好了再回京城去，不然回去了吃飯睡覺都不安穩。

聽到方邵康的回答，秦爹「嗯」了一聲，也沒興趣多問，將菸蒂扔進一旁的垃圾桶，然後長呼出一口氣，抬頭看著樹上的黑貓。

方邵康剛才只注意秦豸，現在才看到鄭歎。

「喲，黑碳吶，在這裡睡覺？那正好，既然你沒在家，那我等一下就直接去生科院那邊把東西給你貓爹算了。」每次方邵康過來這邊都會帶一些小禮物或者京城特產之類的東西，鄭歎在家他就直接送家裡，不在就送去焦爸那邊。

「方三，這貓你認識？」秦豸問。

「認識啊，生科院一個教授家裡養的貓，有點交情。」

秦豸只以為方邵康話裡的「交情」是指方三跟焦教授的交情，壓根沒想到貓身上。

「對了，秦三哥，你來這邊找秦濤，那小子應該在二毛那裡吧？你不認識路，可以請這隻貓幫忙，牠熟門熟路。」

既然都找到這裡了，秦豸怎麼可能不知道路？對二毛的住處調查得一清二楚，只是面子問題再加上這人的脾性，沒想好怎麼上門找人而已。方邵康心裡清楚，他說這句只是順便幫秦豸出個主意，搬個梯子讓這人好下臺。

「黑碳，你就帶這位大叔過去二毛那裡，幫個忙啊！我得趕緊去找人了，最好能在他們放假前將東西修好。」說完方邵康就關上車窗，開車跑了。

鄭歎心裡對著方邵康的車背影豎根中指，然後跳下樹，看了看秦豸，接著往社區那邊走。

秦豸聽方邵康說「這位大叔」的時候不怎麼爽快，方三這人總是嘴不饒人，不過，這貓這能帶路？

原地站了幾秒，在前面的黑貓快轉彎的時候，秦豸還是抬腳跟了上去。

鄭歎帶著秦爹往東教職員社區走，他知道周圍還有其他人跟著，與秦爹是一起的，轉彎的時候鄭歎的餘光還瞥見秦爹跟那些人打了個手勢，應該是讓那些人不用跟過來的意思。

帶著人進社區，大門的警衛大叔還將秦爹攔下來問了問。

「我來找人，一個朋友讓那隻貓幫忙帶路。」秦爹指了指前面的黑貓。

警衛大叔一臉恍然，「哦，黑碳家的客人啊。」然後就沒說啥了。

秦爹看著前面腳步都沒停、依舊維持著原有速度往前走的黑貓，心想：一隻貓有這麼大的說服力嗎？這還是頭一次見到。

看了眼社區裡的一棟棟老房子，秦爹挺不明白，聽說王家小二在這裡租屋，房子這麼老、面積這麼小，能住得舒服？要是自家的混帳兒子肯定不會住。

雖然一直在懷疑方邵康的話，懷疑那隻黑貓能不能配合帶路並帶正確的路，但這一路走過來，還真沒錯。

等走到B棟樓樓下，秦爹還沒來得及想該怎麼做，就見到前面帶路的貓跳起，在電子鎖刷卡的地方蹭了一下，門「喀」的一聲，開了。

秦爹：「……」

在門關攏之前，秦爹趕緊走進樓，上樓，並在三樓二毛的門前停住。

鄭歎看了看秦爹，他不傻，知道這人應該是知道地方的，不然上三樓之後為啥就很肯定的停在這裡？只是這人站門前也不敲門、不出聲，臉上還一副很糾結的樣子，真不知道這人心裡在想什麼。

二毛這裡的門平日裡是不關的，只是最近秦濤過來之後這兩人要密談事情，便關著。左等右等一直不見秦爹有所動作，鄭歎忍不住了，不就是敲個門嗎？有必要搞得這麼糾結？真婆媽。

於是，在秦爹正在想著待會兒見面應該用什麼語氣說什麼話才能避免一個照面就開打的時候，就見那隻黑貓跳起來一巴掌拍在了防盜門上，發出「砰」的一聲響。

秦爹這心立刻懸起來了，但是臉上卻不再糾結，而是繃著一張臉，像是上門討債的樣子，看得鄭歎相當無語。

其實秦爹並不是刻意要擺出一副討債樣，只是反射性就這樣了，或許他自己都不知道自己的臉上是什麼表情。

二毛在房裡跟秦濤正說著進一步調查結果和後面的應對措施，聽到門響，踩著拖鞋、頂著一頭雞窩髮型、還裹著一件特幼稚的卡通棉睡衣過去開門。一般以這種方式敲門的，肯定是樓上那隻黑貓無疑，所以二毛也沒多想。

門一開，見到門口的人之後，二毛正欲脫口損鄭歎的話就強行嚥下去了，臉上一抽，心道：完了！

「那蠢……」原本秦濤聽著聲響想問二毛那蠢貓過來有什麼事，結果一抬頭發現房門口站著自己老子，後面沒說完的「貓」字就直接換成了「貨」字，還語氣很不好的對秦爹道：「你來幹什麼？這麼閒，公司破產了，倒閉了？」

二毛站在門口捂著臉。

雖然來之前想著跟秦濤好好談談，但秦爹聽到那話臉立刻就黑了下去，厲色道：「你鬧夠了沒有？！鬧夠了就滾回去！」

鄭歎站在二毛背後，見著父子倆你一句、我一句的對轟，就在二毛和鄭歎以為這兩人要開始打架，一個想著待會兒怎麼去勸阻，一個想著立刻開溜的時候，秦爹沉默了一下，然後沉聲叫秦濤出去說話。

一開始秦濤不想出去，他懷疑一出去就會被他爹的那幾個貼身保鏢綁回去，雖然他已經有回去的意思了，但絕對不想以「被綁著」這種丟面子的方式回去。在與秦爹對峙了三分鐘之後，秦濤還是跟著出門了，很多事情是想躲也躲不了的，對方真要綁人，他躲這裡照樣被綁回去。

在那父子倆下樓之後，二毛對鄭歎道：「黑煤炭，麻煩你跟去看看，要是見事情不對就趕緊過來找我。」

二毛可不敢輕易跟過去，剛才秦爹離開時給了他一個警告的眼神，就是告訴他不要跟過去插手，而以二毛對秦爹的瞭解，八成會揍秦濤。論打架，秦濤還真沒他爹有能耐，秦濤雖然看起來健壯，但那都是在健身房鍛鍊出來的，為的是泡妞，就一個花架子，而秦爹曾經是實打實練過，所以秦濤從小到大，就算反抗也反抗不過他爹。

想到估計又會悲劇的秦濤，二毛搖搖頭，回屋找找看有沒有相關的藥。

鄭歎心裡本來就有些好奇，聽二毛這麼說，就直接跟了上去。

那兩父子沿著之前鄭歎碰到秦爹的那條路一直走，兩人都沒說話，跟著的保鏢也被秦爹止住了，沒繼續跟著，留空間讓他們父子兩個單獨談談。發現這種情況後，秦濤心裡鬆了口氣，看來是暫時不用被硬綁了。

這兩人一直沉默著，一前一後往前走，鄭歎跟在後面都懷疑這兩人是不是走到忘記了，這到底要走去哪裡啊？

一直走到一片林子旁邊，這個時間點這裡沒其他人，視野內也能看到周圍是否有其他人靠近，秦濤不想再走了，靠著一棵樹停下。

「想說什麼就直接說吧，走著累。」為了盡量除去那些藥物的影響，秦濤配合著二毛找來的人治療了幾天，容易累，但情緒已經好了很多，不像之前那麼暴躁了。

秦爹可不知道這其中的原因，只是對秦濤的渣體力很不滿，將秦濤這種表現視為縱欲過度的結果，出口的話就不怎麼好了。

於是，鄭歎就見這兩人說著說著又開始吵起來。沒外人在，這兩人是想吵架就吵架，想開打就開打，不用顧忌什麼。

鄭歎蹲在不遠處的一棵樹上，看著兩人說了幾句之後開始動手。

秦濤一邊還手，一邊控訴他爹跟蹤調查他，不然怎麼會找到二毛那裡。

而秦爹則一邊揍一邊否認，他沒跟蹤調查，他只是被一隻貓帶著過去而已。

和二毛所料的一樣，秦濤基本上是在被他爹揍，沒辦法，武力值差了一個等級。不過鄭歎瞧著，秦爹雖然看起來揍得狠，但每一下都只是打得疼點，不會真的將秦濤揍得骨裂內傷；也不知道秦爹是不是有打孩子不打臉的原則，秦濤臉上還真沒有一點被揍的痕跡。

鄭歎看著那邊的父子倆，想著，這應該也算是家暴了吧？估計秦濤就是從小這麼被家暴過來的，真可憐。

秦爹揍的時候，因為秦濤說了句已經查到下手的人的話而動作遲疑了一下，被秦濤猛的一推，後退時腳下又恰好踩到凸出來的一塊草坪磚，腳一扭，直接跌坐在地上。

秦濤喘著氣，一臉的憤怒，而坐在地上的秦爹也沒起來，就那樣坐著，黑著個臉。

場面又安靜下來，只有秦濤喘著粗氣的聲音。秦爹也知道秦濤說找出暗地裡下手的真凶是真話，現在的秦濤雖然憤怒，但卻不是前陣子那種狂躁狀態，只是他面子放不開，腳又扭到了，起不來，便直接寒著臉坐在地上不動。

在鄭歎覺得場面估計會這麼一直僵下去的時候，秦濤動了，走到坐在地上的秦爹眼前，轉身背對著他爹，蹲身。

「上來吧。」

秦爹顯然沒料到秦濤會這麼做，一時愣在那裡。

「趕緊的，下課鈴聲響了，待會兒有學生過來，你還一直坐那裡等著讓人看笑話嗎？」秦濤不耐煩的說道。

秦爹一臉狐疑，他第一個反應就是這小子在打什麼鬼主意，但看了看眼前的秦濤，還是站起身，沒扭到的那隻腳撐著站起，然後趴秦濤背上。

「臥槽！你吃什麼了！重死了！」秦濤罵罵咧咧的起身，揹著人開始走，腳步不太穩。

「行不行啊你？」秦爹問。

「少廢話！」

「別走兩步背不動一起摔了讓人看笑話。」

「你還怕丟臉啊？你不是說你的老臉早被我丟完了嗎？」秦濤嗤道，「對了，打個商量，我今天把你揹出去，你就別派人盯著我了。」

「你這麼蠢，不替你安排點人我能放心嗎？你看，那次你把人一調開就出事了，你還怪我？我派人過去保護你，你還在公開場合說老子干涉你的私生活、侵犯你的隱私！你被人陰了不去找原因還詆毀你老子，不識好人心！沒那個智商就別談自尊心了。商場如戰場，利益如利刃，別以為只是說說而已。長點記性吧你！怎麼這麼蠢！你要是有人家王小二一半的精明，我才懶得去管你的破事！」說著秦爹還不消氣，一巴掌拍秦濤頭上，「蠢死了你！」

鄭歎瞧得清楚，雖然秦爹揮臂的動作虎虎生風，但拍秦濤頭上的時候卻沒用多大力。至於秦爹所提到的「王小二」，應該指的是二毛。

秦濤步履踉蹌，說話帶著喘。

「我警告你，你再拍我頭就直接把你扔這裡！真是，越老越惹人嫌！」

「你老了更惹人嫌。」

「那不會，我老的時候絕對不會像你這麼惹人嫌。」

「你沒到我這個年紀不會懂的，沒活到老就不知道老了的滋味。」

「你這話應該讓爺爺聽到，不知道他老人家會不會直接拿鞭子出來抽你……哎，我突然想起來，你可以打電話讓人過來揹你。」

「電話沒帶。」

「……屁！我剛才都看到了！」

冬季林子裡一些落葉喬木上的葉子都已經枯黃變得稀疏，林子中也有一些常綠的樹種摻雜其中。一條小道從枯黃和青綠交錯的林子裡穿過。

鄭歎趴在一棵樹上，看著秦濤揹著他爹，沿著綠色的草坪磚，一直踉蹌著往前走。

突然覺得秦濤這人不可憐了，鄭歎反而有些羨慕。

「嘀嘀嘀——」

熟悉的喇叭聲將鄭歎的注意力轉移，看過去。

剛去財務處報完帳準備抄小道回家的焦教授騎著電動機車經過，往周圍掃了一眼就發現樹上的那隻黑貓。

「黑碳，你在看什麼呢？」

鄭歎嘴巴一咧，跳下樹往電動機車跑去。

《回到過去變成貓08貓手快打！我是簡訊王！》完

敬請期待更精采的《回到過去變成貓09》

羊角系列 028

回到過去變成貓 08

貓手快打！我是簡訊王！

出版者■典藏閣
作　者■陳詞懶調　繪　者■PieroRabu　拉頁畫者■Riv
授權方■上海玄霆娛樂信息科技有限公司（起點中文網 www.qidian.com）
總編輯■歐綾纖
製作團隊■不思議工作室
郵撥帳號■50017206 采舍國際有限公司（郵撥購買，請另付一成郵資）
台灣出版中心■新北市中和區中山路 2 段 366 巷 10 號 10 樓
電　話■(02) 2248-7896　傳　真■(02) 2248-7758
物流中心■新北市中和區中山路 2 段 366 巷 10 號 3 樓
電　話■(02) 8245-8786　傳　真■(02) 8245-8718
ISBN■978-986-271-711-0
出版日期■2016 年 9 月
全球華文國際市場總代理／采舍國際
地　址■新北市中和區中山路 2 段 366 巷 10 號 3 樓
電　話■(02) 8245-8786　傳　真■(02) 8245-8718
新絲路網路書店
地　址■新北市中和區中山路 2 段 366 巷 10 號 10 樓
網　址■www.silkbook.com
電　話■(02) 8245-9896
傳　真■(02) 8245-8819

☞您在什麼地方購買本書？☜

1. 便利商店（________市／縣）：☐7-11　☐全家　☐萊爾富　☐其他____________

2. 網路書店：☐新絲路　☐博客來　☐金石堂　☐其他__________

3. 書店（________市／縣）：☐金石堂　☐蛙蛙書店　☐安利美特animate　☐其他____

姓名：__________地址：____

聯絡電話：______________　電子郵箱：________________________________

您的性別：☐男　☐女　　您的生日：西元__________年__________月__________日

（請務必填妥基本資料，以利贈品寄送）

您的職業：☐上班族　☐學生　☐服務業　☐軍警公教　☐資訊業　☐娛樂相關產業

☐自由業　☐其他__________

您的學歷：☐高中（含高中以下）　☐專科、大學　☐研究所以上

☞購買前☜

您從何處得知本書：☐逛書店　☐網路廣告（網站：______________）　☐親友介紹

（可複選）　☐出版書訊　☐銷售人員推薦　☐其他______________

本書吸引您的原因：☐書名很好　☐封面精美　☐書腰文字　☐封底文字　☐欣賞作家

（可複選）　☐喜歡畫家　☐價格合理　☐題材有趣　☐廣告印象深刻

☐其他__________________

☞購買後☜

您滿意的部份：☐書名　☐封面　☐故事內容　☐版面編排　☐價格　☐贈品

（可複選）　☐其他

不滿意的部份：☐書名　☐封面　☐故事內容　☐版面編排　☐價格　☐贈品

（可複選）　☐其他

您對本書以及典藏閣的建議____

____

____

✌未來您是否願意收到相關書訊？☐是　☐否

✍感謝您寶貴的意見✍

印刷品

$3.5

請貼
3.5元
郵票

不思議信箱
FUSIGI POST

235 新北市中和區中山路二段366巷10號10樓

華文網出版集團　收

（典藏閣－不思議工作室）

陳詞懶調 × PieroRabu

回到過去變成貓

BACK TO THE PAST
TO BECOME A CAT NO.8